ARTE & ALMA

Obras da autora publicadas pela Editora Record

ABC do amor
As cartas que escrevemos
Sr. Daniels
Arte & alma

Série Elementos
O ar que ele respira
A chama dentro de nós
O silêncio das águas
A força que nos atrai

Série Music Street
No ritmo do amor

BRITTAINY C. CHERRY

Tradução
Priscila Catão

1ª edição

Galera
RIO DE JANEIRO
2018

CIP-BRASIL. CATALOGAÇÃO NA PUBLICAÇÃO
SINDICATO NACIONAL DOS EDITORES DE LIVROS, RJ

Cherry, Brittainy C.
C449a Arte & alma / Brittainy C. Cherry; tradução de Priscila Catão. – 1ª ed. – Rio de Janeiro: Galera Record, 2018.

Tradução de: Art & soul
ISBN 978-85-01-11558-4

1. Ficção americana. I. Catão, Priscila. II. Título.

18-50053

CDD: 813
CDU: 82-3(73)

Meri Gleice Rodrigues de Souza – Bibliotecária – CRB-7/6439

TÍTULO ORIGINAL:
ART & SOUL

Texto revisado segundo o novo Acordo Ortográfico da Língua Portuguesa.

Direitos exclusivos de publicação em língua portuguesa somente para o Brasil adquiridos pela
EDITORA RECORD LTDA.
Rua Argentina, 171 – Rio de Janeiro, RJ – 20921-380 – Tel.: (21) 2585-2000,
que se reserva a propriedade literária desta tradução.

Impresso no Brasil

ISBN 978-85-01-11558-4

Seja um leitor preferencial Record.
Cadastre-se em www.record.com.br e receba
informações sobre nossos lançamentos e nossas promoções.

Atendimento e venda direta ao leitor:
mdireto@record.com.br ou (21) 2585-2002.

Dedicatória

Para vovó

Amo você

Sinto sua falta

Amo você mais ainda

"A alma se tinge com a cor dos seus pensamentos."

— Marco Aurélio

cor | substantivo, frequentemente adjunto adnominal | cor | [kôr]

1. a qualidade de um objeto ou substância em relação à luz refletida pelo objeto, normalmente determinada visualmente pela medida de matiz, saturação e brilho da luz refletida; saturação ou *chroma*; matiz.
2. Ela.
3. Eu.
4. *Nós dois.*

Capítulo 1

Levi, 17 anos

Minha mãe estava preocupada de novo. Comecei a me sentir culpado por não me sentir mal com sua preocupação.

Ela disse que eu a estava abandonando, mas fiz o que pude para que ela entendesse que não era isso. O celular estava um pouco afastado do meu ouvido, no entanto, notei sua voz se enchendo de um medo desnecessário, mas muito familiar. Minha mãe se consumia demais com tudo, fazia tempestades em copo d'água. Denise, minha tia, sempre dizia para ela que pensar demais era a principal causa dos seus relacionamentos fracassados.

— Por isso as coisas não deram certo entre você e Kent, Hannah. Você afastou o cara — repreendeu ela. — É por isso que nunca sai com ninguém. Você é uma montanha-russa de emoções e tem medo de se envolver.

Denise estava casada havia dois anos, então acho que isso a tornava uma espécie de guru para relacionamentos.

— Só não quero que você se magoe de novo, Levi — disse minha mãe, suspirando do outro lado da linha.

Ela se culpava por eu estar no Wisconsin, mas tinha sido escolha minha passar o ano com meu pai. Eu não o via desde os meus 11 anos e achava que se não tentasse criar uma espécie de relacionamento com ele naquele momento, jamais o conheceria de verdade. Além disso, minha mãe precisava do espaço dela. E eu precisava do *meu* espaço.

Por não frequentar a escola e ter estudado em casa a vida inteira, tínhamos chegado a ponto de ela me tratar como se eu fosse sua cara-metade. Minha mãe mal falava com outras pessoas que não fossem eu ou Denise.

— Você não faz bem para minha irmã mais velha, Levi Myers. Sei que você é filho dela, mas não faz bem a ela — disse Denise para mim.

— Vou ficar bem, mãe — garanti ao telefone.

Ela não disse mais nada, mas a imaginei tamborilando as unhas nervosamente na superfície mais próxima, enquanto tomava seu café bem fraco.

— *Eu juro*, mãe.

— Ok. Mas se as coisas ficarem difíceis por aí, vá ficar com Lance, tá bom? Ou pode voltar para casa, tá? — Ela fez uma pausa. — Pode vir se ficar muito ruim, ok?

Nós dois sabíamos que isso não era uma opção. Eu não fazia bem para ela nem para sua saúde mental. Esperava ter um efeito melhor no meu pai. Fiz que sim como se ela pudesse me ver, e ela continuou falando.

— E onde você está agora?

— Esperando o ônibus para ir até a cidade.

— Ônibus?

— Acho que o carro do meu pai está quebrado.

Ela soltou alguns palavrões e sorriu ao perceber o desgosto óbvio que ela sentia por ele. Era difícil imaginar que em algum momento estiveram apaixonados. Eu não sabia muito sobre meu pai, e o que sabia tinha aprendido com minha mãe. Eu costumava passar uma semana com ele durante o verão até completar 11 anos. Ele costumava mandar cartões de aniversário e Natal com dinheiro e um *post-it* com alguma mensagem curta. Nada de mais, só um bilhetinho desejando feliz aniversário ou feliz Natal. Ainda tenho todos guardados numa caixa de sapatos.

Então, certo ano, ele parou. Disse para minha mãe que era melhor que eu parasse de visitá-lo e não deu mais explicações. Meu objetivo em passar este ano com meu pai era descobrir por que ele havia interrompido nossa relação e as cartas de forma tão repentina. Eu faria tudo que pudesse para descobrir o que aconteceu entre a gente.

— Vou ligar para o Lance e pedir para ele ir buscar você.

— Não, mãe. Ele está trabalhando. Está tudo bem.

Lance era meu tio, irmão do meu pai, e foi só por causa dele que minha mãe deixou que eu viesse passar o ano letivo com meu pai. Lance me ajudara a convencê-la de que a visita seria ótima para todos e prometera ficar de olho em mim.

Só que eu não precisava que ele ficasse de olho em mim. Eu não era mais criança, e, vivendo com a minha mãe, já tinha presenciado caos suficiente para conseguir sobreviver a um ano com meu pai. Precisei amadurecer muito rápido e assumir o papel de homem da casa quando minha mãe e eu não tínhamos mais ninguém com quem contar.

Eu me apoiei em algo, no ponto de ônibus, e soltei minha bolsa de viagem antes de colocar o estojo do violino no chão.

— Está tudo bem. E o ônibus já está chegando mesmo — menti.

Minha mãe teria mantido a ligação por muito mais tempo do que eu queria.

— Mais tarde eu ligo, tá? — acrescentei.

— Ok. Faça isso. Ou eu ligo para você. Eu ligo, tá? E, Levi?

— Sim?

— Amo você até o fim.

Repeti as palavras que ela me dizia desde sempre. Por algum motivo, minha mãe tinha essa estranha paixão pela música "Love You Till The End", do The Pogues, que foi tocada pelo menos uma vez por dia na nossa sala de estar durante toda a minha vida.

Passei o trajeto inteiro de ônibus até a casa do meu pai me perguntando que tipo de música tocaria na casa dele.

Com certeza não seria The Pogues.

O ônibus me deixou a vinte minutos a pé da cidade em que meu pai morava. Mas, por mim, não havia problema algum além das nuvens carregadas no céu. Na metade do caminho os pingos começaram a cair, então acelerei o ritmo e passei a andar rápido/correr devagar.

Quando finalmente cheguei ao endereço do meu pai, vi o carro dele no gramado da frente da casa. O capô estava amassado, um dos faróis estava quebrado, e ele não tinha se dado ao trabalho de fechar a porta do motorista. A varanda tinha uma lâmpada tremeluzente que mal atraía moscas ou mariposas. Havia uma cadeira de jardim no pátio que parecia estar lá desde 1974, e também vi uma embalagem de comida congelada pela metade jogada sobre a grama amarronzada.

A melhor coisa que poderia ter acontecido com o gramado dele era aquela chuva caindo.

Pisei na varanda de madeira e as tábuas rangeram a cada movimento. Talvez em breve desmoronasse só com o peso do meu corpo.

A porta preta estava escancarada, então nem precisei bater.

— Pai?

Nenhuma resposta.

Ao entrar na casa, eu o vi no sofá da sala de estar. *Pelo menos a casa está mais limpa do que o gramado.* Ele estava com as pernas por cima do braço do sofá, dormindo profundamente.

— Pai.

Ele se virou contra as almofadas, mas não acordou. Vê-lo pela primeira vez depois de tantos anos provocou emoções muito diversas. Fiquei feliz, triste, amargurado e com raiva — tudo ao mesmo tempo. Queria gritar com ele por ter me abandonado, e abraçá-lo por deixar que eu voltasse depois de todos esses anos.

Queria que ele dissesse que tinha sentido saudades, que pedisse desculpas, e que explicasse por que esteve tão distante nos últimos anos.

Mas o que eu mais queria era que ele acordasse do cochilo.

Tentando ao máximo afastar aquela confusão da minha cabeça, pigarreei.

— Pai — disse, dessa vez mais alto.

Empurrei a perna dele com a sola do meu All Star azul, e sua reação foi grunhir e se virar para o encosto do sofá.

— Tá brincando comigo? — murmurei baixinho antes de pegar minha mala e batê-la na lateral do corpo dele. — *Pai!*

Ele finalmente se sentou, franzindo a testa.

— Hã?

Esfregou os olhos cansados com as palmas das mãos, cerrou os punhos e inclinou a cabeça para me encarar.

— Conseguiu chegar?

— Consegui. Achei que você ia querer saber que estou aqui.

Ele coçou a barba grisalha antes de se virar de novo para o encosto do sofá.

— Seu quarto fica no fim do corredor, à direita.

E rapidamente voltou a roncar.

— Também adorei rever você.

Dei uma olhada no quarto antes de entrar e vi uma cama arrumada e uma cômoda com toalhas e itens de banheiro em cima dela.

Pelo menos ele pensou em mim.

Algumas caixas que minha mãe tinha enviado estavam no chão. Nada mais.

Meu celular começou a tocar, e o nome de Lance apareceu na tela.

— Alô?

— Oi, Levi! Chegou bem? Sei que Kent ia buscar você no aeroporto, mas eu só queria ver como você estava.

— Oi, cheguei. O carro dele não está funcionando, vim de ônibus. Acabei de chegar.

— Cara! Devia ter me ligado, eu poderia ter ido buscar você.

— Não foi nada de mais, eu sabia que você estava trabalhando. O trajeto foi tranquilo.

— Bem, da próxima vez que precisar de alguma coisa, nem pense duas vezes, ok? Família é mais importante que trabalho. Você está arrumando suas coisas? Kent tratou você bem?

— Na verdade, ele está cochilando.

Lance ficou em silêncio por um instante.

— Pois é, ele tem feito muito isso ultimamente. Tem certeza de que não precisa de nada? Comida? Companhia? Comida e companhia? Posso ir até aí e falar até você cansar — disse, rindo.

— Não, estou bem, juro. Acho que vou só arrumar minhas coisas mesmo.

— Tá bom. Mas ligue se precisar de qualquer coisa. A hora que for.

— Obrigado, Lance.

— Imagina, cara. Até mais.

Depois de desligar, sentei na cama e fiquei encarando as paredes brancas. Aquilo ali estava longe de ser um lugar que eu chamaria de lar. Parecia estranho. Minha mãe e eu morávamos no Alabama, em uma casa no meio do bosque. A única coisa boa sobre a casa do meu pai era que o quintal era cercado de árvores. Se não fosse por elas e pelas lembranças que eu tinha dele, provavelmente a sensação seria a de estar em Plutão ou algo do tipo.

Abrindo as caixas, tirei minha coleção de CDs, a coisa mais eclética que eu tinha entre minhas posses. Eu poderia facilmente tirar dali um álbum de jazz, depois algo do Jay-Z e terminar com The Black Crowes. Minha mãe era musicista e achava que valia a pena explorar todos os gêneros. Por isso escutávamos de tudo e nossa casa não ficava em silêncio nem por um segundo.

A casa do meu pai era muda.

Outra caixa tinha várias coleções de dicionários de capa dura: o Merriam-Webster Dictionary, o Merriam-Webster Collegiate Dictionary, e os dois volumes do Oxford English Dictionary. Todos os dias, durante o ensino domiciliar, minha mãe pedia que eu folheasse esses dicionários e encontrasse palavras que eu não conhecia. Depois, usávamos essas palavras para compor músicas.

O restante das minhas caixas armazenava minha coleção de Harry Potter, Jogos Vorazes, As Crônicas de Nárnia, todos os romances de Stephen King e dezenas de outros livros.

Peguei o Merriam-Webster e comecei a folhear.

querer | verbo | que.rer | [ker'er]

1. desejar (alguma coisa)
2. precisar (de alguma coisa)

Queria que meu pai me quisesse um pouco. Queria que minha mãe não me quisesse tanto. Eu queria que me quisessem, mas não muito.

O congelador tinha grande variedade de refeições prontas. A geladeira estava totalmente cheia com frios, frutas, restos de pizza, as cervejas do meu pai e refrigerante *root beer*.

Ele lembrou qual o meu refrigerante preferido.

Jantei purê de batatas com carne moída. Estava péssimo e tomei dois refrigerantes para ajudar a descer. Meu pai comeu o mesmo, mas em outro cômodo. Eu o deixei em paz pelo restante da noite e fiquei no meio do bosque durante a tempestade. Bem no alto dos galhos retorcidos, vi a casa de árvore que nós dois construímos quando eu tinha 9 anos. Na minha memória ela era muito maior, mas acho que lembranças são assim mesmo — nem sempre reproduzem fielmente a verdade.

No tronco da árvore, vi nossas iniciais riscadas em cima das palavras "homens da caverna".

Meus dedos passaram por cima de cada uma delas.

Não tinha lembrança do momento em que escrevemos aquilo.

Eu me perguntei o que mais eu tinha esquecido sobre aquele lugar.

Subi os degraus molhados na árvore, que ainda estavam bem firmes, e fiquei sentado dentro da casa, agora minúscula para mim, que estava coberta de teias de aranha, besouros mortos e latas de cerveja antigas. No canto mais distante, vi um aparelho de som velho que meu pai e eu usávamos para tocar nossos CDs preferidos enquanto nos divertíamos e ficávamos de bobeira.

Sem pensar duas vezes, apertei o botão de ligar, mas o som estava tão morto quanto os besouros.

Fiquei ali de braços cruzados na frente da janela, vendo a chuva cair.

A chuva sempre me lembrava da minha mãe.

Talvez eu estivesse começando a ficar com um pouco de saudades dela.

Capítulo 2

Aria, 16 anos

Eu devia estar dormindo.

Mas estava de olhos arregalados por causa da chuva implacável que golpeava o teto da casa. Eu me virei para o alarme do meu criado--mudo. As fortes luzes vermelhas me lembraram repetidas vezes por que eu não devia estar acordada.

2:22 A.M.

Eu me sentei, recostando-me na cabeceira. Joguei meu edredom cor de pêssego e amora para longe do meu corpo suado e respirei. Comecei a roer a unha já curta do polegar.

Eu odiava a calmaria da casa. Odiava como todos da minha família conseguiam dormir com os sons da tempestade que passava por Mayfair Heights. Odiava que estivessem sonhando com algo feliz e magnífico enquanto eu estava ali sentada na cama, pensando demais em tudo.

Eu me levantei e fechei a porta do quarto, que estava coberta com artes aleatórias de minha autoria e fotos minhas e da minha família. As letras recortadas "A-R-I-A" formando um arco por cima da moldura da porta indicavam o quão descolada eu sou.

Ou o quão descolada eu *não* sou.

Calcei meus chinelos velhos cor de menta. Coloquei minha bolsa cruzada com franjas e saí pela janela do meu quarto, que ficava no térreo. Eu não estava raciocinando direito a ponto de me lembrar de vestir uma jaqueta e cobrir a regata e o short de dormir. O frescor do ar de agosto roçava em minha pele, mas a chuva continuava implacável. Fiquei encharcada dos pés à cabeça antes de chegar à esquina.

Recuperando o controle dos neurônios, peguei um atalho pelo bosque do Sr. Myers no fim do quarteirão. Mas o que a princípio pareceu uma ótima ideia, mostrou-se o contrário quando comecei a escorregar na grama lamacenta, deixando os chinelos marrons.

O temporal me torturava; era quase como se meu cérebro tivesse decidido atacar meu coração. Eu sabia que era burrice sair tão tarde, mas poucas pessoas são capazes de criar um escudo para proteger um coração sendo ferido.

Quando cheguei ao limite do bosque e aproximei-me da casa do Sr. Myers, soltei um suspiro de alívio. A casa era a única desse lado da estrada em quilômetros, e boa parte dela estava exatamente como a pessoa que morava lá dentro: destruída. Era uma construção térrea, com mais lixo do que tesouros, incluindo a luz da varanda que piscava, o gnomo quebrado perto da caixa de correios e o carro surrado que parecia mais velho do que o meu avô.

O Sr. Myers não me conhecia, e provavelmente era melhor assim. Ele era o tipo de pessoa que eu nunca senti vontade de conhecer. Minha mãe o chamava de eremita do bairro. Meu pai, muito menos gentil, o chamava de babaca imbecil. No fim de semana anterior, o Sr. Myers tinha batido o carro na caixa de correios da Srta. Sammie, em Ever Road. A maioria das pessoas teria denunciado para a polícia, mas a Srta. Sammie disse apenas que ele precisava de uma Bíblia e de uma conversa com Jesus. Ela até preparou um sanduíche para ele depois que levaram o carro.

Do outro lado da rua, vi a luz da varanda de Simon acesa.

Graças a Deus.

Simon era meu melhor — e único — amigo. Nós nos conhecíamos desde que usávamos fraldas. Nossas mães eram melhores amigas, então Simon e eu estávamos destinados a ser amigos também. Acho que nossos pais ficaram um pouco decepcionados quando viram que a gente não se apaixonaria loucamente nem viveríamos felizes para sempre. Simon gostava mais de louras do que de morenas, e eu gostava mais de garotos que me chamavam de linda e depois fingiam que eu não existia; portanto a nossa história de amor nunca deu certo.

A chuva estava gélida. Fiz o máximo que pude para cobrir minha regata branca, àquela altura já transparente e encharcada, enquanto entrava no quintal de Simon e batia na janela dele, esperando não acordar seus pais. Apesar de ser próxima da família, a ideia de o Sr. Landon me encontrar ali parada de regata transparente me levaria a fazer bastante terapia.

Parada numa poça d'água, meu corpo inteiro tremia.

Simon demorou alguns minutos para acordar e vir ver quem era. Ele piscou os olhos sonolentos algumas vezes, depois esfregou neles as palmas das mãos. A janela se abriu e entrei, algo que eu fazia há anos.

Simon trancou a janela. Ele conferiu se tinha trancado e, em seguida, repetiu o gesto. E depois — para ter certeza total — conferiu pela terceira vez.

A maioria dos garotos teria pelo menos dado uma olhada em mim naquele estado, a regata colada no corpo, sem sutiã, mas Simon nem se contraiu. Além disso, ele estava sem óculos, então estava praticamente tão cego quanto um morcego. Uma vez, quando éramos mais novos, eu estava me trocando no quarto dele quando ele entrou. Daquela vez, ele estava, *sim,* de óculos e seus olhos focaram no meu peito imediatamente. Tenho certeza de que ele ficou vermelho toda vez que me viu durante dois meses inteiros depois disso.

— Você está bem? — perguntou ele, uma ligeira inquietação na voz.

Se existia alguém mais preocupado comigo do que meus pais, esse alguém era Simon. Meu amigo era um cara preocupado por natureza — e com razão. Tendo vivido um passado difícil, Simon podia ser um pouco mais neurótico do que todo mundo.

— Só estou com frio — respondi, sem querer assustá-lo mais.

— Essa decisão de caminhar às duas da manhã foi aleatória?

— Foi.

— No meio de um temporal?

— Não estava tão forte quando saí — menti.

— Tenho certeza de que estava forte quando você saiu.

— Bem, achei que fosse diminuir.

— Devia ter conferido a previsão do tempo.

— Fica para a próxima.

— Vou pegar toalhas para você se secar, e um pano de chão para esses pés enlameados no meu tapete.

Pelo tom de voz, ele não parecia incomodado com a sujeira, mas eu sabia que ele estava.

Simon foi até o banheiro, e fiz o meu máximo para ficar com meus pés enlameados num lugar só.

Depois de trazer as toalhas, ele abriu a gaveta de baixo da cômoda e tirou um pijama meu que ficava na casa dele. Depois de passá-lo para mim, ele se virou para me dar privacidade. Tirei as roupas encharcadas e vesti a camiseta nova.

— Você precisa trazer mais roupas para deixar aí na cômoda se planeja morar comigo — disse Simon em tom de sarcasmo, mas de um jeito extraordinariamente meigo. — Me diga quando posso me virar.

O short novo subiu por minhas pernas brancas como um fantasma, mas ajeitei o tecido para que se ajustasse melhor.

— Pronto.

Ele se aproximou da cômoda e pegou os óculos que posicionou diante dos olhos verdes. Seu cabelo ruivo avermelhado estava arrepiado em algumas partes, mas completamente penteado em outras. Ele era exatamente como eu imaginava que uma pessoa chamada Simon seria: meio magro, mas muito alto; meio nerd, mas estranhamente bonito.

— Você raspou o lado direito da cabeça? — perguntou ele, os olhos focando no meu novo corte.

— Raspei. Gostou?

Ele inclinou a cabeça para a esquerda, assimilando meu novo visual. Depois inclinou para a direita e continuou me encarando.

— É... *artístico*. É muito *você*.

— Você odiou.

Ele tinha odiado. Não fiquei surpresa.

— Não, não, eu gostei — continuou ele, mentindo.

No quesito visual, Simon gostava de tudo o mais normal possível. Ele odiava chamar atenção, mas sabia que sua melhor amiga era uma menina artística, cujos looks sempre chamariam atenção.

Sorri para a mentira dele, fui até a cadeira do computador e me sentei. O quarto de Simon não era um encharcado de cor como o meu. Era tudo bem entediante. Carpetes de linho com paredes cor de pérola. O único colorido do ambiente estava nos pôsteres dos seus videogames preferidos.

Ele ajoelhou-se no carpete e começou a esfregar as manchas de lama.

— Desculpa, Si.

Ele riu, seus ombros subindo e descendo.

— Bem, é como dizem, nada melhor para curar um leve caso de TOC do que um carpete enlameado.

Ele começou a esfregar com mais força.

Eu me inclinei para frente, apoiando os cotovelos nos meus joelhos ossudos. Tentando não franzir a testa, perguntei:

— E como você está em relação a isso?

Simon sempre fora um pouco obsessivo com as coisas, mas nunca vi isso como um problema. O comportamento dele, em grande parte, parecia apenas neura.

Quando éramos mais novos, todos os brinquedos dele tinham que ficar virados para uma certa direção. O volume da televisão sempre precisava ficar em um número que terminasse com quatro. Os garfos precisavam ser lavados separadamente das colheres. Pequenos detalhes, a princípio, mas comecei a perceber que, à medida que íamos ficando mais velhos, mais ele se importava com coisas relacionadas ao número quatro. A mesa precisava ser posta para quatro pessoas, mesmo que somente duas fossem comer. Todas as trancas das portas e janelas precisavam ser conferidas quatro vezes.

Sentando-se nos calcanhares, ele suspirou e enxugou a testa.

— Nunca vou transar nem arranjar uma namorada, não é? Vou ser o virgem de 40 anos.

— Não seja bobo — comentei. — Logo, logo você vai transar.

— Ah, é. E vai ser tipo, "Fala aí, gata... Só vou colocar e tirar a camisinha quatro vezes antes de a gente começar, tá?" Aham, nada de mais.

Eu dei uma risadinha.

— Tem razão. Você nunca vai transar.

Simon semicerrou os olhos para mim e colocou os panos que usou no cesto de roupa suja. Ele foi até o criado-mudo e apertou o dosador da garrafa de álcool gel quatro vezes na palma da mão.

— Você é uma ridícula.

— Também te amo.

Sorri. Meu cabelo ainda estava encharcado da chuva, e comecei a fazer uma trança.

— Olha só, se você ainda for virgem na véspera do seu aniversário de 39 anos, a gente transa, ok? Eu até deixo você tocar quatro vezes nos meus peitos.

Os olhos de Simon foram até eles e seus lábios se encurvaram para cima. Ele ficou vermelho na hora.

— Bem, talvez eu precise tocar neles seis vezes. Ou dez. Quem sabe o quanto esse meu problema vai piorar daqui pra lá, não é?

— Você é tão homem às vezes.

— Nunca se esqueça disso.

Ele saltou na cama e empurrou os óculos pelo osso do nariz.

— Então, vai continuar sem explicar essa visita da madrugada ou podemos discutir a respeito do que está incomodando você?

— Por que acha que tem algo me incomodando?

Ele ergueu a sobrancelha. Meu coração latejou na garganta enquanto eu pegava minha bolsa e deitava na cama dele. De pernas cruzadas e lábios tensos, coloquei a mão lá dentro.

Primeiramente, tirei um papel-toalha e o coloquei no edredom dele.

Coloquei a mão na bolsa de novo.

Um.

Dois.

Três.

Quatro.

Coloquei os quatro testes no papel-toalha e vi o ar evaporar dos pulmões de Simon. O silêncio dele me deixou enjoada.

— Isso são...?

Fiz que sim.

— E o resultado...?

Fiz que sim de novo.

Fiz questão de fazer quatro testes em homenagem ao meu melhor amigo. Bem, por isso e para o meu bem-estar.

— Com que dinheiro você comprou tudo isso? — perguntou, sabendo que eu nunca tinha dinheiro suficiente para comprar sorvete ou chocolate.

— Economizei o dinheiro dos trabalhos como babá de Grace e KitKat nas últimas semanas. E é claro que percebi a ironia de conseguir o dinheiro para comprar isso trabalhando como babá.

Quatro testes diferentes. Quatro marcas diferentes. Quatro dias diferentes. Quatro resultados iguais.

Simon não sabia o que pensar e caiu para trás, passando a mão na boca.

— Aria... pelo simples fato de que parece mentira até algum de nós dizer em voz alta, vou pedir para você fazê-lo.

— Estou grávida.

As palavras queimaram o fundo da minha garganta e, assim que saíram dos meus lábios, me senti ridiculamente sozinha.

— Como? Quem?

— No verão. Conheci um cara.

— Você nunca falou de cara nenhum.

A curiosidade de Simon estava batendo recordes, mas eu não queria contar que tinha me humilhado e me apaixonado pelo cara errado.

— Não achei que valesse a pena mencionar.

Ele não soube o que dizer depois disso. Nem eu.

Ficamos em silêncio até 5h56. A tempestade tinha passado, e eu sabia que devia voltar para casa antes que meus pais saíssem para o trabalho. Eu tinha dito a eles que cuidaria das minhas irmãs mais novas durante o dia por vinte pratas.

Saí pela janela de Simon e agradeci por ele ter ficado do meu lado sem me criticar ou me julgar.

— Você vai levar adiante? — sussurrou Simon.

Dei de ombros. Não tinha pensado muito no fato de que eu realmente estava grávida depois que fiz xixi nos quatro testes e contei para ele.

— Meus pais vão surtar.

Simon franziu a testa. Ele sabia que eles enlouqueceriam com isso, especialmente meu pai.

— Bem, me avisa se precisar de qualquer coisa.

Um sorrisinho triste surgiu nos meus lábios. Melhores amigos são realmente especiais. Eles sempre nos lembram de que nunca estamos realmente sozinhos.

Voltei pelo bosque do Sr. Myers e, na metade do caminho, parei para olhar o céu. O sol bocejava em seu despertar, lentamente estendendo sua luz pelas árvores cujas folhas queimadas logo viriam ao chão.

Eu não estava pronta para o amanhecer. Não estava pronta para voltar para casa. Não estava pronta para lidar com o fato de que o dia seguinte seria o primeiro dia de aulas, e eu seria *aquela* garota. Aquela que ia começar a usar roupas largas para tentar esconder a barriga. Aquela que passaria a ser notada não por seu jeito artístico, mas por suas más decisões. Aquela que engravidou no colégio.

Encostei em uma árvore e deixei o ar da manhã tocar meu rosto.

— Ei, ei, está tudo bem.

Uma voz baixinha fez com que eu me virasse rapidamente. Meus olhos procuraram pelo bosque à procura da origem do som. A voz continuou falando, mas era óbvio que as palavras não eram para mim.

— Que lindeza.

Aquelas palavras realmente não eram para mim. Na maioria das vezes, quando as pessoas se referiam a mim, diziam coisas como "Ah, Aria, você é tão... peculiar" ou "você está magra demais, vá comer um hambúrguer", ou "o que diabos você fez com seu cabelo desta vez?!"

A alguns metros de mim, havia um garoto ajoelhado na frente de um cervo. Os olhos do animal estavam arregalados, mas ele não estava assustado demais para correr. Eu nunca tinha visto aquele garoto antes, mas parecia ter a minha idade. Eu conhecia todo mundo em Mayfair Heights por nome e sobrenome — mesmo que a pessoa nem soubesse que eu existia — então era estranho desconhecer aquele rosto. Seu cabelo cor de chocolate estava parcialmente coberto pelo boné, e ele estava com um leve sinal de barba por fazer. Vestia uma camiseta lilás e calça jeans desbotada, All Star azul com os cadarços frouxos.

Segurava frutas vermelhas que oferecia para o cervo.

— Você vai adorar — prometeu ele.

Toda vez que ele falava, eu percebia a entonação diferente nas palavras. Ele não era daqui — com certeza. O sotaque sulista que aparecia no fim das frases era reconfortante.

O cervo deu um passo para a frente. Fiquei ansiosa, esperando que o bicho fizesse contato com o desconhecido.

As pessoas alimentam cervos? Isso existe mesmo?

Parte de mim queria desviar o olhar, mas outra parte queria *muito* continuar observando. Meu pé esquerdo moveu-se para trás, quebrando um galho, e o direito atingiu outro, fazendo-me cair de bunda no chão. O cervo se assustou e saiu correndo na direção oposta.

— *Droga!* — disse ele baixinho, jogando as frutinhas no chão antes de limpar as mãos na calça e dar uma risada. — Quase.

Mordi o lábio e me mexi, fazendo mais barulho nos galhos. Ele se virou na minha direção, parecendo tão assustado quanto o cervo. A princípio pareceu confuso pelo simples fato de eu existir, depois pareceu contente.

Seus olhos castanhos sorriram antes mesmo que os lábios acompanhassem o sinal de gentileza.

Pigarreando, franzi a testa para me desculpar.

Ele deu alguns passos e observou meu rosto. Esperou que eu dissesse alguma coisa, mas, como eu não sabia o que dizer, fiquei em silêncio. Ele estendeu a mão para mim, mas recusei e me levantei sozinha. Ele continuou sorrindo enquanto eu tirava folhas e galhos molhados grudados na minha bunda.

— Você está bem? — perguntou ele.

Fiz que sim em silêncio.

O sorriso dele não diminuiu. Será que ele sabia *não* sorrir?

— Ok então — disse ele. — Até mais.

Ele foi rumo a casa na árvore e começou a subir os degraus. Ao chegar lá em cima, o garoto misterioso desapareceu dentro da casinha e não consegui mais vê-lo. Olhei para a direita, para a esquerda, para cima e para baixo, conferindo as árvores silenciosas e me perguntando se ele realmente tinha existido. Mas eu sabia que ele tinha que ser real, pois as frutas vermelhas ainda estavam no chão úmido.

Capítulo 3

Aria

Todo domingo, eu e minha família jantávamos juntos. Durante a semana, meus pais trabalhavam em turnos diferentes, então não era muito comum fazermos refeições no mesmo horário. Exceto aos domingos, quando ficávamos juntos à mesa de jantar; meus pais achavam importante, ao menos uma vez por semana, que nos atualizássemos sobre as vidas uns dos outros durante uma refeição caseira.

Minha mãe passou a travessa com croissants pela mesa.

— Ah, tenho uma novidade! Aria, o Sr. Harper ligou para falar sobre a exposição em que você se inscreveu uns meses atrás. Ele disse que a sua obra vai ser a peça de destaque no museu de artes. Parece muito importante.

A voz dela estava cheia de orgulho e aprovação. Minha mãe não se incomodava por eu gostar mais do mundo criativo do que do mundo médico em que ela trabalhava. Era uma daquelas mães que acreditava que os filhos deveriam ser o que quisessem.

A travessa com croissants parou nas minhas mãos e eu a passei para Mike, sem responder ao entusiasmo da minha mãe.

— Achei que ficaria contente — disse ela, franzindo levemente a testa. — Achei que era o que você queria.

Não esbocei nenhuma reação.

— Aria, sua mãe está falando com você — disse meu pai com a voz forte, mas seus olhos encaravam a televisão na sala de estar, que exibia um programa de esportes.

Meu pai tinha mania de apoiar minha mãe mesmo sem estar prestando a menor atenção. Ele sempre se intrometia nas conversas no momento exato, como se fosse um sexto sentido em relação à esposa.

— Estou grávida — afirmei com ar desinteressado, colocando uma colher cheia de ervilhas na boca.

As palavras rolaram pela língua como se fossem algo que eu dissesse normalmente. Como se eu estivesse tentando engravidar com o amor da minha vida havia meses. Como se fosse o próximo passo lógico na minha vida.

Mike ficou segurando o croissant no ar, com seu olhar alternando-se entre minha mãe e meu pai. Grace, minha irmã mais nova, estava de olhos arregalados. KitKat, a caçula, jogou algumas ervilhas no meu pai, mas isso era normal porque ela só tinha um ano e sempre jogava ervilhas nele.

Acho que a reação de todos foi a maneira exata de reagir ao que eu tinha dito vinte segundos antes.

Desejei ser invisível.

Fechei os olhos.

— Estou brincando — eu disse, rindo, muito atenta ao silêncio esquisito que tomou conta da sala.

Enfiei o garfo no bolo de carne especial da minha mãe. Os rostos de todos relaxaram quando o susto passou.

— Está brincando? — disse minha mãe com dificuldade.

— Ela está brincando — suspirou Mike.

— Brincando? — cantarolou meu pai.

Grace fez que sim, entendendo.

— Brincando mesmo.

KitKat riu, mas ela sempre estava rindo, aos prantos ou jogando ervilhas.

— Pois é — murmurei, impedindo o tremor em minha voz antes que o identificassem. — Não é brincadeira.

Meu pai inclinou a cabeça para trás, surpreendentemente calmo.

— Mike, Grace, levem KitKat lá para cima.

— Mas... — disse Mike, querendo argumentar.

Ele queria assistir de camarote a meus pais me atacando verbalmente por causa das minhas más decisões. Normalmente, era ele que se encrencava por beber e ir para festas com os outros garotos do futebol, então deve ter sido bom não ser o alvo daqueles olhares severos pelo menos uma vez. Eu era a filha que sempre se comportava bem e que voltava para casa com o boletim cheio de notas altas em todos os semestres. Meus atos de rebeldia eram pequenos: a cabeça raspada e muito lápis de olho tinham sido a única demonstração do meu lado louco e descontrolado — até aquele momento.

Meu pai focou seu olhar de falsa tranquilidade em Mike, que se calou na mesma hora. Ele pegou KitKat na cadeira e saiu da sala.

A conversa da mesa de jantar foi degringolando. Eu sabia que devia ter contado para minha mãe primeiro. Ela era pediatra e lidava com crianças e seus problemas, então talvez tivesse entendido. Mas, em vez disso, tentei abordar o assunto de forma casual e decidi dar a grande notícia na frente do meu pai.

Ele não era pediatra.

Ele não "entendia" de crianças.

Ele era encanador.

Ele passava mais de 40 horas por semana lidando com os detritos das pessoas. Banheiros entupidos, pias, ralos de banheiras nojentos... o que você imaginar, ele consertava.

Então, na hora do jantar, ele já estava mais do que irritado com as merdas dos outros. Incluindo a minha.

— Grávida, Aria? — disse meu pai baixinho, com seu rosto ficando mais vermelho a cada segundo.

A parte calva no topo da sua cabeça estava reluzente e fumegante de raiva. Meu pai era um homem robusto, de pouquíssimas palavras. Jamais tivera motivo para levantar a voz com a gente. Éramos, em geral, filhos tranquilos. Mesmo com a bebedeira e as festas de Mike, meu pai o repreendia calmamente. Até minutos antes, meu pai não havia enfrentado nenhum grande problema para criar os filhos.

Eu não respondi. O que piorou tudo.

— Grávida?! — berrou ele, batendo os punhos cerrados na mesa e derrubando o saleiro.

Enfiei as unhas nas palmas das mãos e mordi acidentalmente a parte de dentro do lábio. Os olhos azuis do meu pai estavam sérios e decepcionados, e sua boca parecia querer tanto se encurvar para baixo que também fiquei triste.

— Adam — chamou minha mãe, fazendo uma careta incomodada por ele ter erguido a voz comigo. — Quer que os vizinhos escutem?

— Duvido que isso importe, porque logo eles vão conseguir ver!

Ele estava berrando, o que me deixou apavorada.

— Gritar não vai ajudar — explicou minha mãe.

— Nem falar calmamente — respondeu meu pai.

— Não estou gostando do seu tom de voz, Adam.

— E eu não estou gostando de saber que a nossa filha de 16 anos está *grávida!*

Fiquei com o corpo inteiro tenso. Se havia algo pior do que eu mesma dizer a palavra grávida, era escutá-la sair voando da boca do meu pai. Senti um aperto absurdo no estômago e o jantar subindo de volta até a garganta. Nunca tinha cometido um erro que deixasse meus pais tão arrasados. Como é que eu tinha feito uma besteira tão grande?

Eles estavam brigando.

Eles nunca brigavam.

A última vez que tinha escutado meus pais fazerem algo parecido com brigar foi quando estavam tentando escolher um apelido para KitKat, e isso terminou com meu pai beijando a testa da minha mãe e massageando os pés dela durante um episódio de "NCIS".

Minhas mãos pousaram sobre o colo, e eu queria tentar explicar o que tinha acontecido. Queria que entendessem que eu sabia que engravidar durante a adolescência era péssimo. Repito: *engravidar aos 16 anos é péssimo*. Eu tinha visto o programa "16 & Pregnant" na MTV inúmeras vezes e sei que não devia ter deixado aquele cara chegar perto das minhas partes íntimas, mas aconteceu algo de estranho com meu cérebro quando ele disse que eu era linda. Bem, não *linda*, mas *gatinha*, o que já era muito mais do que eu tinha ouvido de alguém sem ser meus pais. Estranha e aberração, sim. Gatinha? Nem sempre.

Minha mãe passou a mão pelo cabelo preto encaracolado. Ela estava com os bronzeados pelos dos braços arrepiados. Eu sou mais parecida com ela, mais mexicana do que caucasiana como meu pai. Minha mãe tem lábios grossos e olhos cor de chocolate. E esses mesmos olhos estavam cheios de decepção e confusão.

— Talvez eu deva conversar com ela sozinha primeiro — disse minha mãe.

Meu pai grunhiu e se afastou da mesa. Já não exibia mais o mesmo olhar de confusão e decepção, parecia simplesmente enojado comigo.

— Como quiser.

Quando ele saiu da sala, a conversa com minha mãe foi bem objetiva.

— Como você sabe que está grávida? — perguntou ela.

— Fiz quatro testes — respondi.

— Como você sabe se fez os testes da maneira certa?

— Ah, mãe, qual é.

— Foi Simon...?

— O quê? Não, nunca!

— Por que diabos você não usou proteção?

— Eu cometi um erro — disse, pigarreando de vergonha.

Depois de ver o olhar condescendente que minha mãe lançava, desisti da lógica e tentei uma abordagem mais lúdica.

— Você não disse para meu pai que KitKat também foi um acidente? Não sabe que essas coisas acontecem?

— Aria Lauren, meça suas palavras. Você está muito perto do limite — ela repreendeu-me.

Quando minha mãe ficava chateada, seu rosto ficava tenso e as rugas de expressão perto da boca desapareciam. Ela também ficava mexendo na orelha direita quando estava extremamente irritada.

Minha mãe tinha razão.

Eu estava quase no limite, estendendo a mão para que ela me puxasse para cima, mas minha mãe estava ocupada demais puxando a própria orelha até cansar.

— Amanhã vou buscar você no colégio, e vamos ao médico para conferir tudo. Agora, vá para o seu quarto. Preciso conversar com seu pai.

Arrastei meus pés até o quarto e fiquei parada sobre as tábuas de madeira antes de me virar para ela de novo.

— Pode pedir para ele não me odiar tanto?

Sua boca relaxou, e as rugas do sorriso voltaram.

— Vou garantir que o ódio fique no nível ideal.

Já tinham se passado quarenta e cinco minutos de gritos e berros entre meus pais. Apesar de estarem muito chateados comigo, estavam determinados a descontar um no outro. Fiquei sentada na cama, pernas cruzadas, fones de ouvido e uma tela em branco na minha frente. A música estava num volume ensurdecedor para evitar ouvir meus pais desmoronarem. Eu me entregaria totalmente à minha arte e à música para tentar esquecer que eu destruíra minha família.

Pelo menos esse era o plano até Mike aparecer e ficar parado na porta do meu quarto. Seus lábios estavam a mil por hora, mas felizmente a música abafava o que quer que estivesse dizendo. Ergui meu iPod e fiz a tolice de abaixar o volume.

— Você estragou tudo, sabia. O meu último ano devia ser incrível, e agora vou ser o cara que tem a irmã mais nova grávida.

— Você tem razão. Eu devia mesmo ter pensado em como isso afetaria o meu irmão mais velho e popular. Era muito mais fácil quando ninguém notava a minha existência, não é?

Revirei os olhos sarcasticamente. Mike era enorme, o principal *running back* do time de futebol americano, e estava prestes a receber ofertas de bolsas integrais para estudar e jogar nas maiores universidades do Meio-Oeste. Com seus olhos azuis e cabelo castanho-claro, ele parecia mais com meu pai do que com minha mãe.

— Porra, como você é burra. Você nem sabe o que fez, não é? Escute só os dois.

Ele apontou para a sala de estar.

— Cala a boca, Mike.

Aumentei o volume de novo. Meu irmão continuou tagarelando por uns cinco minutos antes de me mostrar o dedo do meio dramaticamente e sair furioso. Meu irmão, meu herói.

Horas se passaram antes que as luzes na casa fossem apagadas. Meus pais não vieram falar comigo. Eu também não consegui pintar. O pincel ficou na minha mão, pronto, mas não cheguei a encostá-lo na tela.

Grace pôs a cabeça pela porta do meu quarto, ela não sabia o que dizer para a irmã mais velha e grávida.

Ficou andando de um lado para o outro, tentando encontrar as palavras certas e me espiando. Depois abriu um sorriso malicioso.

— Sabia que KitKat vai ser tia de alguém que tem só um ano a menos do que ela? Que bizarro.

— Cai fora, mané.

— Você que é mané, mané! — zombou ela, colocando as mãos nos quadris e mexendo o pescoço para a frente e para trás como se fosse puro atrevimento. — Tenho perguntas.

— Claro que você tem.

— Você faz xixi em si mesma?

— O quê?

Ergui a sobrancelha.

— Você. Faz. Xixi. Em. Você. Mesma? Ano passado a Sra. Thompson, minha professora, engravidou e fez xixi no corredor inteiro enquanto a gente estava indo para a aula de música.

— Eu não faço xixi em mim mesma.

Pelo menos não ainda. Será que eu deveria me preocupar com isso? Será que ia começar a fazer xixi em mim mesma por algum motivo estranho? *Lembrar: procurar no Google xixi durante a gravidez.*

— Aposto que você também vai ficar uma baleia. Algumas pessoas ficam lindas grávidas, como a Sra. Thompson, mas acho que com você não vai ser assim.

— Pode ir embora quando quiser, Grace.

— Eu não vou trocar nenhuma fralda suja. Você sabe trocar fraldas?

— Você não devia estar dormindo?

— Você não devia *não* estar grávida?

Touché.

Fiz a única coisa madura em que consegui pensar.

Tirei minhas meias sujas e as joguei na cara dela, atingindo-a bem na boca.

— Eca! Sua nojenta! — choramingou ela, limpando a língua com a palma da mão. — Vou contar!

Aham, porque o maior problema dos meus pais naquele momento era mesmo o fato de que eu tinha jogado meias sujas na boca da minha irmã

Remexi as coisas na minha cômoda e tirei uma calcinha e uma das camisetas largas que usava como pijama. Eu sabia que já devia estar dormindo. O colégio não se importaria se eu estivesse cansada. O colégio não se importaria com a reviravolta completa que minha vida estava dando. O colégio não se importaria com o fato de eu estar prestes a ter um colapso nervoso.

O colégio só queria que eu chegasse antes da primeira aula.

Entrei no chuveiro para tentar me livrar da névoa que cobria meus pensamentos. A água escorreu pelo meu corpo por mais de uma hora. Ao sair do banho, o espelho na minha frente parecia rir da minha cara. Meus dedos foram até a barriga e fiquei encarando meu reflexo, tentando entender como era possível ter a mesma aparência, mas me sentir tão diferente.

Vesti a camiseta pela cabeça e me olhei mais uma vez antes de sair do banheiro. Estremeci ao ver meu pai deitado no sofá da sala. Ele parecia um gigante tentando ficar confortável em uma concha, se virando e se contorcendo sem sucesso.

Abri os lábios. Meu cérebro procurou as palavras certas.

Depois de ficar parada por um minuto, percebi claramente que não havia nenhuma palavra certa.

Então fui embora.

Na quarta de manhã, Mike se recusou a me levar de carro até o colégio.

Ele disse que era porque precisava chegar uma hora mais cedo para fazer musculação antes das aulas, mas isso nunca o impedira em outros tempos. Eu simplesmente ia para a sala de artes e me entretinha por uma hora antes de as aulas começarem.

Mesmo assim, ele fez questão de que eu não fosse com ele. Eu queria reclamar com meus pais, mas parecia o pior momento possível para isso, então tive que pegar o ônibus.

O ponto de ônibus ficava a dois quarteirões da minha casa. Quando coloquei a mochila nas coisas e saí, vi que Simon já estava na esquina. No momento em que parei ao seu lado, ele percebeu tudo que eu ainda não tinha verbalizado: percepção extrassensorial de melhor amigo.

— Contou para eles? — perguntou ele.

Fiz que sim.

— Mike obrigou você a pegar o ônibus?

Fiz que sim de novo.

— Você está bem?

Balancei a cabeça, com meus olhos analisando o meio-fio.

— Mas se a gente puder não tocar nesse assunto o dia inteiro, será ótimo.

— Tá bom. Bem, vou soterrar seu problema com os meus problemas e assim você vai poder esquecer completamente que ele existe. Confia em mim, tem muita coisa acontecendo neste meu cérebro estranho.

Antes que ele pudesse dizer mais alguma coisa, um par de All Star azul surgiu do meu lado. Ergui a cabeça para a pessoa parada perto de mim. Meus olhos encontraram os olhos castanhos que sorriam sem fazer qualquer esforço. Perdi a concentração.

O garoto do cervo.

Ele abriu um sorrisinho para combinar com os olhos.

Retribuí o sorriso. Ao menos acho que retribuí. Não sei dizer. O sorriso dele ficou mais largo e senti um frio na barriga.

Ele é lindo.

Mas tão lindo que era quase ofensivo. Ele parecia o som de um sussurro. Carinhoso, suave e romântico. Eu estava ficando tonta.

Eu não devia estar olhando para ele.

Sério.

Pare de olhar para ele.

Só mais uma olhadinha, talvez?

Talvez mais duas?

Baixei a cabeça de novo. Fiquei olhando nossos sapatos. Agarrei as alças da mochila e as puxei mais para perto, meus cotovelos próximos a meu corpo.

— Oi — disse ele.

Frio intenso na barriga, palmas das mãos suando. Eu não sabia se ele estava falando com Simon ou comigo, então fiquei em silêncio. Pelo canto do olho, vi que o garoto ainda sorria. Queria que ele parasse com esse lance. Quer dizer, não queria.

— É aqui que o ônibus pega a gente? — perguntou.

Fiz que sim e depois comecei a chutar uma pedra invisível com o pé esquerdo. Ele começou a imitar meu movimento com os tênis azuis. Ficamos ali chutando pedras invisíveis até o ônibus do colégio chegar.

Simon foi o primeiro a entrar, mas não antes de pisar no degrau e descer de novo quatro vezes. Ocupou um lugar no banco da frente. Eu me afastei para que o garoto do cervo entrasse no ônibus antes de mim.

Ele gesticulou na direção da gaiola amarela.

— Primeiro as damas.

— Obrigada — respondi, subindo no ônibus.

Escutei uma risadinha enquanto ele entrava atrás de mim.

— Então ela *sabe* falar.

Capítulo 4

Levi

Minha primeira aula do dia era cálculo, com o Sr. Jones. Se tivesse que escolher minha maior deficiência, diria que é em qualquer aula de matemática. Como estudei em casa a vida toda, eu praticamente evitava matemática até o fim do dia. Mas, em uma escola regular, com horários determinados, eu seria obrigado a enfrentá-la bem cedinho. Era um tipo especial de inferno.

O Sr. Jones estava parado fora da sala de aula, cumprimentando todos.

— Eu não faria isso se fosse você — alertou-me uma voz.

Eu estava prestes a colocar meus livros em uma carteira na primeira fila. Quando me virei, vi um cara de cabelo espetado, corrente dourada no pescoço e algo que parecia um bigode.

— O Sr. Jones é o Frajola da Mayfair Heights.

— Como assim?

— Sabe, tipo...

Ele deixou a voz mais rouca e ceceou, cuspindo muito:

— *Santa estupidez!* É sempre bom usar um guarda-chuva perto dele, saca?

Ele deu um tapinha na carteira do lado dele na fileira de trás.

— Se quiser, pode sentar comigo aqui no fundo.

Aceitei a oferta.

— Você é o novato em quem todas as garotas estão de olho, né? — perguntou ele.

— Não, deve ser outro novato. Ninguém falou comigo ainda. Só a garota no ponto de ônibus que disse "obrigada", mas até aquilo tinha parecido um tremendo sacrifício para ela.

— É por isso que você é o novato. Elas estão analisando a presa antes de atacarem. E com esse sotaque? — disse o garoto, assobiando baixinho. — Cara. Você vai engravidar as meninas só de olhar para elas. Se der uma piscadinha, nascem gêmeos. E é por isso que você vai precisar de mim — disse ele, dando um tapinha nas minhas costas. — Meu nome é Connor Lincoln, e eu sou o seu salvador, meu caro.

— É mesmo? — disse eu, tirando um lápis e um caderno da mochila, apesar de não planejar anotar nada.

— Aham. Eu sou tipo, os olhos, os ouvidos e a voz do corpo discente. Sei tudo a respeito de todo mundo que importa e posso ajudar você a não ter problemas.

— Puxa, que gentil da sua parte.

— O que posso dizer? Sou caridoso — disse, estendendo a mão para apertar a minha. — Qual é o seu nome?

— Levi.

— De onde você é, Levi?

— Do Alabama.

— Muuuuuito bem. Muito bem — disse ele com um sotaque do Sul; ou melhor, com o do Matthew McConaughey, que já é outro nível de sotaque. — Você será conhecido para sempre como Alabama.

Como Connor tinha me salvado do professor que cuspia, pensei que tudo bem ele me chamar de Alabama.

A garota do ponto de ônibus entrou na sala e se sentou duas fileiras na minha frente, mantendo a cabeça baixa o tempo inteiro. Metade do seu cabelo castanho-avermelhado estava raspada, e a outra metade era de um ruivo-escuro. Ela parecia diferente da maioria das barbies nos corredores. Mais sombria. Mais provocativa. *Linda*. Ela pôs a mão na mochila, tirou um caderno e começou a escrever. Não parava de colocar a franja atrás da orelha, mas sem desviar a vista do caderno.

— E ela? — perguntei a Connor. — Quem é aquela?

Os olhos de Connor focaram na carteira para onde apontei, e ele ergueu a sobrancelha.

— Ah, uma das estranhezas. Não sei o nome dela porque a maioria das estranhezas não merece ocupar espaço no meu cérebro. Prefiro deixar espaço para pessoas *assim*.

Ele apontou para uma garota com o rosto cheio de maquiagem e com uma camisa preta e colada que destacava os seios.

— *Isso sim* merece espaço no meu cérebro. Oi, Tori — disse ele, acenando.

Tori virou-se e mostrou o dedo do meio para Connor. Seus olhos se encontraram com os meus, e ela sorriu para mim antes de se virar para rir com a garota sentada ao seu lado.

— Viu isso?! — exclamou Connor. — Tori Eisenhower sorriu para mim!

Não disse que na verdade ela estava sorrindo para mim; ele parecia empolgado demais com aquilo.

— Bem, tá bom, ela estava sorrindo para *você*, mas como você é meu novo parceiro, vale como um sorriso para mim também. Cara. Você viu?

Ele gesticulou na direção da sala inteira.

— Vi o quê?

— Esse mar de pepecas deliciosas. É só a gente ir atrás delas, cara.

Eu ri, meio constrangido. Ao conhecer alguém, quase sempre eu achava desnecessário fazer comentários sobre me aproveitar das meninas e chamá-las de pepecas deliciosas. Com aquela única frase, eu tive certeza de que não gostava de Connor.

Esperava que aquela fosse a nossa única aula juntos.

O sinal da primeira aula tocou. O Sr. Jones entrou na sala e começou a falar, cuspindo em todos nas primeiras fileiras. Connor continuou sussurrando coisas do tipo "comer as gatinhas" e "conseguir os telefones" enquanto puxava seu colar dourado.

Eu devia ter sentado na primeira fileira.

Connor me acompanhou até a aula de ciências, e, a princípio, me perguntei se ele estava me perseguindo. Depois percebi que eram só os deuses dos horários que me odiavam muito. Queria encontrar uma maneira educada de dizer, "me deixe em paz e pare de falar de sexo" sem parecer babaca.

Quando ele tirou uma escova e começou a pentear os pelos inexistentes da barba do queixo concluí que na verdade o colégio era um inferno.

Considerei chamar Connor de Eminem, mas fazer qualquer comentário só estimularia mais conversas sobre vaginas.

Fiquei aéreo durante a maior parte das aulas da manhã — percebi que eram todas iguais. Ementas, objetivos dos professores, momentos para quebrar o gelo. Lavar, enxaguar, repetir. Fiquei feliz ao ver que o colégio era exatamente como os filmes mostravam: armários azuis surrados, garotas bonitas rindo perto dos bebedouros, pôsteres de grêmios estudantis e as vozes de muitas pessoas fofocando.

De vez em quando, eu via a garota do ponto de ônibus pelos corredores, mas ela estava sempre de cabeça baixa ou conversando com um cara ruivo.

Namorado dela?

Não sei por que eu me importava.

O cara a fazia sorrir, o que era uma espécie de ameaça escondida. Ela não sorria muito; era mais do tipo que franzia a testa. Era estranho, mas isso a deixava mais intrigante.

Ela e o cara nunca encostavam um no outro. A garota estava quase sempre abraçando aquele mesmo caderno em que estava escrevendo antes.

Meu Deus. Estou parecendo um stalker.

Mexi os pés e corri para a próxima aula.

Não fiquei surpreso ao ver Connor me esperando dentro da sala de História.

Capítulo 5

Aria

As horas na escola se arrastaram como anos, o que, por mim, tudo bem, pois eu sabia que no fim do dia iria ao médico, algo que realmente não queria fazer. Eu preferia fugir da realidade a enfrentá-la.

Toda vez que Mike e os amigos dele passavam por mim, ele fazia questão de nem me olhar. A maioria dos caras nem sabia que éramos parentes.

No almoço, sentei com Simon e fiquei observando enquanto ele abria e fechava a embalagem de leite enquanto encarava sua paixão ancestral, Tori, também conhecida como a garota mais popular do segundo ano. Ela *também* era conhecida como a garota que jogou ovos na casa de Simon no ano passado. Ele ainda se recusava a aceitar isso e alegava que Eric Smith tinha sido o verdadeiro culpado pela lambança.

Como todos os românticos inveterados, o amor impedia que ele enxergasse a verdade. Era tudo muito trágico e esperançoso ao mesmo tempo.

Simon continuava falando sobre Tori como se ela fosse o seu maior sonho que tinha virado realidade.

— Ela está três fileiras atrás de mim na aula de química. Você provavelmente vai discordar, mas Tori é inteligente, Aria.

Seu discurso parecia saído de um romance, um personagem falando de sua amada imaginária.

Às vezes, eu me perguntava se ele também não via passarinhos minúsculos voando ao redor dela, como acontece em a Branca de Neve, ou algo assim.

— Você está a fim da garota mais grosseira da nossa turma.

A maneira como ele riu me fez sorrir maliciosamente.

— Ela não é grosseira, ela é problemática. São o tipo de garota que mais gosto, as defeituosas. Fica mais fácil de elas aturarem os meus defeitos.

— É por isso que sou sua melhor amiga? Porque sou defeituosa?

— Não. Você é minha amiga principalmente porque está usando uma camiseta das Tartarugas Ninjas com os rostos de quatro artistas da Renascença.

Olhei para minha camiseta preferida e sorri.

— Quase fico com vergonha de tão descolada que sou.

— *Quase* — brincou Simon antes de se voltar para Tori. — Ela é tão linda.

— Você é bom demais para ela.

Ele apoiou os cotovelos na mesa do refeitório e o queixo nas mãos.

— Ela é o sol, e eu sou o homem pálido que deseja sua luz.

Eu ri.

— Vou fingir que você não acabou de dizer algo extremamente constrangedor.

— Imagine nossos filhos... — disse, suspirando alegremente. — Crianças lindas e louras e nerds, com sardas e óculos.

Então Simon parou, olhou para mim e franziu a testa antes de continuar:

— Desculpe. Erro do melhor amigo. Nada de papo sobre crianças.

Eu me mexi no banco.

— Você sabe que o cabelo dela não é louro de verdade, né? Foi muito mal-pintado.

— Disse a garota de cabelo ruivo-avermelhado que nasceu com o cabelo preto como carvão — respondeu Simon em tom arrogante.

— *Touché*. Mas não vamos nos esquecer do maior obstáculo em relação ao amor da sua vida, ok?

Gesticulei na direção de Eric, sentado ao lado de Tori.

— Ela é comprometida.

— Por enquanto. Estão dizendo por aí que ele vai terminar com ela.

— "Quem" estão dizendo?

Simon ficou corado.

— Tenho minhas fontes.

— A Srta. Givens?

Ele não respondeu, mas eu sabia que ela era a única fonte de fofocas escolares do Simon. A Srta. Givens era a bibliotecária que passava tempo demais escutando os sussurros dos outros nos corredores.

— Digamos que Eric está de saída, e Tori vai ficar arrasada, e aí *tchã-ram!* Simon Landon estará pronto para o ataque.

O entusiasmo em sua voz era divertido.

— E depois? Você vai surgir magicamente na frente dela e oferecer um ombro amigo? O cara que mal consegue fazer contato visual com ela, quanto mais falar com ela? Como pretende resolver isso, Romeu?

Ele assentiu como se eu tivesse observado um aspecto no qual ele ainda não tinha pensado. O devaneio de Simon chegou ao fim quando soou o sinal da próxima aula. Ele ergueu a bandeja e a colocou de volta à mesa. Uma, duas, três, *quatro* vezes. Seus lábios se encurvaram para baixo quando percebeu Tori saindo do refeitório com o braço de Eric ao redor dos seus ombros. Quase foi dominado pelo sentimento de derrota. Peguei a bandeja das suas mãos firmes.

— Ela nunca vai querer uma aberração como eu, não é? — perguntou ele, triste.

— Você não é uma aberração, Si. Além disso, você tem razão. Corre o boato de que em breve esses dois vão terminar. E a Tori já ficou com todo mundo da nossa turma, então esteja pronto para fazer seu *tchã-ram* a qualquer momento! Você é o próximo na fila dela!

Minha voz estava coberta de mentiras e palavras de conforto. Ele sabia que não era verdade, mas abriu um sorriso enorme assim mesmo.

— *Tchã-ram!*

Eu tinha ficado sabendo de mais coisas sobre o novato pelas fofocas do corredor do que por ele.

— Sabia que ele é do Sul?

— Tipo, do Brasil?

— Ouvi falar que ele fala francês.

— Ele é tãooo gato.

— *O nome dele é Alabama!*

— Ele tem uma tatuagem naquele lugar!

— O sotaque é falso.

— Ele já se agarrou com uma menina no vestiário!

— Ouvi falar que foi um *ménage*!

— Ele fala superbem.

— Eu vi primeiro!

No sexto horário de aulas, as garotas do segundo e terceiro anos já estavam querendo tomar posse do novato, enquanto as meninas do primeiro ano ficavam à espreita. Todas cercavam seu armário como cadelinhas apaixonadas, rodopiando o cabelo e empinando o peito. Fiquei me sentindo mal pelo rapaz. Ele não tinha a menor chance de manter o ar misterioso de novato com aquele rosto e aquele sotaque.

Fiquei parada perto do meu armário, observando o dito-cujo e suas fãs. De vez em quando, ele dizia alguma coisa e as garotas se viravam para mim e me encaravam.

Nunca tinham me encarado antes, mesmo com todas as cores de cabelo diferente que já tive, a maquiagem forte e as roupas excêntricas. Os alunos da Mayfair Heights sempre estiveram determinados a me manter invisível, e por mim tudo bem.

Até aquele momento. As garotas estavam virando para mim e rindo, jogando o cabelo para trás dos ombros antes de olhar para o novato.

Ele está me sacaneando?

Todos estão?

Era incrível como um charmezinho com o cabelo e uma risada sarcástica faziam alguém ter vontade de entrar no armário e ficar escondida pelos próximos cento e setenta e nove dias. Ou pelo menos até o último sinal do dia. Bati a porta do armário e me afastei do grupo de babacas metidas.

Bando de idiotas.

— Sabe onde fica a sala 112? — perguntou o Garoto do Cervo, aproximando-se de mim apressadamente.

Ergui a sobrancelha, um pouco irritada com o ar presunçoso de "sou sexy e sei muito bem disso".

— O enxame de garotas que atacou você não conseguiu ajudar?

— Ah, então você percebeu.

— Percebi o quê?

— Percebeu que elas me perceberam?

Hesitei antes de voltar a falar.

— Sim...

— O que significa que *você* me percebeu.

Eu não estava achando graça.

— Não fique se achando.

— Tá bom.

— Tá bom o quê? — perguntei.

— Tá bom, não vou ficar me achando.

Seus olhos aparentavam tamanha tranquilidade e sinceridade que quase me perdi neles.

Pisquei.

— Você é estranho.

— Estranho de uma maneira charmosa... ou só estranho mesmo?

Eu ainda não sabia qual dos dois. Talvez os dois.

— Por que vocês estavam me encarando?

— Ah, eu perguntei para elas como era o seu nome. Mas nenhuma delas sabia, e por algum motivo elas acharam isso engraçado.

Ele deu de ombros.

Claro. Eu sabia o nome de todo mundo, e elas não podiam se dar o trabalho de descobrir o meu.

— E por que você estava perguntando sobre mim?

— Não sei. Acho que fico curioso com garotas que andam no meio do bosque às seis da manhã num domingo.

— Ah.

— Meu nome é Levi Myers.

Ele gesticulou como se fosse fazer uma reverência ao se apresentar. Depois, ele de fato fez isso. *Uma reverência*. Ele estava quase entrando no território do somente-estranho.

— Você é filho do Sr. Myers? — perguntei, pensando por um momento. — Não sabia que o Sr. Myers tinha um filho.

— Pois é, meu pai é assim.

Ele franziu as sobrancelhas e ficou com uma expressão levemente desapontada antes de piscar, recuperando a ternura na expressão.

— E você é?

— Aria.

— Sério? Aria?

— Sim...

— Não é Becky? Nem Casey? Katie, talvez?

— Não. Aria.

Ele cruzou os braços, e meus olhos perceberam a tatuagem de olho na sua mão esquerda, entre o dedão e o indicador.

— Passei o dia inteiro tentando descobrir seu nome, e Aria não era uma das vinte opções em que pensei.

— Lamento decepcioná-lo.

— Não, não. Eu gosto. Aria.

Ele sorriu e colocou o dedão entre os dentes enquanto analisava meu rosto. Então inclinou a cabeça para a direita e para a esquerda.

— *Aria*. Aaariaaa.

Pare de dizer meu nome.

Mudei de posição. Ele estava de fato nadando no território do somente-estranho, e eu tinha que admitir que sua personalidade estranha destoava muito da aparência sexy. Ele era seu próprio oximoro.

Se houvesse uma lista dos quatro maiores oximoros do mundo, seria a seguinte:

Tragicomédia.

Cópia original.

Camarão jumbo.

Levi Myers.

— Então, você sempre caminha naquele bosque às 6h da manhã? — perguntou ele.

Levi esfregou a palma da mão no queixo com a barba por fazer, depois roçou o dedão no lábio superior.

Demorei alguns segundos para assimilar todas as suas características faciais. Pisquei duas vezes.

— Às vezes. Você sempre alimenta cervos aleatórios às 6h da manhã? — perguntei sarcasticamente.

— *Sempre* — disse ele confiantemente.

Não consegui mais encará-lo, estava me deixando meio tonta. Na verdade, o corredor inteiro estava fazendo minha cabeça girar. Respirei e fechei os olhos. Quando os abri de novo, os olhos castanhos dele ainda estavam sobre mim. *Merda.* Meu estômago se revirou. Pigarreei e gesticulei no sentido do corredor.

— A 112 fica logo ali. Depois do refeitório.

Comida.

Argh.

Estômago revirando de novo.

Ele focou em algum ponto atrás de mim, na direção para onde apontei.

— Obrigado, *Aria.*

Ele se afastou. Conforme ele se afastava pelo corredor, meus batimentos voltavam ao normal. O enjoo, no entanto, persistiu enquanto eu roçava a mão nos lábios.

Andando o mais rápido possível, entrei no banheiro mais próximo e mal consegui fechar a porta da cabine antes de vomitar o café da manhã e o almoço. Agachando sobre os calcanhares, peguei o papel higiênico e limpei a boca.

Que dia péssimo.

Capítulo 6

Aria

A única coisa de que eu gostava no colégio era o oitavo horário. Era o meu preferido não por ser o último, mas porque era a aula de artes com o Sr. Harper.

Eu e ele nos conhecíamos desde que entrei na primeira aula de Introdução à Arte no primeiro ano. O Sr. Harper era um cara magro, gay, 62 anos, que fumava cachimbo e usava bigode. Atribuía seu gosto por arte a um caso de amor que tivera com Leonardo da Vinci. É claro que o caso de amor tinha sido uma viagem de ácido incrível, já que Leonardo da Vinci morreu 433 anos antes de o Sr. Harper nascer. Mas ainda assim parecia uma história de amor lendária da maneira como meu professor preferido contava.

Na classe, estávamos envolvidos em um exercício exploratório cujo objetivo era descobrir uma nova maneira de enxergar a arte como um todo. Nossa sala era diferente de todas as outras do colégio. As carteiras ficavam voltadas para dentro em um semicírculo, e havia pelo menos quinze cadeiras a mais. Na abertura do círculo, havia um grande quadro-negro.

O Sr. Harper escreveu as palavras *Exploração com Parceiros* no quadro.

— Gritem o que vem à cabeça quando pensam no conceito de exploração. Prontos? Valendo! — disse o Sr. Harper, segurando o giz.

A turma começou a gritar palavras aleatórias o mais alto possível.

— Selva!

— Cristóvão Colombo!

— Jet ski!

— *Sexo!*

O Sr. Harper colocou todas as palavras no quadro e escreveu "sexo" com letras enormes. Ele nunca se abalava com as palhaçadas do pessoal e considerava isso parte da experiência de aprendizado.

— Ah! E que palavras vocês pensam quando escutam a palavra parceiro? Valendo!

— Sexo!

— Sexo!

— *Relação sexual!*

Todas as palavras relacionadas a sexo vinham de Connor, o aluno mais pervertido do segundo ano. Connor vivia falando obscenidades ou fazendo expressões sexuais com a língua. Com certeza ele tinha o pênis pequeno e era virgem, porque uma pessoa que fala *tanto* de sexo claramente está compensando alguma outra coisa.

— Equipe — sussurrei baixinho, quase sem voz.

Os olhos do Sr. Harper focaram em mim, e ele abriu um sorriso enorme. Eu sabia que professores não podem afirmar que tinham alunos preferidos, mas era óbvio que o Sr. Harper gostava muito de mim.

Com letras ainda mais gigantescas, ele escreveu "equipe".

— Neste semestre, vocês vão formar duplas com um parceiro. Vocês vão explorar o mundo da arte, considerando as personalidades de ambos e criando ao final uma obra que mostre esses dois mundos colidindo. Desse modo, quero que aprendam tudo que o outro gosta, não gosta, sonha, deseja e tem medo. Descubram tudo que puderem sobre o seu parceiro.

Ele pegou o apagador e começou a apagar as palavras envolvendo qualquer forma de sexo.

— Mas, infelizmente, nada de transar com o seu parceiro, ok?

Connor reclamou, dizendo que sexo era a única coisa interessante da aula.

O Sr. Harper continuou apagando o quadro e disse em tom sério:

— Não seja dramático, Connor. Ninguém estava planejando transar com você mesmo.

A turma caiu na risada. Todos curtindo o humor do Sr. Harper, como sempre. Bem, todos menos eu.

Observei a sala, tentando descobrir quem seria a minha dupla. O único problema com projetos em equipe é o conceito de trabalhar em grupo. A pior sensação no mundo é dar uma olhada na sua turma e perceber que você conhece todo mundo, mas ao mesmo tempo não conhece ninguém.

— Não ajam como se eu não estivesse vendo vocês em pânico, tentando descobrir quem vai ser sua dupla. Suas duplas não estão aqui.

O Sr. Harper ergueu o dedo, silenciando nossas mentes confusas antes de sair da sala.

Connor bufou.

— Se ele não voltar em dois minutos eu vou dar o fora!

Ninguém liga, Connor. Pode ir embora.

Um minuto e cinquenta segundos depois, o Sr. Harper voltou com a Sra. Jameson, a professora de música que ria muito alto e tinha uma barba perceptível demais. Qualquer mulher que trabalhasse num colégio com alguns dos valentões mais cruéis da história já teria raspado esses pelos, mas acho que ela se amava do jeito que era.

Atrás da Sra. Jameson, apareceram seus alunos segurando instrumentos. Minhas bochechas ficaram vermelhas quando vi Levi entrando com um violino.

Olhei para o chão, fingindo não ter percebido sua presença.

Então olhei para cima.

Ele sorriu para mim.

Não sorri de volta.

— Arte...

O Sr. Harper gesticulou para a nossa turma, e depois para a turma da Sra. Jameson.

— Conheçam alma.

Ele explicou que, três dias por semana, encontraríamos nossos parceiros de música e faríamos um trabalho criativo, mas parei de escutar quase imediatamente. Fiz o melhor que pude para não demonstrar que notei Levi se aproximando. Fiz o melhor que pude para não demonstrar que vi a carteira vazia ao lado da minha. Torci ao máximo para que minha parceira fosse Ellie Graze, que falava demais e tocava flauta.

— Oi, Aria — disse Levi, sentando-se a meu lado.

Eu nunca tinha escutado meu nome tantas vezes num dia só. Talvez ele tivesse um vício estranho pelas letras A, R e I.

— Acho que isso é um sinal, não? Você tem sido tão ubíqua desde que a conheci.

— O quê? — perguntei, piscando, enquanto via o restante da turma formando duplas. — O que significa ubíqua?

— Foi minha palavra do dia esta manhã. Significa onipresente. Bastante oportuna. O universo obviamente está nos empurrando para perto um do outro e gritando: "Ei, é pra vocês se conhecerem melhor!"

— Não acho que seja nada disso — argumentei. — Parece só uma coincidência. Fazer a mesma aula que outra pessoa é muito comum. Não fique achando que tem algo de especial nisso.

A expressão de prazer em seu rosto indicava que ele de fato pensava se tratar de algo especial.

— *Sério* — disse eu, suspirando. — Para com isso.

— Com isso o quê?

— De *sorrir.*

Ele sorria tanto que devia doer.

— Vou parar de sorrir quando você parar de franzir a testa. Podemos trocar de expressões.

— Eu não...

Fiz uma pausa e percebi o quanto meus lábios estavam tensos. Mexi um pouco a boca, relaxei o rosto e abri um sorrisinho falso para ele.

— Melhorou?

Ele fez um bico e depois fez que sim com a expressão mais triste de todas.

— Muito.

Ele colocou o violino no colo.

— Então os boatos são verdade? — perguntei.

— Boatos? Que boatos?

— Que você é do Sul, embora eu duvide que seja um sul tipo Brasil. E que você é um mago das palavras.

Pensei em perguntar sobre a tatuagem nas suas partes íntimas, mas pareceu ser um pouco demais considerando que aquela era apenas a nossa segunda conversa. Achei melhor guardar o assunto para a terceira.

— Eu de fato sou do Sul, mas não do Rio de Janeiro. E eu gosto *sim* de palavras, mas mago? Aí eu já não sei. Ainda não definiram minha casa em Hogwarts. Estou torcendo para ser Grifinória.

— Você combina mais com Sonserina.

— Isso não significa muito vindo de uma Lufa-Lufa.

Sorri, porque referências a Harry Potter sempre me faziam sorrir.

— Quais são os outros boatos? — perguntou ele.

— Bem, disseram que você fez um ménage no vestiário com Jessica Bricks e Monica Lawrence durante o terceiro horário.

— Ah, sim. Obviamente isso não é mentira. Foi incrível, aliás. Puxadas de cabelo, falando muita baixaria, tudo muito intenso. Fico surpreso por você ainda não saber o meu apelido.

— E qual é?

— Sr. Selvagem.

Que mentira.

— Aham, Sr. Selvagem. Então qual é a cor do cabelo das duas? — perguntei, sabendo que ele estava mentindo.

— Dã, as duas são louras platinadas.

— Pura sorte. É a cor de quase todas nesta escola.

— E olhos azuis.

— Isso, Barbiezinhas perfeitas com contas bancárias imensas.

— Menos você — disse ele. — Você é diferente.

Ele não disse mais nada.

As palmas das minhas mãos ficaram suadas, e endireitei a postura na cadeira. Levi continuou me encarando, e fiquei chocada com o quanto me senti à vontade com o nosso silêncio. Só que, ao mesmo tempo, eu não estava nem um pouco à vontade com o nosso silêncio. Como as duas coisas podiam acontecer simultaneamente? Comecei a balançar o joelho direito e a morder o lábio inferior. Estava nervosa.

— Então você toca violino?

— Toco.

— Toca bem?

— Pff. Jascha Heifetz é um dos maiores violinistas de todos os tempos?

Meu olhar inexpressivo o deixou chocado

— A resposta é sim. Eu toco bem. E sim, Jascha Heifetz é um dos maiores violinistas de todos os tempos. Meu Deus. O que vocês aprendem aqui, hein?

— Nada sobre os maiores violinistas, com certeza.

— Bem, uma pena porque Heifetz... Ele toca como se estivesse lutando pela própria vida, como se fosse deixar de existir se não fosse pela peça que está executando. As cordas gritam e berram e comemoram e riem, tudo ao mesmo tempo.

Eu ainda não estava pronta para admitir nem demonstrar, mas Levi me fazia sorrir. Não só por fora, mas por dentro também.

— Sua personalidade é totalmente o oposto da sua aparência.

— Sei que minha personalidade é incrível, então vou fingir que você não acabou de me chamar de feio.

Dei uma risadinha.

— Ah! Ela também ri!

Ele abriu um sorriso malicioso.

Connor se aproximou por trás da gente e se inclinou perto de Levi.

— Alerta, alerta, estranheza à vista, estranheza à vista. Salve-se.

Levi riu para Connor, mas não foi uma risada verdadeira. Era mais uma daquelas risadinhas do tipo vou-rir-muito-constrangidamente--para-você-me-deixar-em-paz-porra.

— Seu amigo? — perguntei.

— Não percebeu? Meu camarada — disse ele sarcasticamente.

— Talvez você possa dar algumas dicas para ele sobre pelos faciais. Ele está deixando crescer aquele único pelo no queixo há quatro anos.

— Vou pensar no caso — disse ele, virando-se de novo para mim. — Aliás, são dois.

— Dois o quê? Dois pelos no queixo?

— Não, não estou nem aí para o dilema da falta de pelos de Connor. Você disse que temos só um horário em comum, mas são dois. Estamos juntos em cálculo também, mas durante a aula você não olhou para os lados nem percebeu que eu estava lá.

— Mas você percebeu? — perguntei.

— Percebi o quê?

— Percebeu que eu não percebi?

Ele riu.

— *Touché.*

Os professores entregaram as folhas que devíamos preencher para "nos conhecermos melhor". Era um questionário básico, com coisas do tipo comida preferida, banda preferida, esporte preferido, está namorando, etc.

Pisquei uma vez. Olhei para Levi e depois para a folha. Não dizia nada sobre namoro, então ou eu tinha imaginado, ou Levi tinha perguntado isso.

— O quê?

— Perguntei se você tem namorado.

— Essa pergunta não está na lista.

— Não podemos desviar um pouco da lista? — perguntou ele.

— Não.

— Acho que podemos.

— Acho que você está errado.

Levi ergueu a mão, e o Sr. Harper o chamou. Eu me contraí.

— Sim, garoto com o violino?

— Podemos acrescentar nossas próprias perguntas, professor com o bigode impressionante? — perguntou Levi, com o sotaque do Sul bem acentuado.

O Sr. Harper encurvou as pontas do seu bigode com os dedos.

— A exploração criativa dos parceiros é muito bem-vinda.

— Mas sexo não — opinou Connor, com irritação na voz. — Essa aula é um saco.

— Belas palavras, Connor. Tenho certeza de que você conversará com seu parceiro de saxofone sobre vida, política e inteligência humana — disse o Sr. Harper, dando um sorriso irônico antes de se aproximar de mim e Levi. — De onde você é, garoto com o violino? Percebi o sotaque.

— Alabama, professor com o bigode impressionante.

Levi conseguia brincar naturalmente com qualquer pessoa. E aquilo também era muito charmoso.

— Ah! Eu encontrei Leonardo no Alabama muitas luas atrás. Me lembre de lhe contar a história do meu Da Vinci um dia.

O Sr. Harper afastou-se, cantarolando para si mesmo e girando o bigode, sonhando com suas falsas lembranças.

— Então... namorado? — disse Levi, virando-se e prestando total atenção em mim.

Ele não ia desistir, então cedi.

— Não tenho.

— Então o cara ruivo seria...

— Meu melhor amigo.

— Que bom.

— Por quê?

— Porque eu não queria chatear o ruivo. É contra as regras, sabe? Roubar a garota de outro cara.

Eu ri.

— E por que você acha que eu posso ser roubada?

Ele passou a mão no queixo.

— Não acho. É só uma esperança minha.

— E por que eu? As garotas estão se jogando em cima de você. Além disso, pessoas como *você* não gostam de pessoas como *eu*.

— Pessoas como *eu*? — repetiu ele, chegando mais perto. — Está falando de pessoas do *Sul*? Porque eu estava brincando quando falei que o Sul reinará de novo para aquela garota no corredor. Impossível ser mais do Norte do que eu. Eu amo caçarola de batatas. Acho o Packers um dos melhores times da NFL. E amo queijo. Gouda, provolone, cheddar... Como qualquer um e saboreio cada mordida.

Não consegui não rir.

— Você é muito estranho.

Ele não disse mais nada e simplesmente ficou ali, me encarando, os olhos e lábios formando o sorriso mais doce do mundo. Eu me remexi no assento. Levi me olhava de um jeito que me deixava constrangida, como se ele conseguisse me enxergar por dentro. Eu preferia ser a fantasma do colégio. Ele sorriu ao colocar os antebraços na mesa e unir as mãos, apoiando o queixo nelas.

— Só para constar — disse ele baixinho —, pessoas como *eu* acham pessoas como *você* revigorantes.

Coloquei o lápis na mesa e pisquei uma vez. Depois, passei o resto da aula encarando meus pés. Pensando naqueles olhos cor de chocolate o tempo inteiro.

Quando o último sinal do dia tocou, Levi insistiu em me acompanhar até meu armário, apesar de eu ter dito que era desnecessário. Ele discordou e nós discutimos até chegarmos ao corredor onde ficava o meu armário.

— Aliás, não fiz ménage nenhum no vestiário — brincou ele, mas não consegui responder.

Fiquei sem ar. Um grupinho de populares, incluindo Tori, a paixão ridícula de Simon, cercava meu armário. Quanto mais perto eu chegava, mais acelerados ficavam meus batimentos.

Tori virou-se para mim com um sorriso malicioso no rosto e um batom vermelho na mão. Ela guardou o batom na bolsa e fez um bico.

— Parece que até as aberrações sabem ser vadias.

Quando li as palavras escritas com batom vermelho no meu armário, meus olhos imediatamente se encheram de água, mas me contive e engoli a seco. Infelizmente, aqueles babacas ficariam muito decepcionados porque eu não ia chorar na frente deles. Eles que se ferrassem.

Gráveda aos 16

Puta

Vadia

Vagaba gótica

Eu tinha odiado muitos momentos na minha vida. Aos 6 anos, eu odiei não ganhar a Barbie que queria de Natal. Chorei tanto que passei mal o dia inteiro. Aos 11, odiei não poder ir para o acampamento de artes porque estava com catapora. Aos 15, eu odiava ser invisível.

Mas agora o nível de ódio era novo. Eu *me* odiava por ter me colocado numa posição de destaque.

Eu também odiava ter os valentões da escola se ocupando com meus problemas pessoais, embora eles fossem o tipo de pessoa que escreve "gráveda". Talvez essa gente devesse se ocupar fazendo mais aulas de gramática ou algo do tipo.

Burros.

Suspirei.

Não, eu que sou burra.

Levi estava parado a alguns metros, olhando as palavras no meu armário. Quando nossos olhares se encontraram, percebi que todo o seu jeito brincalhão de antes tinha desaparecido. Tudo que restava era pena e vergonha.

Ele começou a se aproximar de mim e eu ergui a mão, balançando a cabeça e seguindo apressadamente pelo corredor.

— Aria.

Escutei alguém me chamar e, quando me virei bruscamente, Simon me encarava com o olhar mais ridículo de todos. Ele abriu a boca para falar, mas desistiu rapidamente.

— Sabe o que é o pior? Só três pessoas neste colégio sabiam. Mike, você e eu. Tenho certeza de que Mike nunca contaria para ninguém, pois ele faz tudo que pode para convencer as pessoas de que nem somos parentes, e sei que *eu* não disse nada.

Ele baixou a cabeça, seus olhos dançando pelo chão.

— Foi um erro. A Srta. Givens estava me falando sobre Tori na biblioteca, e eu posso ter contado sem querer sobre...

Ele nem conseguiu terminar a frase.

Meu coração estava se despedaçando.

Simon deveria ser meu melhor amigo.

— Me deixa em paz, Simon.

Obriguei meus pés a se moverem pelo corredor rumo a uma saída. Minhas mãos empurraram agressivamente a porta do banheiro feminino, onde abri a porta de uma cabine e a fechei com rapidez. Tranquei a porta e respirei fundo. O pânico me sufocava e eu não conseguia decidir se era melhor puxar ou soltar o ar. Apoiei as mãos nos quadris, começando a tentar estabilizar minha respiração.

Então me recompus. Prometi que lidaria com aquilo, independentemente do que acontecesse.

As ondas de emoções eram fortes, mas eu também era. Eu precisava ser mais forte do que meus sentimentos, do que aquelas pessoas. Algumas vezes não há escolha. A vida já tinha tirado muito de mim e eu não deixaria que tirasse minha força também. Passei as mãos no meu corpo trêmulo.

Instantes depois, abri a porta da cabine. Observei o banheiro e quase tive outro ataque de pânico quando vi Levi encostado na pia.

Ah, merda, não acredito que entrei no banheiro masculino.

A existência daquele dia precisava ser apagada. Que grande merda ele estava sendo.

Morrendo de vergonha, fui lavar as mãos na pia mais longe dele. Ele sorriu maliciosamente e apontou a cabeça na direção do corredor.

— Você está bem?

Eu o ignorei.

— Você está bem? — perguntou ele de novo.

Inclinei minha cabeça para o lado dele, e apesar de eu saber que nós dois éramos os únicos ali dentro, dei uma olhada atrás de mim para conferir se estava falando comigo.

— Este é o banheiro feminino, Levi — sussurrei.

Ele riu. Só que eu estava falando muito sério.

Ele franziu um pouco o rosto.

— Por que você não disse nada?

— Não ligo para o que aquela gente pensa.

— Por isso que acabou de ter uma crise de pânico?

Encostei o dorso da mão na bochecha e no queixo.

— Eu não tive isso.

Erguendo a sobrancelha, seu olhar era do tipo "que mentira". Ele saltou do balcão. Antes que eu pudesse dizer mais alguma coisa, duas garotas entraram no banheiro, rindo, e pararam ao me ver com Levi. Então riram ainda mais e saíram — não sem antes murmurar um belo comentário: "vadia". *Ótimo. Era disso que eu precisava.*

Beliscando a ponte do nariz, fechei os olhos.

— Escute, não preciso que você se sinta mal pelo que aconteceu. Não preciso da sua pena. Além disso, você está parecendo um novato assustador, e a última coisa de que eu preciso é de mais pessoas assustadoras na minha vida.

Não tinha sido minha intenção dizer aquilo e me arrependi no instante em que as palavras saíram da minha boca. Só que eu estava morrendo de vergonha e não sabia quanto mais eu seria capaz de aguentar. As garotas me encontrarem no banheiro com Levi e me chamarem de vadia era demais para mim. Estar grávida era demais para mim. Levi me tratar de uma maneira tão carinhosa era demais para mim.

Toda aquela situação estava me deixando emocionalmente desgastada e afastá-lo era a única coisa que estava sob meu controle. Eu não precisava dos seus olhares afetuosos nem dos seus sorrisos encantadores.

Ele não respondeu. Simplesmente baixou a cabeça, colocou as mãos no bolso da calça jeans, se afastou e pediu desculpas baixinho.

Eu era oficialmente uma babaca.

Quando finalmente criei coragem para sair do banheiro, me virei para a esquerda e vi James, melhor amigo do meu irmão, lendo as palavras rabiscadas de batom no meu armário. James sempre fizera parte da minha vida familiar — ele era o Simon do Mike. E também era meu crush mais antigo, desde que eu tinha 8 anos.

James era o tipo de cara que nasceu com o gene sociável. Ele era amigo de todo mundo, independentemente do status social no colégio. Os maconheiros, os nerds, os atletas... Todo mundo mesmo. Foi também por causa disso que fiquei tão encantada por ele quando era mais nova.

Engraçado como uma única noite mudou tudo que eu pensava sobre ele.

James olhou para cima e abriu um meio sorriso.

— Aria, oi.

Engoli em seco e encarei seus olhos preocupados.

— Isso aqui é verdade? Você está...?

Baixei a cabeça.

— Sim.

— E esse bebê é...

James se interrompeu, olhando para o corredor vazio. Respirou fundo e deu um passo mais para perto de mim.

— Eu sou o...

— É.

Ele murmurou "merda" baixinho. Seus dedos puxaram a gola de sua camisa polo azul-celeste da Calvin Klein.

— Tem certeza que é meu?

Meu choque deve ter ficado claro, porque ele rapidamente retirou o que disse.

— Desculpe. Que coisa idiota de se dizer.

Ele beliscou a ponte do nariz e respirou fundo.

— O que eu quis dizer foi... você vai resolver isso?

— Resolver isso? — perguntei, erguendo a sobrancelha.

Ele sussurrou.

— Você sabe... Tirar...?

Não respondi.

Como responder?

— Você precisa entender, Aria. Meu namoro com a Nadine está muito bem. E eu também tenho o futebol e estou me organizando para começar a universidade no próximo ano. Isso arruinaria tudo para mim. Não posso lidar com esse tipo de coisa na minha vida agora.

Meus olhos se moveram para o armário rabiscado com batom.

Tenho certeza de que não é você que está lidando com isso.

Senti um aperto na barriga, e por um instante pensei em esmurrar o nariz perfeitamente afilado de James.

— Agradeço o seu apoio, James. Você realmente sabe falar a coisa certa.

Saí correndo do prédio. Todos os ônibus e a maioria dos carros no estacionamento já tinham ido embora. Minha mãe estava sentada em seu Audi, encarando o celular.

Maravilha. Era hora da tal ida ao médico.

Encurvei o corpo e fui me arrastando até o carro, onde me afundei no banco do carona.

— Onde diabos você estava, Aria? Estou esperando há mais de meia hora e você nem atendeu minhas ligações! — sussurrou ela, zangada com o meu atraso. — Você faz alguma ideia do estresse que está causando nas nossas vidas? Seu pai está quase tendo um colapso nervoso, eu precisei fazer várias ligações para arranjar o melhor terapeuta para você, a Srta. Franks só pode cuidar de Grace e KitKat até 18h, preciso trabalhar hoje à noite no hospital e você tem uma consulta do outro lado da cidade em cinco minutos, e agora vamos chegar atrasadas!

Olhei para ela e tentei encontrar as melhores palavras para contar o quanto meu dia tinha sido uma merda. Eu queria descarregar todo meu lixo emocional no colo da minha mãe, mas minha cabeça estava uma zona.

Meu lábio inferior tremeu enquanto eu olhava nos olhos dela. Isso suavizou um pouco sua expressão irritada. Ela assentiu uma única vez, entendendo.

— Tá bom — sussurrou.

Ela desafivelou o cinto de segurança e se aproximou de mim. Então me envolveu pelos ombros e me puxou.

— Tá bom.

E ali, colada em minha mãe, eu caí em prantos, descontroladamente.

E ela não me soltou.

Capítulo 7

Levi

Eu conhecia crises de pânico. Presenciei minha mãe tendo várias ao longo da vida. Crises como essa engolem a pessoa por inteiro e depois a cospem de tal modo que ela ficava irreconhecível. Por isso precisei ver como Aria estava no banheiro. Eu precisava saber se ela estava bem, porque já tinha visto resultados muito ruins provocados por problemas emocionais.

Os olhos de Aria estavam tristes, como os da minha mãe sempre foram.

Assim como os meus seriam se eu não disfarçasse tão bem.

Eu havia aperfeiçoado muito meu sorriso. Era atrás dele que eu me escondia para que ninguém percebesse o quanto minha vida era uma merda. No Alabama, odiava as perguntas que sempre me faziam quando eu ia até o centro da cidade. Eu as odiava quase tanto quanto odiava os olhares e os cochichos.

Os olhares e os cochichos eram o pior de tudo.

— Já estava mais do que na hora de você vir me visitar — disse Lance enquanto eu entrava na Soulful Things.

Ele herdara a loja de música bem no centro de Mayfair Heights, logo depois que meus avós faleceram. Lance era alguns anos mais velho do que meu pai, mas parecia décadas mais novo. Era um cara meio hippie e estranho, casado com uma mulher ainda mais hippie e estranha chamada Daisy.

Não sei se Daisy era seu nome de verdade ou se ela simplesmente se drogava o suficiente para acreditar que era mesmo uma margarida. E ela sempre usava amarelo, o que combinava com sua personalidade animada e ousada. Daisy dava aulas de ioga às 5h da manhã no telhado da loja, sete dias por semana, exceto no inverno, quando as aulas eram transferidas para o ginásio do colégio.

Lance estava ali, bebendo uma coisa verde, provavelmente feita de terra e grama, enquanto colocava uma nova bateria na vitrine.

— Como foi o primeiro dia no inferno?

— O colégio foi legal — respondi. — Parecido com o inferno, mas legal.

Ele sorriu. Seu cabelo longo e castanho estava preso no alto da cabeça, formando o que ele gostava de chamar de coque másculo. Ele não parava de prender as mechas que se soltavam.

— E como meu irmãozão tem lhe tratado? Está tudo bem?

— Está sim — menti.

— Difícil, né?

Ele colocou a mão no bolso e tirou algumas notas.

— Fica com essa grana para comprar algumas coisas para comer. Imagino que Kent só come coisa congelada. Tente comprar orgânicos quando puder.

— Valeu, mas até que ele encheu a geladeira.

— Sério? — disse, arregalando os olhos. — Uau... que surpresa. Maneiro. Mas quero que saiba que pode vir jantar com a gente quando quiser — ofereceu ele. — Hoje, Daisy vai preparar almôndegas veganas e salada de couve.

— Ah, cara, logo almôndegas veganas e salada de couve! — disse, suspirando sarcasticamente. — Minha comida preferida. Eu até jantaria com vocês, mas tenho muito dever de casa.

Ele sorriu ironicamente.

— Só pode opinar depois de provar.

— Então, meu pai é sempre tão...

Não consegui encontrar a palavra certa para descrevê-lo. Frio? Distante? Desde que eu chegara, ele mal dissera duas palavras para mim. Quando falava, normalmente era para xingar o carteiro ou o entregador de pizza por algum motivo. E encontrar motivos para ser infeliz e ranzinza era algo que ele fazia muito bem.

Portanto, eu ficava longe dele.

Lance franziu a testa.

— Seu pai construiu paredes de cimento ao longo dos anos. Um bloqueio entre ele e o resto do mundo. Sei que às vezes é difícil entender, sei que ele passa muito tempo dentro da própria cabeça. Mas não se preocupe, ok? É só dar tempo ao tempo. Ele está muito feliz por você ter vindo, Levi. Só não consegue demonstrar.

Lance sentou-se no banco na frente da bateria nova e começou a tocar. Ele iluminava a loja com cores que saiam naturalmente das suas baquetas.

— Olha — gritou ele. — Se você quiser que eu fale com ele, posso fazer isso. Eu faria de tudo para facilitar a situação para você, Levi. É só me avisar.

Ele continuou tocando.

Lance me fez sentir menos sozinho.

Quando terminou de extravasar na bateria, ele sorriu para mim.

— Nossa, isso sempre me faz bem... Então é isso. Se precisar de um lugar para relaxar, pode vir pra cá quando quiser, ok? Menos tarde da noite, porque fechamos às 21h. Mas aí é só subir lá para casa. A porta fica nos fundos, ali no beco.

— Demais. Valeu de novo por tudo.

Ele se levantou.

— Você toca?

— Bateria, não.

— Tente — disse ele, jogando as baquetas para mim. — A música corre no nosso sangue. Toque um pouco, vamos ver se a mágica acontece.

Meu pai estava sentado à escrivaninha do escritório, com a porta escancarada, quando voltei da Soulful Things. Ele estava com óculos grossos de armação preta, analisando uma pilha de papéis. Parei na porta e o cumprimentei, esperando escutar pelo menos um oi.

— Oi — disse eu, sorrindo um pouco.

Ele não olhou para cima, mas disse oi.

Já é algum progresso.

Eu estava sentindo um aperto na barriga desde que chegara à cidade, achando que se dissesse algo de errado ele me mandaria de volta. O pai de quem eu me lembrava se interessava muito mais por mim. Agora, apesar de estar a poucos metros dele, havia uma distância estranha entre nós.

Tentei puxar conversa, mas ficou claro que ele não queria bater papo.

— Foi tudo bem no primeiro dia de colégio. Gostei das aulas. Os professores são bons. E...

— Olha, estou tentando resolver minhas coisas aqui. Acha que podemos bater papo depois? — interrompeu ele, ainda encarando a papelada. — Feche a porta quando sair.

— Tá bom. Vou estar no meu quarto se precisar de mim.

Ele não respondeu. Fechei a porta quando saí.

Capítulo 8

Aria

— Estou com medo — disse minha mãe baixinho quando paramos na frente de casa. — Estou com medo por você. Vejo muitas garotas cujas vidas mudam para sempre por causa de coisas como uma gravidez. Também estou um pouco chateada. Com você, comigo... Mas a gente dá um jeito, tá? Quero que saiba que você pode conversar comigo. Sobre o que aconteceu e com quem aconteceu, Aria. Prometo que estou do seu lado.

Ela saiu do carro, fechando a porta lentamente.

Entrei em casa com ela, mas não estava pronta para conversar.

Minha mãe contou para o meu pai todas as informações da consulta depois que chegamos. Estava com onze semanas de gravidez. Eu me recusei a contar que James era o pai, e nunca ia querer ouvir a palavra aborto.

Você vai tirar?

Meu pai mencionou a palavra aborto cinco vezes naquela noite. Todas as vezes senti meu coração se fragmentar em mais um pedaço. Aparentemente, minha tia Molly tinha feito um aborto durante a adolescência e aquilo tinha sido a melhor decisão da vida dela.

— Ela deu *uma vida* para salvar a própria — argumentou ele. — Consegue imaginar Molly com um filho?

Ninguém conseguia. Molly tinha o que o mundo chama de um espírito aventureiro. Minha mãe a chamava de vagabunda, mas isso já era outra história envolvendo um jantar de Ação de Graças muito estranho dois anos atrás, na casa de Simon.

— Aria *não é* Molly.

— É a mesma coisa, Camila! Só Deus sabe quem engravidou a Aria. Existe uma solução fácil para isso.

Minha mãe bufou.

— Fácil?

Meu pai encostou na cadeira da sala de estar e se afundou nela, passando as mãos na cabeça.

— Como você deixou isso acontecer?

Os olhos da minha mãe se arregalaram, horrorizados. Mike entrou em casa na hora certa para escutar a briga. Ele ainda estava com os protetores de ombro e segurava o capacete embaixo do braço esquerdo.

— O que está acontecendo?

— Estamos tentando resolver como nos livrar de um problema.

— Não tem nada disso — repreendeu minha mãe, lançando para o meu pai o olhar mais fulminante da história.

Eu estava em pé com as mãos na barriga.

— Isso não é um problema de encanamento que você pode mandar ralo abaixo, Adam! É uma vida. É a vida da sua filha.

Os olhos do meu pai voltaram-se para mim pela primeira vez desde a notícia. Ele me encarou como se nem estivesse me vendo. Então franziu a testa e beliscou a ponte do nariz antes de piscar e desviar o olhar.

— Tive um dia longo. O que você comprou para o jantar?

— Você que ficou de comprar o jantar. Você sabia que eu ia levar Aria ao médico.

Ele murmurou, eles discutiram, ele murmurou mais um pouco, eles discutiram mais um pouco.

— Posso pedir alguma coisa — disse eu.

— Esquece, Aria — disse meu pai, suspirando. Ele levantou-se. — Você já fez mais do que o suficiente.

— Agora vai ser assim? — perguntou Mike para minha mãe, tirando os protetores dos ombros. — Porque se essa merda de gritaria for rolar toda noite eu prefiro ficar na casa do James.

Só de ouvir o nome de James, senti vontade de esmurrar alguma coisa.

Você vai tirar?

— Olha essa boca, Mike — disse minha mãe indo para a cozinha, puxando a orelha. — Não estou a fim de lidar com isso hoje.

Quando a pizza chegou, peguei algumas fatias, me tranquei no quarto e coloquei os fones do celular com a música bem alta.

Se eu não tivesse me virado para fechar a janela, não teria visto Simon lá fora, prestes a bater.

— Oi — disse ele, com um olhar errei-feio-e-espero-que-você-me-desculpe-melhor-amiga.

— Vai embora.

Ele fez que sim, mas não foi. Sentada na beirada da cama, começando a pintar uma nova tela, fiz meu máximo para ignorá-lo. Arte abstrata era a mais adequada para o meu humor.

Pintei por uma hora. Então voltei a olhar para a janela. Simon ainda estava lá, parado, com as mãos nos bolsos. Uma cena patética.

Ótimo.

— Vai embora! — disse eu de novo, com mais frieza do que antes.

Ele fez que sim, mas não foi embora. Ele não iria embora.

Fui até a janela e a empurrei para cima. Então me inclinei para fora e o fulminei com o olhar.

— Você era a única pessoa que não deveria arruinar minha vida.

— Eu sei.

Ele franziu a testa. Eu preferia não presenciar aquilo. Ver seus olhos tristes e suas sardas idiotas era muito ruim.

— Eu não estava raciocinando direito. Eu juro, Aria. Eu e a Srta. Givens estávamos ali falando sem parar e por um segundo ela pareceu ser minha amiga. Parecia que eu estava conversando com você.

— Nem venha com essa cartada de "minhas únicas amigas são uma bibliotecária e uma adolescente grávida".

— Nem posso fazer isso porque seria mentira. Minha única amiga é uma adolescente grávida. A única carta no meu baralho. Vou ficar parado aqui até você me perdoar, porque estou muito arrependido. Me desculpe por ter sido tão burro.

— Você não pode passar a noite toda aqui — argumentei.

— Posso sim. — Seu lábio inferior se contraiu e ele ficou olhando para o chão. — Vou ficar aqui a noite inteira.

Meus olhos focaram seus sapatos. Estavam cheios de lama. Isso devia estar enlouquecendo Simon. Ele percebeu que eu estava encarando.

— Simon...

— Não importa — disse.

Ele soluçou, tentando impedir que o TOC o controlasse. Seu peito subia e descia, a respiração acelerada.

— Não é grave — disse ele, o rosto ficando vermelho.

Ele estava a segundos de explodir com os próprios demônios.

— Tá bom, tá bom. Eu perdoo você.

Ele se recusou a me olhar nos olhos.

— Fui um melhor amigo de merda hoje.

— Cale a boca, entre pela janela e limpe seus sapatos.

— Ah, graças a Deus.

Ele soltou o ar e entrou. Passou a hora seguinte limpando os sapatos e pedindo desculpas. Mas não era necessário, pois ele também era a única carta no meu baralho, e eu não podia ficar de mãos vazias.

No dia seguinte, Simon ainda estava pedindo desculpas no ponto de ônibus.

— Meu Deus, falei o quanto seu cabelo está perfeito hoje? Fez algo diferente nele? — perguntou, abrindo um grande sorriso. — Porque parece que você passou de modelo a supermodelo.

Não respondi, mas ele continuou.

— Ah! E fiz uma lista de razões pelas quais você é perfeita. Quer ouvir?

— Eu tenho escolha?

— Não, não tem.

Ele pôs a mão no bolso de trás e tirou uma folha de papel.

— Você é a única pessoa que entende que atum e carne assada combinam. Você sabe de cor as falas de Star Wars. Você é uma artista extremamente talentosa. Você deixa lenços umedecidos e álcool em gel no seu quarto por minha causa. Você é engraçada mesmo quando não tenta. Você é praticamente...

Ele continuou por um bom tempo, simplesmente seguiu falando e falando.

Mas eu mal prestava atenção porque só conseguia pensar no All Star azul que apareceria naquela esquina mais cedo ou mais tarde. Levi quase perdeu o ônibus. Chegou cerca de trinta segundos antes de a gaiola amarela parar. Meus olhos se voltaram para ele, e me senti extremamente mal.

Que tipo de babaca chamaria esse garoto de assustador? Ele não tinha nada de assustador. A única coisa bizarra era a maneira como ele me tratava bem, especialmente depois da história do batom no meu armário.

Eu não tinha pensado no que diria para ele. Sabia que devia dizer *alguma coisa*, mas não atinava como desdizer o que eu tinha dito.

Ele parecia nem ter dormido na noite anterior. Sua camisa estava amassada e seu cabelo castanho ainda pingava do banho. Nossos ombros estavam separados por apenas alguns centímetros, mas Levi parecia estar a quilômetros de distância.

Eu não o conhecia bem o suficiente para perguntar se ele estava com raiva de mim, se tinha dormido mal ou se queria conversar.

Na verdade, eu não o conhecia nem um pouco.

Simon foi o primeiro a subir no ônibus. Antes de entrar, ele empurrou os óculos nariz acima e disse:

— Você fez amizade comigo, o cara mais estranho da história! Você se voluntariou como tributo que nem aquela garota de Jogos Vorazes... — Ele franziu a testa. — Mas não lembro o nome dela.

— Katniss — disse Levi baixinho, indicando Simon com a cabeça.

E então ele roçou o dedão no lábio inferior. Juro que fez isso em câmera lenta, fazendo com que eu encarasse sua boca enquanto ela formava as palavras que fizeram meu coração parar.

— Katniss Everdeen.

Levi Myers, senhoras e senhoras. O maior oximoro do mundo.

— Sim! Você é Katniss Everdeen — exclamou Simon, sem perceber meu coração enlouquecendo no peito enquanto eu encarava Levi, que se recusava a olhar para mim.

Eu queria pedir desculpas, mas não sabia como.

Levi jogou sal nas minhas feridas quando sentou com Tori e conversou com ela durante o almoço. Ele tinha visto Tori segurando o batom na frente do meu armário no dia anterior, e, em vez de gritar com ela, ele estava com aquele sorriso idiota que fazia todas as garotas do colégio quererem procriar com ele.

Bem, todas menos eu. Quando você engravida aos 16 anos, a ideia de procriar fica totalmente diferente. Vê-lo conversar com Tori era irritante. Eu devia ter desviado o olhar, mas não consegui.

— Que bom que não fiz meu tchã-ram depois que ela e o Eric terminaram — disse Simon com desdém. — Parece que o novato está super a fim dela. O que é ruim para ele, porque Tori é uma cretina.

— Acha que ele está a fim dela? — perguntei, tentando não parecer tão interessada, apesar de secretamente estar 110% interessada.

— Está brincando, né? Claro que está. É só olhar para ela! E, cara, olhe só para ele. Quer dizer, eu não curto caras nem nada do tipo, mas é fácil olhar para ele. Ele parece um protagonista de novela — disse Simon, e então fez uma pausa antes de acrescentar: — Foi meio estranho eu dizer isso?

— Um pouco.

— Podemos fingir que eu não disse?

— Não, provavelmente não. Mas, falando sério, você acha que eles combinam?

— Acho que é o casal dos sonhos da galera popular.

— Você não precisa odiá-la só porque eu odeio.

Eu sabia que ele ainda estava encarando Tori. A garota era tudo para ele, mas Simon jamais diria isso depois do que ela fez.

— Imagina — disse ele, me cutucando com o cotovelo. — Você é minha melhor amiga, e nós odiamos Tori. Como é que dizem? Primeiro as minas, depois as minas... Ninguém diz isso, né?

Balancei a cabeça.

— Provavelmente não.

Simon continuou encarando Tori, e eu continuei encarando Levi. Ele estava rindo com ela, e quando ela encostou a mão no ombro dele, quis vomitar. A melhor maneira de descrever Levi seria dizer que ele é um *percebedor*. Quando ele fala com as pessoas, encara-as como se estivesse percebendo todas as suas características. Ele realmente presta atenção. Eu odiava ver que ele estava prestando tanta atenção em Tori, e não em mim, o que era ridículo porque 1. Eu mesma o afastei, e 2. Estava grávida aos 16.

Tori jogou o cabelo para trás, rindo, e ficou enroscando e desenroscando uma mecha no dedo mindinho.

Ela era ridiculamente perfeita, e Levi tinha percebido. E eu percebi que ele tinha percebido.

No sexto horário, considerei matar aula. Eu nunca tinha feito isso na vida, mas por algum motivo parecia o momento perfeito para fugir. As portas da frente do colégio estavam a apenas alguns metros de mim. Com um rápido movimento, eu poderia desaparecer pelas ruas de Mayfair Heights e parar alguns instantes para refletir de verdade.

Desde que descobri a gravidez, não tinha parado para pensar hora nenhuma.

Eu me aproximei das portas.

Vou mesmo ficar com o bebê?

James tem algum direito de opinar?

Será que um dia vou sentir que sou boa o bastante?

Eu estava com dor de estômago por causa da carne suspeita que serviram no refeitório, e convencida de que ia embora. Eu sairia daquele prédio de qualquer maneira.

— Oi, Aria.

Meus passos foram interrompidos quando Tori e seus seguidores pararam na minha frente com seus sorrisos falsos. *Ah, merda.* Ergui a sobrancelha. Quando estava prestes a me virar, Tori colocou a mão no meu ombro.

— Eu só queria me desculpar por ontem. Foi muito imaturo fazer aquilo em seu armário, então me desculpe.

Ergui meus escudos. Não disse nada.

— E o seu corte de cabelo tá demais — disse uma das assistentes de Tori.

Silêncio. As três garotas semicerraram os olhos na minha direção como se eu fosse uma alienígena. O que elas estavam esperando? Que eu as desculpasse? Porque aquilo não ia acontecer.

— Tá bom, que seja. Só achei que devia pedir desculpas — disse Tori.

Ela olhou por cima do ombro e sorriu para alguém. Quando me virei e vi Levi, revirei os olhos. Claro que a "desculpa sincera" tinha a ver com Levi. No segundo em que ele se afastou, a ternura das três garotas também sumiu.

— Você é tão baranga que é quase uma vergonha estar grávida — disse uma delas.

— Você cobriu o rosto com uma sacola enquanto deixava o cara te pegar? Você é muito ridícula.

— Você é a obra de caridade de Levi. Na verdade é até fofo, ele querendo proteger os sentimentos de uma vagabunda bizarra.

E continuaram. Eu estava enfiando os dedos nas palmas das mãos, e não fazia ideia de por que elas estavam tão interessadas em mim, quando menos de 24 horas atrás nem sequer sabiam quem eu era.

Como posso voltar no tempo para a época em que elas nem sabiam meu nome?

Lágrimas de raiva embaçaram minha visão enquanto eu dava as costas para as garotas e seguia pelo corredor.

— Não preciso que você compre minhas brigas! — disse eu, andando em direção ao armário de Levi.

Ele estava trocando de livros para o próximo horário, e eu os derrubei no chão. Ele não desviou o olhar de mim.

— Você tem alguma ideia do quanto isso é difícil para mim? Não preciso que você piore tudo.

Meu lábio inferior tremia enquanto eu segurava o choro. *Não, Aria.* Para mim, as lágrimas davam uma espécie de poder para quem as visse. Eu precisava manter o máximo de poder possível. Ele arregalou os olhos, chocado. Então se aproximou, mas eu recuei.

— Aria, me desculpe.

Ele tentou tocar no meu ombro, mas eu me encolhi. Dei outro passo para trás.

— Não acredito que ia pedir desculpas para você. Você está facilitando tudo para elas me destruírem. Me deixa em paz, tá? Simplesmente.

De repente, me senti ainda mais triste e minha insegurança trouxe de volta todas as palavras que Tori e suas amigas disseram. Elas tinham razão. Eu era ridícula.

— Por favor, simplesmente me deixe em paz — sussurrei, derrotada.

Capítulo 9

Levi

Ela estava mais do que irritada comigo. Eu também estava me sentindo péssimo. Não era minha intenção deixá-la ainda mais estressada, mas quando Tori me convidou para almoçar com ela e as amigas, achei que seria a oportunidade perfeita para sugerir que elas pedissem desculpas para Aria.

Aria, uma garota que eu não sei por que me intrigava tanto. Isolada emocionalmente do mundo, mas que de vez em quando abria um sorrisinho que me dava a impressão de que não queria mais estar tão sozinha.

Além disso, eu ainda sentia saudades de casa, e tinha algo no jeito peculiar dela que me lembrava o Alabama.

Nossa turma de música foi até a sala do Sr. Harper com os instrumentos. Fiquei meio surpreso ao ver Aria na sua carteira. Por algum motivo, achei que ela possivelmente tinha trocado de turma e se mudado para a Flórida para ficar longe de mim.

Sentei ao lado dela e peguei o questionário do dia anterior.

— Desculpe... — disse ela, enrugando o nariz e virando-se para mim. — Me desculpe por ter surtado com você no corredor e por ter dito ontem que você era assustador. Eu estava com vergonha e magoada.

— Sem querer ofender, Aria, mas acho que sou eu que preciso me desculpar.

Ela discordou.

— Eu ando muito emotiva, Levi — disse ela, cruzando as pernas como um pretzel humano. — É como se eu ainda fosse eu, mas... diferente.

— Diferente pode ser bom.

— Não, não esse tipo de diferente — disse com a voz trêmula embora tentasse controlá-la. — Enfim, a gente tem que preencher essa folha hoje.

Não me opus à ideia. Sinceramente, eu estava feliz só por ela estar falando comigo. Começamos a conversar e fui descobrindo muitas coisas sobre ela e a família. Seu segundo nome era Lauren. Ela adorava pizza de qualquer sabor. Sua mãe era médica, o pai era encanador. Seu tipo preferido de arte era a abstrata (eu achava arte abstrata estranha). Quando falava, ela ficava com uma covinha na bochecha esquerda. Ela não me disse isso, mas foi inevitável perceber.

Contei que amo rolinho primavera e bacon — não juntos, mas eu não seria contrário a essa ideia. Meu segundo nome era Wesley, futebol americano era o esporte que eu mais gostava de assistir, e só bebo *root beer*.

— O que significa a tatuagem na sua mão? — perguntou ela, apontando para o olho entre meu dedão e o indicador.

— Ah, é por causa de uma das minhas músicas preferidas, 'These Eyes', do The Guess Who. Minha mãe deixou que eu fizesse essa e essa.

Apontei para a tatuagem de caneta de bico de pena no meu antebraço.

— Foi presente de aniversário. A caneta de bico de pena é para lembrar o quanto eu gosto de palavras. Se tem uma coisa que eu amo tanto quanto o som da música, são as palavras que vêm junto com as canções.

— Que legal. Meus pais nunca me deixariam fazer uma tatuagem.

— Pois é... minha mãe é um pouco diferente da maioria das mães.

Eu não queria falar muito da minha mãe. Aria deve ter percebido que eu queria mudar de assunto, por isso seguiu para a próxima pergunta.

— Muito bem — disse ela, olhando para a folha. — Habilidades especiais?

— Sou profissional em *air guitar* e especialista em *lip sync* — respondi.

Ela deu uma risadinha e colocou o lápis na mesa.

— Não vou escrever isso.

Ergui a sobrancelha e perguntei por que não.

— Porque ninguém é profissional em *air guitar* nem especialista em *lip sync*.

Sorri.

— Eu realmente sou as duas coisas.

— Que mentira.

Aquilo me pareceu um desafio. Remexi na minha mochila, que tinha pelo menos uma dezena dos meus CDs preferidos. Tirei um, fui até o Sr. Harper e perguntei se eu poderia fazer uma apresentação. Ele concordou, deixando que eu tocasse a música no seu computador. Parei na frente da turma, afinando minha guitarra invisível.

Aria me encarava como se eu fosse louco, mas ela costumava me olhar assim normalmente.

Começou a tocar "10 A.M. Automatic", The Black Keys. Sentei em cima da escrivaninha bagunçada do Sr. Harper e comecei a dedilhar no ritmo da música. Meus dedos se moviam freneticamente, sem me esquecer de nenhuma corda invisível. Quando comecei a fazer a mímica da canção olhando para Aria, suas bochechas coraram e ela começou a bater os pés no chão no ritmo da música.

Saltei da escrivaninha e comecei a me mover pela sala, cantando para garotas aleatórias, que riam e mexiam no cabelo. Então simplesmente me entreguei, sentindo como se eu estivesse no palco diante de uma plateia de verdade, dedilhando a guitarra.

Senti que todos me olhavam, mas só um par de olhos castanhos importava. No verso final da música, parei na frente de Aria e toquei os últimos acordes vendo o sorrisinho em seus lábios.

Depois que terminei, o último sinal do dia soou, e todos pegaram suas coisas. Algumas garotas se aproximaram e disseram que eu tinha sido ótimo. Connor fez questão de mencionar quantas garotas a gente ia pegar por causa do *air guitar*, mas não ignorei todo mundo.

Eu queria saber o que Aria achava.

Ela pegou seu lápis e escreveu *air guitar* e *lip sync* nas minhas habilidades especiais.

Fomos os últimos a sair da sala, e percorremos o corredor em silêncio. Ela segurava alguns livros contra o peito e, do lado de fora, à espera do ônibus, ela encarou a calçada.

— Aquilo foi muito bom, Levi — sussurrou ela. — Você é excelente no *air guitar* e, por incrível que pareça, realmente você parecia ser vocalista do The Black Keys.

Eu ri.

— É um superpoder que eu tenho.

— São muitos?

— Você vai ver, Aria Watson. Você vai ver.

Eu me sentia flutuando.

Quando cheguei à casa do meu pai depois do colégio, ele estava examinando o motor do carro no pátio. Estava com um cigarro na boca e falava sozinho quando me aproximei. Voltei a sentir um aperto na barriga.

— Oi, pai.

Ele olhou para cima, sacudiu as cinzas do cigarro e voltou a consertar o carro.

— Precisa de ajuda?

— Você entende de carros? — perguntou ele secamente.

Eu não entendia.

Ele deu uma risadinha.

— Então vá tocar a sua flauta ou sei lá o quê.

— Violino — corrigi, segurando as alças da mochila.

Ele ergueu a sobrancelha.

— Eu toco violino, não flauta — acrescentei.

— Flauta, violino, os dois parecem muito brega.

Uau, essa doeu.

— Tá bom. Bem, se não precisa de ajuda...

Esperei que ele pedisse que eu lhe entregasse uma chave inglesa ou algo do tipo. Fiquei ali esperando feito um idiota até desistir e entrar em casa.

Joguei a mochila na cama e o celular começou a tocar. Eu sabia que era minha mãe. Quando atendi, ela parecia tão preocupada quanto antes.

— Como estão as coisas? — perguntou, provavelmente andando de um lado para o outro enquanto falava.

— Tudo indo — respondi, deitando na cama.

— Tem certeza de que não quer voltar? Posso comprar uma passagem para você em cinco minutos.

Tentador.

— Ainda não estou pronto para fazer as malas.

— Por que você precisa tanto fazer isso? — perguntou ela, parecendo um tanto irritada.

— Eu preciso tentar, mãe. Só isso. Preciso entender quem é esse cara.

Eu queria o relacionamento de pai e filho que eu tinha nas minhas lembranças. Queria tentar conhecer meu pai de novo. O problema era que eu não esperava encontrar uma pessoa tão fechada, portanto conhecê-lo novamente seria um pouco difícil. Eu não estava com medo de me esforçar pelo nosso relacionamento imperfeito, mas sabia que precisaria de um pouco de tempo.

Tempo.

Nós temos tempo.

Não seria da noite para o dia, mas aconteceria.

Além disso, minha mãe tinha seus ciclos de estabilidade emocional, e eu sabia que, no momento, ela estava lidando com os próprios problemas. Foi por causa desses mesmos problemas que eu quis sair de perto dela e vir para a casa do meu pai.

Eu não estava pronto para voltar para perto dela.

Mesmo que eu sentisse sua falta, não era o suficiente para voltar e assisti-la se despedaçar.

Ela suspirou ao telefone, esperando que eu aceitasse a ideia de voltar para casa.

— Falei com Lance faz pouco tempo. Depois de alguns gritos, ele finalmente me contou porque achava tão importante você passar um tempo aí com seu pai.

— É? Por quê?

Silêncio na linha. Eu levantei da cama.

— Mãe?

— Seu pai está doente, Levi.

Eu ri, porque foi a única coisa que consegui fazer.

— Doente? Como assim ele está doente?

— Câncer no pulmão.

O quê?

Meu pai não estava doente.

— Qual é o seu problema, hein? Por que você está falando isso? — gritei.

— Não fale comigo com esse tom de voz, Levi. Estou só contando o que Lance me disse.

Não podia ser verdade.

Meu coração começou a bater mais rápido enquanto eu saía do quarto e andava pela casa. Minha mãe ainda estava ao telefone, mas eu não escutava mais nada. Estava ocupado com uma busca no armário de remédios do banheiro, nas gavetas da cozinha e na mesa de centro da sala. Queria qualquer sinal ou prova de que meu pai estava doente.

Porque se ele tinha câncer, eu acharia alguma coisa, certo? Algum remédio. Haveria alguma papelada ou algo do tipo... *Qualquer coisa.*

Fui olhar no escritório.

A porta estava fechada.

— Levi! — disse minha mãe, interrompendo minha agitação. — Você vai voltar para casa. Não vou deixar você passar por isso aí.

— Eu ligo depois — retruquei, desligando antes que ela pudesse dizer mais alguma coisa.

Toquei na maçaneta da porta do escritório. Abri. Fui até a escrivaninha. Abri as portas laterais e dei uma olhada nos frascos alaranjados de remédios. Li os rótulos, mas não entendi nenhum deles.

Continuei remexendo nas coisas e encontrei tudo. A papelada. Os remédios. Tudo.

Peguei uma foto que estava no fundo da gaveta.

Nossa viagem de pesca.

Fiquei com um nó na garganta enquanto encarava a prova fotográfica de que tínhamos sido felizes juntos.

— O que diabos você está fazendo? — gritou meu pai da porta do escritório.

Eu devia ter percebido que ele estava doente só de olhar para ele. Ele parecia doente. Estava mais magro do que qualquer homem com a mesma altura. As olheiras também estavam bem escuras, mas eu não sabia o que era normal e anormal para ele porque não o conhecia.

— Você é um ladrão ou algo do tipo? — sussurrou ele, olhando para mim com nojo. — É dinheiro que você quer?

— Não.

Pigarreei e larguei a papelada na gaveta de cima.

— É que minha mãe acabou de dizer...

— Não estou nem aí para o que ela disse.

Ele bateu a mão espalmada com força na porta.

— A porta estava fechada, o que significa "fique longe daqui".

Eu assenti e fui em direção à porta. Ele bloqueava a saída e, naquele momento, seus olhos estavam ainda mais frios.

— Não me diga que vai chorar? Pare com essa viadagem.

Quem é você?

Passando por ele, senti minha respiração ficar cada vez mais forte.

Entrei no quarto e fechei a porta. Eu me encostei na parede mais próxima e bati a mão no peito várias e várias vezes.

Câncer.

Câncer.

Câncer.

Eu não podia voltar para o Alabama.

Eu não podia ir embora e deixá-lo ali sozinho e doente. Além disso, ainda tinha minha necessidade egoísta de querer saber mais sobre ele. Por que ele era uma pessoa tão fria? Quando foi que deixou de ser aquele cara brincalhão que eu conhecia e virou essa pessoa má? Como eu consertaria isso? Como eu consertaria a gente?

Não conseguiria viver comigo mesmo se não tentasse ter um relacionamento com ele antes que...

Pisquei e engoli em seco.

Tempo.

Preciso de mais tempo.

Saí do quarto uma hora depois, e ele estava dormindo no sofá. Eu sabia que se fosse embora, jamais descobriria algo sobre aquele desconhecido que tinha o mesmo DNA que eu. Também sabia que, se eu fosse embora, ele não teria ninguém. Ele jamais admitiria, mas é claro que estava com medo. Câncer deve ser assustador, e ele estava passando por aquilo sozinho.

Talvez as pessoas dissessem coisas terríveis quando estavam com medo. Talvez meu pai *sempre* estivesse com medo.

Não posso voltar para o Alabama.

Liguei e disse isso para minha mãe. Ela chorou um pouco e disse que não entendia. Na verdade, nem eu entendia muito bem, mas sabia que me arrependeria para sempre se fosse embora. Eu precisava ficar.

Por volta das 23h, fui até o bosque com uma lanterna e meu violino. Eu adorava o cheiro do bosque, a calmaria da natureza. No Alabama, toda vez que eu estava com a cabeça muito cheia, minha mãe falava para eu ir andar descalço no bosque, sentir a grama com os dedos dos pés e simplesmente respirar.

Tem algo de sobrenatural na natureza, algo capaz de fazer os problemas parecerem menos importantes, minha situação parecer menos dramática.

Fiquei olhando a casa escondida nas árvores. O pai que construíra aquilo comigo ainda existia. Eu não desistiria dele. *Não agora.* Subi os degraus e sentei dentro da casinha de madeira. Tirei o violino do estojo. A música me ajudaria a passar por esse momento. Minha mãe sempre dizia que as cordas do violino contam histórias de acordo com o modo de tocar do violinista. Histórias de luto, de sofrimento, de beleza, de luz.

Comecei a tocar baixinho.

O arco rolava para a frente e para trás contra as cordas, e os sons do meu melhor amigo se espalhavam pelas árvores adormecidas, alcançando o bosque que descansava. O plano era tocar até parar de me preocupar com a minha mãe lá longe, em casa. Eu queria tocar até meu pai voltar a ser meu pai. Eu queria tocar até câncer ser apenas uma palavra, e não uma sentença de morte.

Mas não consegui fazer nada disso. Às 3h da manhã eu ainda estava preocupado com minha mãe, meu pai ainda estava longe de ser meu pai, e câncer continuava sendo a palavra mais perturbadora na história das palavras.

Àquela altura, eu parecia estar desmoronando.

Capítulo 10

Aria

Para o jantar, meu pai fez churrasco lá fora enquanto minha mãe preparava salada de batata, milho e molho de maçã caseiro. Os dias para churrasco no Wisconsin estavam contados, pois logo o inverno chegaria, então fiquei bem animada. Meu pai fazia os melhores hambúrgueres, com um ingrediente secreto que ele nunca revelava.

Sentamos ao redor da mesa, e Mike não parava de falar sobre o jogo de volta às aulas que aconteceria em algumas semanas.

— Vamos jogar contra os Falcons, e o técnico disse que alguns olheiros da UW-Madison estarão lá. E no próximo fim de semana os recrutadores da Ohio State vão vir para cá.

— Acha que está pronto para isso? Tem conseguido fazer os treinos extras? — perguntou meu pai, colocando uma bandeja de hambúrgueres no meio da mesa.

— Sim, senhor. O técnico disse que não preciso me preocupar, que já estou praticamente garantido em algumas universidades. Então vou conseguir escolher a que eu achar melhor.

— Mas não fique convencido por causa disso, ok? E continue tirando boas notas. Você precisa de um plano B.

Meu pai sentou-se na cadeira e olhou para mim antes de se voltar de novo para Mike.

— Todo mundo deveria ter um plano B.

Mike concordou com ele, e minha mãe apenas franziu o rosto para mim. Fiz o melhor que pude para não chamar atenção durante a refeição. Afinal, no último jantar de domingo, eu tinha soltado a bomba "estou grávida" e tudo tinha ido por água abaixo bem rápido. Naquele dia eu só queria curtir meu hambúrguer preferido.

Dei a primeira mordida e enruguei o nariz.

— Tem alguma coisa diferente nos hambúrgueres? — perguntei.

Meu pai me olhou por menos de dois segundos antes de desviar, colocando a salada de batata no prato.

— Mesma coisa de sempre.

Assenti e dei outra mordida. Outra enrugada do nariz. Não estava com o gosto de sempre. Na verdade estava... ruim. Coloquei o hambúrguer no prato e praticamente perdi o apetite por tudo que estava na minha frente.

— Por que você não está comendo? — perguntou Grace.

Ela enfiou o hambúrguer na boca. Senti vontade de vomitar só de vê-la *comer* aquela *coisa. Como eles não estão sentindo o gosto?!*

— Quando a Sra. Thompson estava grávida, ela comia como uma vaca. Ela também parecia uma vaca.

— Grace, não é certo falar assim — censurou minha mãe.

Odiei perceber que a conversa gradualmente retornava ao assunto gravidez. Eu não queria estragar o jantar do meu pai mais uma vez. Minha mãe cruzou os braços e sorriu para mim com pena.

— O nome disso é disgeusia — disse minha mãe. — A gravidez altera as papilas gustativas.

Meu pai se contraiu e empurrou a cadeira para longe da mesa. Toda vez que ele se irritava, seu rosto ficava mais vermelho.

— Acho que já basta.

— Adam... — disse minha mãe baixinho. — Sente-se.

— Não. Não se for a mesma coisa da semana passada. Não quero passar por isso. Não quero lidar com...

Ele gesticulou para mim como se eu fosse um vírus, uma praga.

— *Isso.*

— Eu vou ter esse bebê — respondi.

Meu pai me lançou um olhar de ódio, mas eu não aguentava mais ser tratada daquele jeito.

— Vou ter esse bebê e lamento se você me odeia, mas já está decidido.

Antes que ele pudesse responder — ou muito provavelmente gritar — a campainha tocou. Ele correu para abrir a porta e ficamos em silêncio. Mike me lançou o mesmo olhar zangado do meu pai, Grace tentou não rir da minha situação, e KitKat continuou comendo milho.

— Você realmente precisa escolher melhor os momentos de falar — disse Mike, irritado com a minha existência.

Instantes depois, meu pai voltou para a sala de jantar, e fiquei um tanto surpresa ao ver Levi com ele. Fiquei em pé imediatamente.

— O que você está fazendo aqui?

— É ele? — perguntou meu pai, gesticulando para mim. — Foi ele que fez isso com você?

— O quê?! — sussurrei, envergonhada e chocada. — Não!

Levi ergueu a sobrancelha e fez uma pausa.

— Desculpem, se eu tiver chegado na hora errada...

— O que você está fazendo aqui? — indaguei de novo.

— Quem é você? — perguntou minha mãe para Levi.

Senti minhas bochechas esquentarem. Meu coração acelerou. Levi me deixava nervosa e empolgada ao mesmo tempo. Embora racionalmente eu soubesse que era burrice me sentir assim, meu coração não estava nem aí.

— Eu me chamo Levi. Sou filho de Kent Myers e vim passar o ano letivo aqui para ficar com ele. Sou parceiro de Aria.

Ele parecia muito inocente por causa do sotaque.

— Filho do Kent? Parceiro? O que isso significa? — perguntou meu pai, mais irritado impossível.

— *Paiiii!* — gritei, extremamente envergonhada, cobrindo o rosto.

— Quero dizer, ela é minha parceira na nossa aula de arte e música.

Minha mãe se levantou e fez o que pôde para acabar com o momento constrangedor.

— Desculpe, Levi, mas acho que você não chegou numa hora muito boa.

— Desculpe, Sra. Watson, peço mil desculpas. Mas eu queria falar com a senhora um instante.

— Comigo?

— Sim, senhora.

Ele pôs a mão no bolso de trás e tirou alguns papéis.

— Aria mencionou que a senhora é médica, e eu queria saber se podemos conversar. Prometo que vai ser rápido.

Ele estendeu os papéis para minha mãe, e ela começou a franzir o rosto. Então conduziu Levi até a sala de estar, e sentaram-se no sofá. Observamos a conversa aos sussurros. Os ombros de Levi se encurvaram, e ele escutava tudo que minha mãe dizia. De vez em quando, assentia e dizia, "sim, senhora", mas passou a maior parte do tempo encarando o tapete e enxugando os olhos.

Quando os dois terminaram, ele ficou de pé e agradeceu a minha mãe antes de se virar para porta da casa e ir embora.

Fui para a sala rapidamente.

— O que aconteceu? — perguntei, indo até a janela para ver Levi se afastando com as mãos na calça, cabisbaixo.

— Coitado — disse minha mãe, balançando a cabeça e voltando para a sala de jantar.

— Não quero nenhum garoto vindo aqui, Aria! Principalmente um garoto que é parente daquele desocupado do Kent Myers! Está me ouvindo?

Quando minha mãe passou por ele, puxando a orelha, virou-se e disse:

— Deixe ela em paz, Adam. Você está sendo totalmente babaca.

Ele não respondeu, talvez por saber que era verdade.

— O que aconteceu? — perguntei para minha mãe.

Ela sentou de novo na sua cadeira na sala de jantar e começou a comer como se nada de estranho tivesse acabado de acontecer. Meu coração estava acelerado, querendo saber sobre o que ela e Levi conversaram.

— É pessoal, Aria. Não posso falar sobre isso.

— Mas...

Mexi os pés. Puxei a bainha da camisa.

— Ele está bem? Tem algo de errado com ele?

Minha mãe abriu um sorriso tenso, indicando que não ia falar mais nada sobre o assunto. Eu considerei ir até a casa dele para perguntar o que estava acontecendo, mas meu pai surtaria se soubesse que eu ia sair para encontrar Levi.

Meu alarme disparou às 5h50 na manhã seguinte. Coloquei uma calça de moletom, um agasalho, calcei os sapatos e saí pela janela.

O ar da manhã estava gelado. Caminhei pela calçada até a margem do bosque. Estava esperando encontrar Levi perambulando por ali, tentando alimentar o cervo. Quando de fato o avistei, o frio na barriga foi imediato. Parte de mim ficou surpresa por vê-lo a alguns metros de mim, mas ele realmente tinha dito que tentava alimentar o cervo todas as manhãs.

Ele estava com a mão cheia de frutas vermelhas, encostado no tronco de uma árvore, mas não vi nenhum cervo por perto.

— Oi — disse eu, chegando perto.

Cruzei os braços, tentando me manter aquecida. Ele ergueu a cabeça e abriu um sorriso discreto. Eu pigarreei e me encostei numa árvore.

— Você está doente ou algo assim?

— Por que pergunta?

— Só queria saber.

— Você ficaria triste se eu estivesse? — perguntou ele.

— Sim.

— Apesar de a gente ter acabado de se conhecer?

— Sim.

Sim. E sim de novo.

— Não estou doente — disse ele. — Meu pai está com câncer.

Soltei o ar que estava prendendo.

— Sinto muito.

— Eu também.

Eu não sabia muito sobre câncer. A tia de Simon tivera câncer muito tempo atrás, mas ela estava bem havia anos. Mas eu me lembrava de ouvir a mãe de Simon dizer que o câncer sugava a vida do doente e de todos ao redor dele. Essa ideia era apavorante e triste, e um tanto familiar para mim.

— Ele pode lutar contra isso — respondi, esperando consolá-lo.

— Se ele quiser — disse Levi, secamente. — Acho que ele não me quer aqui — acrescentou em um tom ainda mais seco.

Ele era sempre tão otimista, tão feliz; vê-lo daquele jeito era desanimador.

— Não por causa do câncer ou algo assim. Ele simplesmente não quer que eu esteja aqui.

Ficamos em silêncio, encarando o sol que nascia à nossa frente. Lenta e cuidadosamente, um cervo apareceu atrás de uma árvore grande. Parecia um pouco assustado, com olhos arregalados. Levi sussurrou para que eu ficasse parada enquanto jogava algumas frutinhas no chão. Fingi que era parte da árvore e agarrei o tronco enquanto o cervo se aproximava e começava a comer as frutas.

— Ele aparece todas as vezes — explicou Levi. — E fica mais corajoso a cada dia.

— Ele tem nome?

Ele balançou a cabeça. O cervo continuou comendo as frutas, então voltou correndo para o bosque. Levi sorriu. Por algum motivo, observar aquela cena da natureza o consolava um pouco.

Ele era tão diferente.

Ele era tão revigorante.

— Qual é a sua palavra preferida? — perguntou ele.

— Palavra preferida?

Ele fez que sim.

— A minha é despropósito. Minha mãe me fazia aprender dez palavras novas por dia folheando o dicionário, e quando parei em "despropósito" vi que era especial porque significa o que não tem propósito. A palavra não tem nenhum propósito; isso tem que ter algum valor, não é?

— Talvez. Acho que sim.

Ele sorriu.

— Talvez.

— Oximoro — disse ela. — É minha palavra preferida. E acho que no fim das contas ela também não tem nenhum propósito, porque as duas partes do oximoro terminam se cancelando.

— Argh. *Que despropósito*! — reclamou ele, batendo a palma da mão no rosto.

— *Muito!* — respondi, rindo. — A palavra oximoro na verdade é composta de duas palavras gregas que significam esperto e tolo. Então a própria palavra oximoro é um oximoro.

— É engraçado você mencionar essa palavra enquanto estamos sozinhos juntos — disse ele com um sorriso malicioso, esperando que eu captasse o oximoro.

Captei. É claro.

— Pois é, agridoce, não?

— Mas é meio que um sofrimento confortável.

— Ah, claro. É terrivelmente bom — respondi, rindo.

Ele riu também, nossas risadas mesclando-se em uma.

O silêncio veio logo em seguida.

Silêncio total.

Ficamos sem dizer nada por um bom tempo. Era muito fácil com ele. Era como se continuássemos conversando sem usar nenhuma palavra.

Um silêncio ruidoso.

Depois de um tempo, percebi que precisava voltar para casa e me arrumar para o colégio.

— Aria? — Levi afastou-se da árvore. — Posso acompanhar você até sua casa?

Passei os dedos no cabelo e fiz que sim. As folhas faziam barulho sob nossos pés. Levi foi caminhando ao meu lado e, apesar de não estarmos nos tocando, eu quase conseguia sentir meu coração parando só de pensar nisso. Ele tinha essa coisa calorosa, que consolava a *mim* de alguma maneira.

Levi Myers era real? Ele existia mesmo? Ou será que meu coração triste e sombrio o havia criado porque precisava de um pouco de cor?

Seja lá qual fosse o caso, fiquei feliz por ele caminhar ao meu lado.

Capítulo 11

Levi

Quando eu tinha 11 anos, visitei meu pai durante o verão. Num dos primeiros dias, ele me levou para Fisherman's Creek. Alugamos um barco de madeira na doca e ficamos sentados no meio do riacho o dia inteiro, torrando ao sol. Nossos anzóis estavam no fundo da água, e nenhum peixe parecia ter interesse em ser capturado. Meu pai tinha levado um *pack* de seis cervejas bem geladas para ele e, para mim, um de seis *root beer* igualmente gelados.

Ele me repreendeu porque eu não quis colocar minhocas de verdade nos nossos anzóis, dizendo que as minhocas de plástico nunca davam certo. Mas minha mãe me ensinara que era preciso respeitar a natureza, ela dizia que, se não precisávamos comer o animal, não devíamos causar nenhum mal a ele.

Ficamos tomando nossas bebidas e pegando aquele bronzeado todo irregular.

Eu sempre me lembrava do silêncio do riacho. Lembro que mal nos mexíamos no barco, que a água ondulava somente de vez em quando e que um pássaro mergulhou à procura de uma refeição rápida. Depois de cinco horas de suor, a minha vara de pescar se mexeu e meu pai pulou para perto de mim, me ajudando a puxar o maior peixe que pesquei na vida.

— Puxe! — ordenou ele, e eu obedeci.

Eu puxei, puxei e puxei mais um pouco.

A hora da verdade foi quando o peixe emergiu das profundezas da água. A gente riu tanto que achei que minha barriga fosse explodir e que o refrigerante fosse sair pelo meu nariz. Na verdade, o peixe não era um peixe — era uma bota de escalada enorme. Ainda rindo, meu pai se encostou na lateral do barco.

— Acho que o jantar de hoje vai ser um pouco difícil de mastigar, Levi.

A gente continuou rindo — eu segurava minha barriga e ele ria das minhas gargalhadas.

Aquela foi a última vez que caímos na gargalhada juntos. Foi a última vez em que fomos felizes juntos.

Eu queria saber o que tinha acontecido.

Queria saber o que tinha mudado, o que o fizera parar de me amar.

Agora, o mais perto de nós dois rindo juntos era quando ele via comédias antigas em preto e branco na televisão da sala de estar todas as noites. Ele nunca me convidava para me juntar a ele, e eu percebia que ele ficava um pouco irritado quando eu me sentava. Então, eu preferia sentar no canto da varanda todas as noites para que ele não me visse nem me escutasse. Quando ele ria, eu ria.

Quase parecia que estávamos recriando um relacionamento de pai e filho que estava perdido no tempo e no espaço.

Eu nunca tinha gostado tanto de comédias em preto e branco na minha vida.

Capítulo 12

Levi

popular | adjetivo | po.pu.lar | [popul'ar]

1. que tem a aprovação ou apreço de muitas pessoas.
2. adequado para a maioria.
3. encontrado frequentemente ou amplamente aceito.

Eu não sabia como me enturmar com a turma popular. Sentava com eles durante o almoço, escutava suas conversas sobre festas e fazia o meu máximo para sorrir o tempo todo, mas a verdade era que não tínhamos nada em comum. Todos vinham de famílias ricas, tinham vidas de luxo. Eu morava numa casa no meio do bosque. Todos praticavam esportes e faziam outras atividades escolares. Eu tinha minha mãe e não podia me juntar a nenhum clube fora da floresta. Eu só tinha meu violino, e era minha mãe quem me ensinava a tocar.

Nenhum daqueles garotos tocava nada, e apesar de as garotas dizerem que achavam sexy eu tocar violino, não sabiam nada sobre os melhores violinistas nem queriam conversar a respeito da ideia interessante de misturar sons clássicos com música moderna.

Falavam mais sobre sexo, bebidas e a próxima festa.

O colégio me irritava. Desde que eu chegara, eu tinha sido rotulado e jogado numa caixa por causa de características que não tinham sido minha escolha. Eu tinha sido encaixado em um grupo que não tinha o menor desejo de me conhecer, pois eles só se preocupavam com o exterior das coisas. Por fora, eu me enturmava. Por dentro, era uma anormalidade.

Era perturbador o quanto transavam e ficavam entre si, como se fosse normal. Stacy namorava Brian, que tinha ficado com Jessica, que tinha transado com Jason, que tinha chupado os dedos dos pés de Victoria, que fizera sexo oral em Eric depois que ele transou com Stacy, que continuava namorando Brian. Era como se fossem um desses clãs familiares estranhos e emaranhados com relacionamentos consanguíneos.

Além disso, com base na definição de popular, aquelas pessoas eram o oposto do significado da palavra. Elas eram cruéis por nada. Formavam uma panelinha muito mais fechada do que a maioria do colégio. Claro que eles se amavam entre si, mas a maioria do pessoal do colégio os odiava.

impopular | adjetivo | im.po.pu.lar | [ĩpopul'ar]

1. que não é popular: que desagrada ao povo.

Quando eu dava uma olhada pelo refeitório, sempre via Aria e Simon rindo juntos. Aria não era muito de sorrir, e suas risadas eram poucas e espaçadas, mas seu amigo sempre conseguia.

Eu estava pensando na risada dela desde a manhã em que conversamos na floresta sobre oximoros, câncer e outros despropósitos.

Gostei muito mais daquela manhã do que das conversas sobre sexo, bebidas e festas.

Eu gostava de natureza, de cervos e de Aria Watson — que era uma garota triste e feliz ao mesmo tempo.

Às vezes, nossos olhares se encontravam e nenhum dos dois desviava. Parecia uma competição para ver quem passava mais tempo encarando. *Quem vai desviar o olhar primeiro?*

Eu nunca perdia. Ela sempre se virava.

Certa madrugada, 03h45 da manhã, meu celular começou a tocar. Grunhi e estendi o braço para pegá-lo.

— Alô? — respondi com a voz sonolenta e falhando.

— Quero saber o que você acha de uma coisa. Estou pensando em abrir uma loja de discos na cidade, e quero que você venha para casa para me ajudar a administrá-la. Podemos fazer isso juntos, Levi. Podemos ter os melhores vinis e tal. Aposto que tem um armazém velho ou algo assim que a gente pode usar. E...

Ela parecia tão distante pelo telefone — tão longe da realidade. Queria que aquele som não fosse familiar. Mas foram aqueles sons e aqueles pensamentos que me levaram do Alabama ao Wisconsin.

— Mãe. São quase quatro da manhã.

— Ah. Você estava dormindo? É que estou aqui na internet procurando alguma loja abandonada na cidade. Eu até fiz logotipos e tal no Photoshop que a gente podia usar na loja. O que acha de azul e fúcsia? Precisamos criar um nome também. Sei que o pessoal da cidade vive dizendo que sou uma fracassada e que nunca vou ter sucesso...

— Ninguém da cidade pensa isso, mãe.

— Eu sei o que as pessoas pensam, Levi. Eu sempre escuto. Ah! E gravei uma música nova. Quer ouvir?

Ela não me deu a chance de responder que eu tinha aula na manhã seguinte. Continuou falando e falando. Coloquei o celular na barriga depois de uma hora escutando aquele falatório despropositado e fechei os olhos. Aposto que ela não estava mais tomando os remédios.

A ligação da madrugada era o que eu precisava para lembrar por que decidira passar o ano com meu pai e não com ela.

Eu precisava de um tempo.

Capítulo 13

Aria

Eu tinha perdido uma semana de aulas por causa dos enjoos matinais e estava me sentindo um lixo. Quando finalmente voltei ao colégio na quinta, pedi autorização para ir ao banheiro a meu professor de história, o Sr. Fields, depois de ouvir por meia hora sobre coisas entediantes que aconteceram há séculos. Eu estava com azia por causa do taco que comi no almoço. Parecia que alguém estava colocando fogo dentro de mim e esganando meu coração ao mesmo tempo. Eu sabia que, se continuasse ali escutando a voz monótona do Sr. Fields falando sobre Napoleão por mais um minuto, eu provavelmente desmaiaria de tédio.

Enquanto seguia pelo corredor, vi que meu armário estava coberto com alguma coisa de novo. Panfletos sobre gravidez e camisinhas. Era uma ótima advertência, preciso admitir, mas tinha chegado tarde demais.

— Odeio minha vida — murmurei para mim mesma, tirando o lixo.

— O colégio é um saco.

Eu me virei e vi Abigail parada a centímetros de mim. Todo mundo no colégio a chamava de Abigail Aberração porque ela era praticamente uma pária social. Eu sabia que também era uma pária, mas entre a galera mais estranha, Abigail estava no topo da lista.

Ela vinha todos os dias com uma calça impermeável e um moletom do Pink Floyd. Estava sempre com sapatos de salto alto que pareciam machucar muito os pés. Toda vez que andava, era muito rápido e a calça fazia barulho quando uma perna roçava na outra. Os saltos e a calça faziam barulhos. Quando não estava apressada pelos corredores, sempre correndo para chegar à próxima aula, Abigail estava citando alguma pessoa aleatória. Suas sobrancelhas e seu cabelo pareciam oxigenados, e ela também era muito pálida. E Abigail não respeitava a coisa do espaço pessoal. Eu sabia por experiência própria porque naquele exato momento ela estava me ajudando a tirar as camisinhas do meu armário, praticamente respirando no meu pescoço.

— Pois é — falei. — Concordo.

— Mas não fique abalada por causa deles. Não vai durar para sempre. "Pense na beleza da vida. Observe as estrelas e se imagine correndo com elas." Sabe quem disse isso? Marco Aurélio.

— Não sei quem é.

— *Google*, Aria. A internet está cheia de informações. Mas não acredite em tudo. Muita coisa não passa de propaganda do governo para deixar a gente assustado e roubar a merda do nosso dinheiro.

E depois disso ela foi embora com sua calça barulhenta.

Não sabia que Abigail Aberração falava palavrões.

As tardes de quinta passaram a ser a coisa de que eu menos gostava no mundo. Minha mãe queria saber se eu estava bem, mas ela não sabia como fazer eu me abrir com ela. Mas como eu não estava planejando fazer isso, talvez aí estivesse parte do problema. Como não queria falar com ela sobre o incidente que causou a gravidez, ela achava que eu devia pelo menos conversar com alguém.

Meu pai gostava mais da tática vou-fingir-que-Aria-não-existe.

Queria que minha mãe fosse um pouco mais como ele.

O nome do Dr. Ward me fazia lembrar os nomes que eles dão para as alas de hospícios e hospitais. Três das paredes do seu consultório eram brancas, e a outra era azul-clara. Seus móveis eram todos de madeira polida escura, exceto o sofá azul de tom pastel que ficava encostado numa das paredes, a *bombonière* azul cheia de jujubas e as canetas azuis perfeitamente alinhadas sobre a escrivaninha. Aposto que ele aprendeu sobre o uso das cores em uma aula de introdução à psicologia. O azul, supostamente, era uma cor calmante, quase sempre usada para que as pessoas se sentissem em paz, à vontade.

Já eu pensava no Período Azul de Picasso, que foi um período muito deprimente para ele, apesar de algumas de suas maiores obras terem surgido nessa época sombria.

Outro oximoro: o Período Azul Brilhante de Picasso.

— Em que está pensando, Aria? — perguntou o Dr. Ward com seu tom de voz de terapeuta.

Ele era velho, mas de certa maneira ainda novo, provavelmente uns 30 e poucos anos. Velho o suficiente para ser terapeuta e consideravelmente novo o para eu não o achar bom o bastante. Realmente eu não fazia ideia de por que minha mãe escolhera justamente ele para tentar entender meu cérebro. O Dr. Ward não falava muito. Quando falava, ele sempre me perguntava o que eu estava pensando, sentindo e qual era o meu estado atual.

— Picasso — respondi, pegando as jujubas na tigela azul.

— Picasso? — perguntou ele.

— Em 1901, Picasso passou por um Período Azul. Ele usava apenas azuis e alguns tons de verde nos seus quadros. Dizem que durante essa época ele estava muito deprimido, mas também foi durante ela que surgiram alguns de seus melhores quadros. "O velho guitarrista cego", por exemplo, é um dos meus preferidos. Acho estranho que ele tenha criado suas melhores obras numa das épocas mais sombrias da vida.

— Humm — disse ele, encostando uma de suas muitas canetas azuis nos lábios. — E por que pensou em Picasso agora?

— Por causa do seu consultório.

— Do meu consultório?

— Sim. É deprimente e entediante.

— Você acha isso por causa do consultório em si ou por causa do seu estado mental atual?

Não respondi, não sabia a resposta.

Talvez eu estivesse passando pelo meu próprio Período Azul.

— Você está deprimida, Aria?

Não respondi. Fiz o papel de adolescente angustiada. Ele não pareceu se importar.

— Como foi a consulta? — perguntou minha mãe no carro, enquanto saíamos do consultório do Dr. Ward.

— Ótima — menti. — Ele é ótimo.

— Que bom — disse ela, sorrindo e assentindo. — Que bom mesmo. Fico feliz por saber que você tem alguém com quem conversar.

Pois é, hum rum.

Depois da consulta, minha mãe precisava voltar para o hospital e meu pai trabalharia até mais tarde, então fiquei encarregada de buscar Grace e KitKat na casa da vizinha e dar o jantar para elas. Cachorro-quente com batatas fritas era o máximo que eu faria, e as duas não pareceram se importar nem um pouco. Não havia nada que minhas duas irmãs amassem mais do que fritas e o que quer que tivesse dentro de um cachorro-quente.

Sentamos juntas à mesa para comer, e Grace não parava de encarar minha barriga.

— Você está mesmo engordando — disse ela, enfiando o cachorro-quente encharcado de ketchup na boca.

— Cala a boca, Grace.

— Você devia pensar em começar uma dieta. Senão vai ter um bebê de cem quilos. O bebê da Sra. Thompson era enorme.

— Ninguém está nem aí para o bebê da Sra. Thompson.

— Que grosseria — gritou ela.

O ketchup caiu em sua camiseta colorida. Grace sempre usava roupas que davam a impressão de que tinha passado no meio de uma fábrica de Skittles e nadado em um arco-íris. Com as pulseiras coloridas e as meias de arco-íris, era de se esperar que ela fosse tão animada e meiga quanto suas roupas. Mas não era.

— Você não é mais boazinha.

— Bem, chamar sua irmã de gorda também não é ser boazinha.

— Você está muito ranzinza.

Só estou cansada.

— Apenas coma, pirralha.

— Seu bebê tem pai? — perguntou Grace, aparentemente nem um pouco a fim de me dar um descanso.

— Grace... — falei com um tom de voz irritado, indicando que ela não devia continuar.

— Ele tem o direito de saber que a namorada está grávida.

Grace tinha essa visão louca de que só pessoas casadas ou que pelo menos namoravam podiam ter filhos. *Ah, se isso fosse verdade.* Eu me recusei a responder. Em vez disso, esfaqueei a comida no meu prato.

— Aposto que seu bebê vai sair com cara de bunda. E ele vai ser assim.

Ela fez a careta mais feia na face da Terra, e foi inevitável rir.

E chorar.

Uma maldita montanha-russa de emoções.

Capítulo 14

Levi

Boa parte do meu amor pela música tinha sido herdado da minha mãe, mas foi meu pai que me apresentou ao exercício lindo e intenso do *air guitar* e do *lip sync* quando eu tinha 7 anos. Todas as noites, enquanto eu ficava sentado na casa da árvore, mais e mais lembranças ressurgiam sobre o homem que ele costumava ser. Eu nunca me esqueceria da primeira música para *air guitar* que ele me ensinou. Era uma das minhas lembranças preferidas com ele.

Meu pai e eu estávamos sentados dentro da casa na árvore, ele com seu pack *de cerveja e eu com meu de refrigerante. Ele estava com um cigarro apagado entre os lábios quando esmagou a primeira lata de cerveja e a jogou para o lado. Imitei seu movimento com meu refrigerante.*

— Vou ensinar uma coisa que vai fazer você arranjar uma namorada um dia, Lee. Foi assim que conquistei sua mãe — disse ele, acendendo o cigarro. — É a arte de fingir.

Eu não estava entendendo nada, mas ele virou para a esquerda, onde sua caixa de som estava ao lado de um case *de guitarra.*

— Já tocou air guitar*? Ou já fez* lip sync*? — perguntou ele.*

— Não.

Depois de algumas tragadas no cigarro, ele fez que sim.

— Beleza. Você precisa prestar atenção, porque isso é sério e é preciso dedicação. Acha que consegue se dedicar a aprender esse instrumento?

Eu ri e fiz que sim enquanto via seus dedos começarem a afinar uma guitarra invisível. Ele apertou play na caixa de som e, à medida que a música preenchia o espaço, seus dedos se moviam pelas cordas e seus lábios articulavam as palavras, mas sem emitir som. "More Than a Feeling", *do Boston, ressoava lá dentro enquanto ele tocava e "cantava" todas as notas, balançando a cabeça o tempo inteiro.*

— Uau — murmurei quando a música acabou.

Ele abriu um sorriso travesso.

— Pois é. Tenho uma coisa para você, só um instante.

Ele se virou, abriu o case *de guitarra e ergueu uma guitarra invisível.*

— Meu pai me deu isso quando eu era garoto, e agora estou passando adiante para você. Cuide bem dela.

Fiquei encarando minhas palmas das mãos vazias enquanto ele a colocava nelas. Eu a abracei como se estivesse segurando o mundo nas pontas dos dedos.

— Uau — murmurei de novo.

— Então, está pronto? Vou lhe ensinar a música que acabei de tocar.

Ele apertou o play mais uma vez na caixa de som. Passamos a noite rindo, tomando nossas bebidas e aprendendo a nos transformar em artistas profissionais de mentira.

— O que você vai fazer hoje? — perguntou meu pai na quarta de manhã.

Eu precisava garantir que ele estava falando comigo, apesar de só nós dois estarmos em casa. Na verdade, era um milagre ficarmos no mesmo cômodo. A maioria das vezes, ele ia para a direção oposta ao me ver.

— Eu?

— Você é burro? Com quem mais eu estaria falando? — resmungou ele enquanto abria a geladeira.

Eu tinha ido dormir tarde todas as noites desde que descobrira sobre o câncer. Eu pesquisava e tentava descobrir mais sobre a doença. Eu também tinha decidido que ia culpar o câncer pela personalidade ranzinza do meu pai, assim eu não pensaria que ele estava irritado por minha causa.

— Tenho aula.

Ele resmungou mais um pouco, parecendo confuso.

— Acha que pode faltar? O médico disse que eu não devo dirigir depois da quimioterapia, e não tenho mais ninguém que possa me levar. Lance normalmente me leva, mas hoje ele está em algum festival de música hippie ou alguma merda assim.

Era a primeira vez que ele admitia estar doente desde que eu descobrira o câncer. Por algum motivo, aquilo tornou tudo mais real. Ele estava mesmo doente. Ele estava mesmo lutando pela vida.

— Posso sim.

Assenti. *Eu faria qualquer coisa.*

Ele ergueu a sobrancelha e serviu um copo de suco de laranja. Empurrou-o para mim. Agradeci.

— Sabe dirigir com câmbio manual? — perguntou ele.

— Claro.

Claro que eu não sabia dirigir com câmbio manual. Tia Denise me ajudara a tirar carteira de motorista no Alabama, mas não a dirigir um carro com câmbio manual. Meu pai soltava um palavrão a cada dois segundos enquanto eu sacudia o carro para a frente e para trás.

— Meu Deus, Levi! Achei que você sabia dirigir carro manual. Mude a marcha — ordenou ele.

— Eu não sei.

— O quê?

— Só não queria que você fosse sozinho — respondi.

Sacudida. Placa de "Pare". Avanço de dez centímetros depois da placa. Solavanco. Pare. Putamerdaagentevaimorreeeeer.

— Bem, isso foi burrice sua. Você devia saber dirigir. O que diabos sua mãe lhe ensinou lá no Sul, hein?

Meu pai passou a mão no queixo.

— Pelo jeito vou ter que ensinar, já que você não está acertando merda nenhuma. Tente apenas não me matar antes do câncer.

— Vou adorar — respondi, fazendo que sim. — Adoraria que você me ensinasse.

Ele jamais admitiria, mas achei que ele também tinha gostado da ideia.

Uma enfermeira acomodou meu pai numa sala aberta e o conectou a uma máquina que pingava líquidos no seu corpo. Ele gritou com elas por não terem achado a veia, chamando-as de idiotas, mas nenhuma delas se abalou com seu comportamento. Fiquei sentado numa cadeira do lado dele e me perguntei se aquilo estava funcionando, se aquelas substâncias químicas o estavam salvando. Então lembrei o que a mãe de Aria tinha me dito sobre câncer de pulmão de estágio quatro, e tentei não ficar muito esperançoso.

Eu gostei do fato de a Sra. Watson ter sido sincera comigo, mas me consolado ao mesmo tempo.

Eu me servi de alguns biscoitos e de um suco de caixinha que estavam sobre uma mesinha. Meu pai reclamou, dizendo que os lanches eram apenas para os doentes, mas a enfermeira Maggie disse que a família também podia se servir.

Cerca de meia hora depois, uma garota do colégio chegou com a mãe dela. Imaginei que estivesse na mesma situação que eu, ajudando a mãe, mas, quando foi ela que ocupou a poltrona e foi conectada às máquinas, percebi que éramos totalmente diferentes.

Sua pele era pálida, fantasmagórica, mas ela não parecia triste. Nem com medo. Já a mãe era o oposto. Ela estava apavorada, segurando a mão da filha.

— Está tudo bem, mãe — disse a garota, com um grande sorriso nos lábios. — Depois disso tudo vou melhorar.

Ela estava tentando consolar a mãe durante os dias mais sombrios de sua vida.

Tentei não prestar atenção nela, mas de vez em quando eu dava uma olhada.

— Onde você estava ontem? — perguntou Aria no ponto de ônibus.

Normalmente, Simon era o primeiro a chegar à esquina, mas ele ainda não estava lá. Eu tinha certeza de que não ia demorar muito.

Sorri para Aria e segurei nas alças da mochila.

— Sentiu tanta saudade assim?

— Não — bufou ela, chutando em um movimento circular. — Mas ontem a gente deveria ter trabalhado no projeto de arte e tentado descobrir o que vamos fazer, só isso. Agora estamos um dia atrasados em relação aos outros por sua causa.

— Calma aí, senhorita. Eu não saí por aí culpando você quando perdeu uma semana de aulas.

— Foi diferente — sussurrou ela, parando de mexer o pé. — Eu estava gripada, e mandei uma mensagem dizendo quais livros de arte abstrata você deveria pegar na biblioteca.

— Não foi enjoo matinal? — perguntei.

— Não vou responder — disse ela, esfregando as pontas dos dedos nas sobrancelhas.

Ela estava sem nenhuma maquiagem e parecia perfeita. Eu até teria pensado que ela era de mentira.

— Por que não?

Aria guardava tanto as coisas para si que não parecia justo. Às vezes eu tinha dúvidas em relação ao pai do bebê, mas não seria certo perguntar. Se ela quisesse que eu soubesse, teria me contado. Talvez não soubesse que eu estava disponível para escutá-la.

— Você pode conversar comigo, sabia... sobre a gravidez, se precisar conversar com alguém. Nem sei se você fala sobre isso, mas só queria que soubesse que, se precisar de alguém para desabafar, meus ouvidos estão à disposição.

Seu nariz se enrugou, e ela deu um tapinha na testa enquanto o ônibus chegava.

— *Uau,* Levi! Ainda não são nem sete horas da manhã e você já está enchendo o saco. Isso não é um bom sinal para o restante do nosso dia.

Meu sorriso aumentou. Ela ficava linda quando estava reclamona.

— Cedo demais para falar de bebês?

— Muito, *muito* cedo. Tipo uma vida inteira antes da hora certa. Tipo, se a gente morresse, ressuscitasse, morresse, ressuscitasse de novo, morresse de novo e ressuscitasse *de novo*, ainda assim não seria a hora certa de falar sobre isso. Entendeu?

— Totalmente.

— Ótimo.

— Então... voltamos a falar sobre o bebê na hora do almoço de hoje?

— Por que você é tão descompensado, hein?

— Porque foi assim que minha mamãe me criou — respondi, deixando Aria entrar no ônibus antes de mim. — E isso me faz lembrar da minha próxima pergunta: posso almoçar com você e Simon? Tipo, eu sei que normalmente a gente faz umas competições intensas de trocas de olhares de lados opostos do refeitório, mas acho que eles podem continuar numa mesma mesa.

— Fica muito difícil continuar irritada com você com esse seu sotaque ridículo.

Ela sorriu de um jeito brincalhão. Eu gostava desse lado dela.

— Posso falar mais, se você quiser — disse, caprichando em meu melhor sotaque do Meio-Oeste. — Que tal a gente comer um cachorro-quente no palito e depois uma salsicha e depois um golinho de água da torneira?

— *AimeuDeus*, eu ia amar um cachorro-quente duplo no palito agora.

Juro que Aria babou só de pensar naquilo.

— Com molho *ranch* — acrescentou.

Não sabia se era uma coisa de grávida ou um costume estranho de Wisconsin, mas aposto que eram as duas coisas.

Quando Aria disse que eu poderia almoçar com eles, fiz uma dancinha e ela disse para eu nunca mais repeti-la.

Então claro que a repeti antes de sentar ao lado dela.

— O que está fazendo? — perguntou.

— Como Simon não está aqui, achei que o convite estava em aberto para eu sentar ao seu lado no ônibus.

— Hoje você está abusando, Levi. Quer sentar comigo no almoço e no ônibus?

Fiz que sim.

— Mas também é porque assim podemos ir trabalhando no projeto. Imaginei que precisamos começar a ter contato com música boa se quisermos um resultado excelente.

Enfiei a mão na mochila, peguei meu *discman* e entreguei para ela um dos fones.

— O que é *isto*? — disse ela, com um olhar perplexo.

— Um *discman*? — respondi, confuso com a confusão dela.

— As pessoas não usam mais isto, Levi. É estranho.

— Hum, talvez as pessoas normais não, mas como eu sou totalmente hipster, acho que posso dizer que essa é a nova moda. Os antigos hipsters escutam vinis, o que, convenhamos, é incrível, mas a vitrola é um trambolho para sair levando por aí. Um bom e velho *discman* ainda passa aquela sensação de hipster autêntico e pesa muito menos. Então o que quero dizer é que, na verdade, será uma honra para você vivenciar a mágica que está prestes a acontecer no seu ouvido. Vai ser como uma explosão de cor.

— Você sempre está tão acordado assim de manhã?

— Todos os dias.

Cada um colocou um dos fones. Apertei o play.

— Que CD é este? — perguntou ela.

— É uma coletânea que fiz na casa do meu tio no fim de semana. Tem todas as minhas músicas preferidas. A primeira é "Open Rhythms", do Bodies of Water.

Dobrei os joelhos, colocando as solas dos tênis no banco à frente.

Quando a música começou a tocar, relaxei e comecei a tocar minha *air guitar* com intensidade, fazendo-a rir.

Ela não disse mais nada, então analisei os sinais sutis que uma pessoa sempre demonstra quando está curtindo uma música boa.

Ela começou a batucar com o pé.

A balançar o corpo.

Fechou os olhos sorrindo.

Logo se perdeu na música, e eu não poderia ter ficado mais contente.

Depois da aula de cálculo do primeiro horário, fui até Aria e tamborilei na sua carteira.

— Acho legal que você ri das piadas péssimas do Sr. Jones — disse, com um sorriso malicioso.

— Do que você está falando? As piadas dele são clássicas. E tenho medo de ser vista falando com uma pessoa que não sabe reconhecer uma ótima piada de nerd sobre matemática.

Ergui a sobrancelha.

— Então é disso que você gosta? De trocadilhos lamentáveis sobre matemática? Sério?

Ela fez que sim.

— Nem todo mundo consegue ser tão descolado quanto o Sr. Jones — disse, guardando os livros na mochila enquanto se levantava.

Eu sempre a acompanhava até seu armário depois das aulas, e por um tempo ela reclamou, mas depois acho que passou a gostar.

Pigarreando, estufei o peito.

— Bem, vou ser direto: você é a solução dos meus problemas.

— Ai, meu Deus, Levi, que horrível.

Ela riu.

— Não sei se você está ao meu alcance, mas adoraria levá-la para o meu domínio.

Minha primeira piada de matemática tinha sido seguida por uma ainda pior, e ela riu ainda mais.

— Essa foi péssima, por favor pare. Vá embora.

Agarrei as alças da mochila com um enorme sorriso no rosto. Comecei a andar para trás, sem tirar os olhos dela.

— Tá bom, eu vou. Mas saiba que isso que está rolando entre nós tem muita potência. Não tenho palavras para descrever essa conexão, Aria. É como dividir por zero... não dá pra definir.

Algumas pessoas reclamaram que não almocei na mesa dos populares, mas não me importei, porque Aria sorria para mim enquanto eu me aproximava da sua mesa.

— Taumaturgo — disse ela, desembrulhando o almoço.

— Ah, puxa, obrigado. Também acho você linda, Aria — respondi, sentando na frente dela.

— O quê?! — perguntou ela, ficando vermelha.

Toda vez que ficava nervosa, ela colocava o dedão entre os dentes e desviava o olhar.

— Desculpe, sempre acho que quando garotas usam palavras grandes é para flertar.

— Bem, não é.

— Acredite no que quiser. Tá bom, diga a palavra de novo.

— *Taumaturgo* — repetiu ela. — Baixei um aplicativo de dicionário ontem à noite, e essa foi a palavra do dia.

— O que significa?

— Aquele que faz milagres. Um mágico.

— Tá bom, tenho três coisas a dizer sobre isso. Um, essa palavra é demais. Dois, a definição é demais. Três, achei um pouco sexy você ter baixado um aplicativo de dicionário.

Ela corou um pouco mais, e eu amei.

— Enfim, então agora todos os dias eu recebo uma palavra nova.

— Deixe eu ver.

Ela me entregou o celular. Eu deslizei a tela e comecei a digitar.

— O que está fazendo?

— Adicionando meu contato para você me mandar a palavra nova se ela for algo brilhante e nós não estivermos perto. E agora estou decorando seu número para poder mandar mensagens com todos os meus pensamentos brilhantes sobre o mundo como um todo.

— Ah, estou louca para saber todos os detalhes que fizeram a galinha atravessar a rua.

Antes que eu pudesse responder seu comentário sarcástico, Simon aproximou-se da mesa parecendo um zumbi e se sentou.

— Você está bem, Simon? — perguntei.

Aria lançou para ele o mesmo olhar preocupado.

— Perdi o primeiro horário — murmurou ele.

Aria pôs a mão no coração.

— Ah, não!

Dei uma risadinha enquanto mordia algo pegajoso e meio acinzentado; as senhoras da cantina disseram que era peru com molho, mas elas não iam me enganar. Era gororoba de porco.

— Qual é o problema? Eu já perdi um dia inteiro. Aria perdeu uma semana inteira.

— Eu estava gripada! — argumentou ela.

Abri um sorrisinho para ela. Ela retribuiu.

— Não, você não está entendendo. Eu perdi o primeiro horário — disse Simon, batendo as palmas das mãos na cabeça.

— Simon nunca, jamais, perdeu um dia de aulas. Nem sequer uma única aula. Ele tem o histórico perfeito — explicou Aria.

— Tinha — corrigiu ele. — Tinha. Tinha. Tinha!

Seu rosto estava ficando vermelho de irritação, e eu devia ter adivinhado que aquele não era o melhor momento para perguntar, mas eu precisava saber por que exatamente ele tinha se atrasado.

— Você dormiu demais ou algo assim? — falei.

— O quê? Não. Nunca. Eu uso quatro alarmes diferentes. Mas quando estava na cozinha, tive um espasmo da mão enquanto servia suco de laranja e a caixa inteira caiu. Sujei tudo.

— Ah, não! — disse Aria, cobrindo a boca.

Eu não estava entendendo. Eles estavam agindo como se Simon tivesse acabado de revelar que matara alguém a sangue-frio.

— Pois é.

Simon fez que sim, evitando qualquer forma de contato visual.

— Tinha suco por toda parte. Meu pai já tinha saído para o trabalho e minha mãe estava indo para uma consulta.

— Você devia ter me ligado — disse Aria, repreendendo Simon.

Porque... ele derramou suco de laranja?

— Não deu, eu estava ocupado tentando limpar tudo.

— Mas não foi nada de mais. Não fique abalado com isso — falei, tomando meu achocolatado.

— Nada de mais? — argumentou ele, com sua voz subindo uma oitava. — Nada de mais?! Eu tinha o histórico perfeito! Era perfeito! E agora... Ele encostou a cabeça na mesa e gemeu mais. — Agora sou imperfeito.

Não sabia se Simon estava falando sério ou não. Eu não conseguia me imaginar surtando completamente por ter perdido uma aula. Nossa, na verdade eu teria amado perder a aula de cálculo do primeiro horário.

Enquanto eu continuava comendo meu almoço misterioso e Aria consolava seu amigo chateado, assisti a mesma garota que eu tinha visto no dia anterior no hospital. Seu rosto estava mais pálido do que antes e ela quase corria com a bandeja nas mãos.

— Ei, pessoal? Quem é aquela menina? — perguntei, apontando na direção dela com a cabeça.

— Abigail Aberração? — perguntou Simon.

Ergui a sobrancelha.

— Hein?

— Abigail Aberração. Ela é a menina mais estranha do colégio — disse ele, tamborilando na mesa. Totalmente bizarra.

Eu me perguntei se ele sabia o quanto era estranho ele chamá-la de aberração quando metade do colégio o chamava assim. Ergui a mão na direção de Abigail e acenei para ela.

— Ei, Abigail.

— Puta merda, Levi! O que você está fazendo?! — sussurrou Simon. — Não faz isso! É suicídio social e meu status já está em risco.

— Ela parece legal — respondi, gesticulando para que ela se aproximasse.

Quando ela chegou perto da mesa, bandeja nas mãos, bateu os saltos rapidamente no chão.

— O que foi? Você me chamou? Achei que tivesse me chamado para cá.

— Chamei sim — falei. — Meu nome é Levi. Queria saber se você quer almoçar comigo e meus amigos.

Os olhos dela alternaram-se entre Aria e Simon.

— Você quer que eu coma aqui com vocês? Esses dois nunca quiseram que eu comesse com eles antes, e conheço ambos desde o sexto ano.

Ela era muito direta, e eu gostava disso nela.

— Pois é, mas hoje eles mudaram de ideia, não é, pessoal?

Aria e Simon ficaram em silêncio. Encostei o pé no de Aria por debaixo da mesa.

— Não é, pessoal?

Aria ergueu a sobrancelha para mim, mas fez que sim.

— É sim. Senta aí, Aber... Abigail.

Os olhos de Abigail voltaram-se para o grande relógio do refeitório e depois para o próprio relógio de pulso.

— Eu só tenho três minutos para ficar com vocês.

— Três minutos parece ótimo — respondi.

Ela colocou a bandeja do meu lado na mesa e nós quatro ficamos em um silêncio constrangedor, encarando uns aos outros.

— Você procurou no Google, Aria? — perguntou Abigail.

— Procurei o quê? — respondeu Aria.

— Marco Aurélio. Lembra? Lembra que eu disse para você buscar sobre ele no Google?

— Ah... é... ainda não tive tempo.

— No Renascimento, as pessoas aprendiam coisas diferentes como linguagens, instrumentos, pintura, construção, tudo isso enquanto combatiam pestes mortais. O fato de que a nossa geração mal consiga pesquisar citações é muito desanimador porque não estamos fazendo muita coisa com as nossas vidas.

Nós três ficamos em silêncio, vendo Abigail falar e falar. Ela olhou para o relógio.

— Eu só tenho mais um minuto com vocês.

Caramba. Eu gostava do atrevimento dela.

— Pode me dizer alguma citação dele? — perguntei.

Ela olhou para mim e abriu um sorriso minúsculo.

— "O objetivo da vida não é estar do lado da maioria, mas escapar, encontrando-se no meio dos insanos" — citou ela.

Ela me encarou como se estivesse tentando me dizer, "eu sei o seu segredo". Eu mudei de posição e sorri.

— Por que escolheu justo essa?

— Não sei.

Abigail se levantou e pegou a bandeja.

— Escolhi e pronto. Preciso ir, o tempo não espera ninguém, sabiam?

Ela começou a se afastar, mas antes de ir, virou-se para Simon.

— Gostei do seu suéter, Simon. O bordô faz seus olhos se destacarem mais.

Ela corou e foi embora apressadamente em direção à sua próxima aventura.

— No Sul vocês não acreditam em suicídio social? Porque, sério... Você está jogando todos nós na ilha dos brinquedos roubados — argumentou Simon, olhando para mim muito seriamente.

— Acho que ela gosta de você — disse para o ruivo em pânico.

Ele abriu a boca para gritar comigo, mas logo a fechou. Seus pensamentos pareciam estar a mil e as expressões faciais mostravam que ele estava confuso com o que eu acabara de dizer. Ele ficou de pé muito rápido.

— Vou pegar meu almoço.

Aria, sentada à minha frente, semicerrou os olhos.

— Qual é a sua? Que história foi essa?

Não respondi, porque nem eu sabia direito.

— Tenho duas palavras pra você, cara. *Suicídio. Social.*

Connor estava me dando uma bronca no vestiário enquanto nos trocávamos para a aula de educação física do sexto horário.

— Você não pode continuar almoçando com aquelas aberrações se quer ser convidado para as melhores festas.

Como acabei tendo tantas aulas com este cara? Eu já tinha sido convidado para as "melhores festas", mas não tinha encontrado nenhum motivo para ir. Preferia ficar em casa e ser ignorado pelo pai que não me queria por perto.

— Estou dizendo que, se é para as gatas ronronarem pra gente, precisamos evitar alguns tabus. Isso inclui Abigail Aberração. Ela é a pior coisa com que uma pessoa pode ser vista.

— Ela não é uma coisa, Connor. Ela é uma pessoa — respondi, vestindo a camiseta pela cabeça.

— Só estou falando, cara. Entendo que deve ser essa história de hospitalidade do Sul, mas maneire um pouco.

Simon entrou no vestiário e abriu seu armário. Ele nunca falava durante a aula de educação física, mas dava para perceber que era a que ele menos gostava, pois metade dos caras implicava com ele, e ele sempre era escolhido por último para as atividades em equipe.

Connor começou a falar mais alguma merda de uma maneira repugnante, mas eu estava craque em ignorar o que ele dizia. Eu preferia sentar na frente da aula de matemática do Sr. Jones, mesmo com todo o cuspe.

Na aula, praticamos hóquei no campo de futebol. O Sr. Jenson era o professor de educação física mais gordo de Mayfair Heights, e sempre fazia questão de menosprezar os alunos que não se saíam muito bem nos esportes. Felizmente, eu não era tão ruim, mas seu modo de falar com alguns dos outros era detestável. Será que ele e Connor eram parentes?

— Alabama — chamou o Sr. Jenson, citando o apelido que tinha grudado mais do que eu gostaria. — Você é capitão. Jason, você também.

— Aê! — disse Connor, indo para o meu time, como se eu o tivesse escolhido.

— Escolho Simon — falei, deixando Connor paralisado.

— O quê? — disseram ele e Simon simultaneamente.

— Eu disse Simon. Pode vir.

Todos ao nosso redor começaram a rir como se eu estivesse brincando. Mas valeu a pena pelo sorrisinho que surgiu no rosto de Simon por seu nome não ter sido chamado por último, mesmo que a gente fosse levar uma surra naquele dia.

Capítulo 15

Aria

Outubro chegou com seu clima úmido, céus nublados e uma barriga que crescia. Eu estava com quinze semanas e começava a aparentar.

Para o jantar de domingo, Mike convidou James e Nadine para tentar evitar que meu pai saísse da sala zangado e revirasse os olhos para mim de decepção. Minha mãe preparou o prato preferido de Grace: frango à parmegiana com vagem.

Antigamente, toda vez que James e Nadine nos visitavam, Nadine sempre terminava indo para o meu quarto enquanto os rapazes jogavam videogame. Nós duas conversávamos sobre minha arte e a dança dela. Agora era extremamente constrangedor ver os dois sentados a alguns centímetros de mim.

Fiz o que pude para não olhar para James, mas consegui sentir seu olhar em mim.

Que coisa mais constrangedora.

Por que ele achou que não teria nenhum problema jantar na minha casa? Por que ele achou que tudo bem trazer a namorada? Por que eu me sentia mais sozinha do que nunca quando ele segurava a mão dela?

— Então, fui aceito em Duke — disse James, passando o cesto de pão de alho. — Vou ser oficialmente um Blue Devil a partir da próxima primavera.

Meu pai alegrou-se como se fosse o sucesso do próprio filho.

— Não acredito. Bolsa integral?

James fez que sim. Ele jogaria futebol em Duke, e eu tinha certeza de que Nadine já estava preocupada com o namoro a distância, pois ela estudaria em uma faculdade local a cerca de meia hora de Mayfair Heights. Mesmo assim, ela sorriu, como se estivesse tão orgulhosa quanto meu pai.

Mesmo que James não tivesse ganhado uma bolsa por causa do futebol, tenho certeza de que ele teria conseguido por algum outro motivo. Ele era o melhor aluno da turma e seria o orador. Ele e Mike estavam em um nível bem parecido no futebol — Mike talvez até fosse melhor do que James, na verdade —, mas no mundo acadêmico eles nem estavam no mesmo campo.

Não estou dizendo que Mike era burro. Ele simplesmente não se esforçava. A verdade era que nunca tinha precisado se esforçar. As pessoas gostavam dele de graça. As garotas viviam querendo sair com ele, e os caras, querendo ser seus amigos. Os professores o deixavam passar com "notas mínimas de aprovação" para que ele não fosse expulso do time. Ele nunca tinha sido obrigado a se esforçar. Isso até a pontuação do seu teste ACT não ser muito boa. Esse resultado, somado aos boletins medíocres, dificultou o interesse das universidades por ele. Dava para perceber que meus pais estavam receosos, achando que Mike não receberia nenhuma oferta de bolsa integral como eles pensavam.

É como se estivessem prendendo a respiração à espera de uma carta dizendo que Mike ao menos tinha sido aceito em alguma universidade.

— Bem, acho isso maravilhoso, James. Você trabalhou duro por isso e merece todo sucesso — disse minha mãe.

James sorriu e agradeceu.

— Espero que esse mané se junte a mim — disse ele, empurrando o ombro de Mike.

De vez em quando, eu conseguia sentir James me encarando, mas eu mal reagia.

— A essa altura, aceitamos qualquer coisa — disse meu pai indignado.

Eu vi a boca de Mike ficar tensa de irritação. Será que meu pai sabia o quanto estava sendo grosseiro ultimamente?

— Ah, logo as cartas vão chegar, tenho certeza. Mike é a pessoa mais inteligente que conheço, além da Miss Beleza aqui — disse James.

Ele se inclinou e beijou a bochecha de Nadine. Ele a encarava como se ninguém mais no mundo existisse, apesar de eu ter certeza de que todos nós existíamos. Fiquei imaginando como seria ser olhada daquela maneira, como se eu fosse a única coisa que importava.

Depois do jantar, Nadine entrou no meu quarto enquanto os meninos jogavam videogame. Ela sentou na minha cama, folheou meus cadernos de esboços e disse o quanto eu era talentosa. Queria que ela soubesse o quanto não devia gostar de mim.

— Escutei algumas coisas que o pessoal tem dito sobre você no colégio. Essa galera é muito babaca — disse ela, colocando os cadernos na minha cama. — Só para constar, acho que o que você está fazendo é muito corajoso, ter o bebê.

— Todos os dias no colégio, quando sou chamada de puta e vagabunda, eu repenso minha decisão.

— Não faça isso. É algo corajoso.

Nadine desviou o olhar para o chão.

— James e eu passamos pela mesma coisa, mas eu tive um aborto espontâneo.

Eu estava de olhos arregalados.

— E de todo jeito, ele não queria que eu tivesse o bebê. Disse que tinha planos para o futuro, como se eu também não tivesse os meus. Mas, depois do aborto, ele chorou. Ainda não sei se foram lágrimas de alegria ou de tristeza.

— Eu não fazia ideia disso.

Ela balançou a cabeça.

— Ninguém faz. Foi no verão, quando a gente se separou. Se tivesse a oportunidade, eu também teria ficado com o bebê. Quero que todos no colégio se ferrem com suas mentes tacanhas. Mantenha a cabeça erguida e siga em frente. E tente se lembrar de por que está fazendo isso mesmo nos dias ruins.

— Obrigada, Nadine.

Argh. Ela não devia gostar *nem um pouco* de mim.

Ela sorriu e saiu do quarto.

James entrou no meu quarto em seguida e fechou a porta.

— Oi — disse ele.

Ele estava com as mãos nos bolsos da calça jeans e se balançava para a frente e para trás.

— Desculpe por ter vindo hoje, mas Mike insistiu para que eu e Nadine viéssemos. Não queria que nada parecesse estranho, então achei melhor vir.

— Mas *foi* estranho. *Está sendo* estranho.

Ele suspirou.

— A gente devia conversar.

— Sobre o quê?

— Seu irmão disse que você vai ter o bebê. É verdade? — perguntou ele timidamente.

Senti uma tensão na mandíbula e enterrei as palmas das mãos nas laterais do colchão.

— Você disse que tinha terminado com a Nadine porque ela o tratava muito mal. Disse que a vida de vocês estava tomando rumos diferentes.

— E é verdade...

Ele baixou a cabeça como um cachorrinho que é pego no flagra destruindo uma almofada.

— Você não mencionou que ela estava grávida.

— Aria...

— Você entrou no meu quarto e me disse que Nadine tratava você muito mal. Falou como se ela fosse um monstro. Depois disse que sempre tinha gostado de mim. Passou as mãos no meu cabelo e me chamou de bonita. Você me chamou de gatinha e tocou em mim, beijou meu pescoço, minha barriga. E hoje eu descubro que sua namorada nunca tratou você mal. Ela amava você. Ela *ainda* ama.

— Eu estava mal naquela noite — sussurrou ele, ainda sem olhar para mim.

— Você disse que se importava comigo. Era tudo um monte de merda só para me levar para a cama?

— Não. É claro que eu me importo com você, Aria. Você é a irmãzinha do meu melhor amigo.

Irmãzinha. Essa doeu.

— Eu e Mike tínhamos bebido naquela noite. Não tenho orgulho do que fiz, e nunca foi minha intenção magoar você.

Magoar?

— James, você me comeu e me engravidou. Depois, durante semanas, fingiu que nunca tinha transado comigo e voltou com a Nadine, outra garota que você comeu e engravidou, sabe? Você tem de fato o esperma mais insistente da história do esperma.

Ele não respondeu. Odiei o fato de ele ter colocado a culpa na bebida. Odiei o fato de que ele na verdade tinha terminado o namoro com Nadine porque ela queria ficar com o bebê. Odiei o fato de que ele podia andar pelo colégio sem que ninguém soubesse a verdade a respeito do que tinha acontecido entre a gente.

Não era justo.

— E essa história entre você e Levi Myers? — perguntou ele do nada. — Vocês estão juntos ou algo assim?

Juntos?

Levi e eu?

Não respondi porque ele não tinha o direito de me fazer aquela pergunta.

James e eu estávamos em situações completamente diferentes, apesar de nós dois sermos responsáveis pela gravidez. Ninguém vandalizava o armário dele no colégio. Ninguém o chamava de puta. Ele era praticamente como um deus em Mayfair Heights.

— Desculpe — murmurou ele, balançando a cabeça. — Tem alguma coisa nele da qual eu não gosto. Você não devia andar com ele. Não quero que se magoe.

Dei uma risadinha.

Que hilário.

— Pode ir, James. E parabéns pela bolsa para Duke. Você vai ser um Blue Devil *fantástico.*

Na segunda-feira, Levi e eu passamos o oitavo horário inteiro discutindo sobre nosso projeto final. Precisei reunir todas as minhas forças para não pensar no jantar do domingo e no fato de que James achou necessário dizer com quem eu devia ou não passar meu tempo. Mas Levi facilitou tudo. Com ele, era fácil não me importar com James. Pelo menos por algumas horas, ele me ajudou a esquecer.

— Você devia ir à biblioteca pegar aqueles livros que mencionei — falei, saindo da sala depois do último sinal.

— Tá bom. Quer ir lá agora?

Ergui a sobrancelha.

— Eu já vi os livros, eu entendo a importância da arte abstrata e como ela é capaz de mudar vidas. Preciso que você entenda também para que a gente possa planejar quais são as três peças que eu quero criar para o projeto final. Depois, você pode criar as músicas para combinar com elas.

— Então a gente se encontra na biblioteca em uma hora? — perguntou ele.

— Levi — respondi, suspirando. — Você está me irritando de novo.

Na verdade, não. Eu gosto.

— Mas se você precisa tanto da minha ajuda, tudo bem.

— Tá bom. A gente se encontra em mais ou menos uma hora na biblioteca. Encontro marcado.

— Reunião marcada — corrigi.

— Encontro-reunião.

— Reunião — repeti.

— É uma reunião de encontros — sugeriu ele, afastando-se.

Mordi o lábio inferior e tentei diminuir meu batimento cardíaco que se acelerava. *Encontro marcado.*

No ônibus, voltando para casa, vim sentada ao lado de Simon, que ainda estava com um humor péssimo. Ele estava assim há semanas, desde que derramara o suco. Vendo meu amigo ali, olhando pela janela, eu sabia que havia alguma coisa naquela história que ele não tinha me contado.

— Sabia que você pode conversar comigo? — perguntei.

Ele franziu a testa, sem dizer nada. Algumas coisas no mundo eram péssimas, e ver o seu melhor amigo triste tinha que ser uma das piores.

— Simon...

— Não deu certo — disse ele, ainda olhando para a janela, os dedos tamborilando sem parar na calça. — Minha mãe disse que eles vão parar de tentar.

Eu sabia que ele estava falando sobre a tentativa de engravidar dos seus pais. Eles tinham enfrentado dificuldades nos anos anteriores, e Simon sempre se culpava por causa de um acidente em que ele se envolveu com a mãe. Coloquei as mãos na barriga e encarei Simon, sem saber o que dizer.

— Sinto muito, Si.

Ele fez que sim.

— Pois é. É um saco. Eles só têm um filho, e esse filho é uma aberração. Eles merecem mais e é por minha culpa que eles não podem ter outro.

— Não é verdade. Nada disso é culpa sua.

Ele não disse mais nada, mas eu sabia que ele se culpava mais a cada dia.

A vida escolhia quem recebia o que queria e quem não recebia de uma maneira muito injusta.

Depois de ir para casa e dormir por quase duas horas, acordei assustada e atrasada. Coloquei meus chinelos e fui para a biblioteca. Levi estava sentado no degrau mais alto da entrada. Ele ergueu as mãos ao me ver e abriu o maior sorriso.

— Sabe o quanto um cara se sente ridículo sentado nos degraus de uma biblioteca enquanto espera uma garota que talvez nem apareça? E depois ela aparece 45 minutos atrasada.

Abri um sorriso tenso.

— Desculpe.

Ele baixou as sobrancelhas.

— Você está bem?

Não.

Eu não conseguia parar de pensar em Simon. E uma coisa que eu tinha descoberto sobre estar grávida era que às vezes dava vontade de chorar porque o sol estava brilhando, ou porque o entregador de pizza esqueceu os sachês de ketchup. Em outros momentos, dava vontade de chorar porque Simba estava muito triste em *O Rei Leão* e você simplesmente queria abraçá-lo. Minhas emoções estavam à flor da pele e eu não sabia como evitar.

— Sim, vamos mergulhar nos livros — respondi, dando um sorrisinho.

— Tem algo de errado.

— Levi...

— "Lembre-se de uma coisa, pouquíssimas coisas são necessárias para se ter uma vida feliz." Marco Aurélio.

— Você procurou Marco Aurélio no Google? — perguntei, mexendo no botão da camisa.

— Sim, no celular, enquanto esperava você. Imaginei que se os renascentistas sabiam tocar instrumentos e combater a peste negra, eu podia muito bem fazer uma busca no Google.

— Entendi. Enfim, vamos entrar e resolver logo isso.

— Quer um abraço?

— Não, Levi. Não quero um abraço.

Principalmente porque um abraço dele me faria chorar. Ele fechou os olhos e colocou os dedos nas têmporas.

— O que foi agora? — perguntei.

— Não está sentindo? Estou puxando você para um abraço com minhas habilidades mentais de Jedi.

— Bem, não está funcionando — respondi.

Nenhum cara tocava em mim desde James no verão, e eu gostava disso. Depois de tudo que acontecera, eu tinha aprendido que gostava de ter meu espaço. Claro que ninguém percebia isso, porque nenhum cara de fato tentava tocar em mim. Até o oximoro do Levi aparecer na cidade.

— Sem ofensas, mas não gosto de ser tocada.

— Ah — disse ele, baixando as mãos e franzindo a testa. — Desculpe.

— Nada pessoal.

Ele subiu os degraus da biblioteca e abriu a porta para mim.

— É pessoal, sim. Pode acreditar.

Capítulo 16

Levi

Eu queria descobrir mais sobre Aria, a garota que mal sorria, a garota cujos olhos permaneciam tristes mesmo quando sorria. Ela não gostava de se abrir com os outros. Mas não dava para culpá-la depois de ver como o pessoal a tratava no colégio. Se eu passasse por aquilo, também seria uma pessoa fechada.

— Tá bom, então me diga o que é que estou vendo — sussurrei, aproximando minha cadeira, mas dando espaço suficiente para que ela ficasse confortável.

— Não posso dizer isso. Você precisa descobrir sozinho. É esse o objetivo da arte abstrata, ela é diferente para cada um.

Fiz que sim, encarando os azuis, amarelos e verdes na minha frente. Para ser sincero, eu achava aquilo uma enorme bagunça, como se uma criança de 2 anos tivesse entrado num quarto cheio de tinta e a derramado por toda parte.

Mas talvez aquilo fosse *mesmo* arte para algumas pessoas.

Eu só não conseguia enxergar.

— Por quanto tempo devo ficar encarando? — perguntei.

— O tempo que demorar para você enxergar — respondeu ela.

— Enxergar o quê?

— *Tudo.*

Comecei a ver o quadro em dobro enquanto ficava vesgo com a experiência de encará-lo intensamente.

— Tá bom, sua vez — falei, empurrando o livro na direção dela. — Me conte o que você está vendo.

Aria suspirou aliviada, como se estivesse esperando eu perguntar. Tirou o elástico de cabelo do pulso e fez um rabo de cavalo. Ela se alongou antes de cruzar as pernas em cima da cadeira e folhear as páginas do livro.

Procurava e procurava.

Estava em busca de algo familiar.

Algo que ela normalmente só via quando estava a sós.

Sorriu ao encontrar e não foi um dos seus meio sorrisos, mas um sorriso enorme, com dentes, do tipo estou-no-meu-porto-seguro.

A pintura se chamava *Grounded Fly*, e Aria a encarava como se fizesse parte dela. Balançou o corpo levemente para a frente e para trás, e seus lábios se abriram. Fiquei encarando-os por mais tempo do que devia, mas aquela visão quase me fez colar minha boca na sua. Então me obriguei a desviar o olhar e quando finalmente nossos olhos se encontraram, eu já tinha esquecido completamente como piscar.

Nunca tinha visto seus olhos sorrirem antes; estavam sempre tão pesados e perdidos. Naquele momento, enquanto Aria se fundia à pintura abstrata, foi como se ela se libertasse da realidade, quase esquecendo que eu existia. Ela não disse nada, nem precisava. Eu vi o que ela estava vendo enquanto a observava. A maneira como seu corpo se acendeu com cores pela primeira vez desde que tínhamos nos conhecido foi indescritível. Parte de mim queria perguntar como ela fazia aquilo, como ela entrava na arte, mas temi que qualquer barulho fosse tirá-la do transe e entristecer seus olhos novamente.

Minha mãe costumava dizer que felicidade é uma coisa efêmera e que, por isso, devemos nos agarrar a ela o máximo possível, sem fazer perguntas, sem arrependimento.

Ficamos sentados por minutos que pareceram horas de tranquilidade. Ela continuava olhando para baixo, eu continuava olhando para ela. Tão linda. Eu nunca diria isso, é claro, porque toda vez que eu a elogiava ela se contraía, constrangida.

Mas eu pensava muito isso. *Tão linda, meu Deus.*

— Está vendo? — sussurrou ela, com as pontas dos dedos tamborilando a boca.

— Sim — murmurei.

Eu tinha visto.

— Aria?

— Sim?

— Posso mostrar uma coisa?

Fomos até a loja de música de Lance, onde cumprimentamos Daisy, que distribuía biscoitos veganos para os clientes.

— Oi, Levi! Quem é sua amiga?

— É Aria. Ela é minha parceira na nossa aula de arte e música — falei, sorrindo para Aria.

Ela sorriu de volta. Toda vez que ela sorria, eu sentia que estava vencendo na vida.

— Imagino que você é a arte do projeto, sim? — perguntou ela para Aria.

— Sim, e ele é a alma.

— Meu nome é Daisy, querida — disse ela, estendendo a mão para Aria. — Lance, venha dar um oi para a parceira do colégio de Levi, Arte.

Lance saltou por cima da caixa registradora e aproximou-se rapidamente da esposa. Ele se posicionou atrás dela e colocou as mãos em sua cintura.

— Seu nome é mesmo Arte?

— Não, mas é quase isso.

Aria riu.

Também gosto desse som.

Lance estava sorrindo até ver a barriga de Aria. Quando seus olhos encontraram os meus de novo, seu sorriso aumentou. Ele virou de costas para Aria e falou para que só eu ouvisse:

— Não quero bancar o tio careta, mas preciso perguntar. Levi, aquele pãozinho que está no forno não é um croissant da família Myers, é?

Eu ri.

— Não.

Lance suspirou.

— Tá bom, já voltei a ser o tio legal — disse, e se virou de novo e fez um *high-five* com Aria. — Arte, prazer em conhecê-la. Pode encostar em tudo na loja e tocar tudo que quiser. Se quebrar alguma coisa, meu sobrinho maravilhoso paga.

— Então posso quebrar tudo? — perguntou Aria.

— Olha, gostei do atrevimento dela — disse Lance, me cutucando. — Pode mandar ver, minha amiga. Como você tem esse visual maneiro de roqueira e está usando uma camiseta com um gatinho maneiro, sugiro que comece pela novíssima e caríssima bateria de cinco peças Pearl Crystal Beat que está na vitrine. Levi tentou tocar uma vez, mas foi um lixo, e tenho quase certeza de que você vai se sair melhor.

Ele entregou as baquetas para Aria e disse para ela ir com tudo.

E foi o que ela fez.

Ela tocou como todos os roqueiros durões dos filmes. Ela batia no instrumento sem parar, jogando o cabelo para a frente e para trás, perdendo-se totalmente naquele momento de catarse.

— Uau — disse Lance, encarando Aria com a expressão chocada quando ela parou.

Então começou a bater palmas lentamente, e eu e Daisy nos juntamos a ele.

— Isso foi *ruim pra cacete*. Parece até que você chegou na bateria e disse, "vou pegar essas baquetas e assassinar toda a alegria da maldita música". Não, sério, meus ouvidos estão sangrando? Acho que estão — brincou ele.

Eu não conseguia parar de rir, porque ele tinha razão; tinha sido doloroso. Aria começou a rir.

— Tá bom, como eu sou péssima na bateria, você pode tocar violino para mim? — perguntou ela, gesticulando para o violino na vitrine.

Não era um violino qualquer; era o violino com que eu queria me casar. Um Karl Willhelm Modelo 64, o melhor violino na Soulful Things.

— Não posso tocar nele — respondi.

Ninguém simplesmente pega um violino Karl Willhelm e começa a tocar. Especialmente um violino de três mil dólares.

— Por que não? — perguntou Lance, tirando-o da vitrine e entregando para mim. — Acho que você e este violino têm muito em comum.

Segurei o instrumento de madeira e sorri para ele. Lance me entregou o arco, e depois de alguns minutos afinando, encostei na queixeira.

— Algum pedido? — perguntei para Aria.

Ela sorriu.

— Me surpreenda.

Deslizei o arco pelas cordas do violino, tocando o clássico de Henryk Wieniawksi, "Polonaise Nº 1". Era uma das músicas mais difíceis que eu tinha aprendido na vida. Parte de mim estava morrendo de medo de errar e de ficar parecendo um idiota. Outra parte de mim queria impressionar Aria.

Quando terminei, os três começaram a aplaudir, e Aria articulou com os lábios:

— Uau.

Antes de irmos embora, ela também conseguiu assassinar a beleza de um piano, de uma guitarra e de alguns tamborins.

Eu fui com ela até sua casa e fiquei parado no fim da calçada. Ela mexia os dedos, inquieta, e sorrindo.

— Obrigado por ter passado um tempo comigo hoje.

Abri um sorriso. Apesar de não saber, Aria tinha me dado algumas horas sem pensar na palavra de que eu menos gostava: câncer.

Ela corou e continuou mexendo os dedos.

— Nos vemos no colégio? — perguntou ela.

— Sim.

— Tá bom.

Ela sorriu e se virou. Depois virou-se de volta e sorriu de novo.

— Você toca violino incrivelmente bem. Espero que saiba disso.

Subiu os degraus da varanda. Virou-se de novo e me olhou.

— Tipo, é muito, muito, incrível.

Mais um sorriso. *Continue sorrindo.* Enquanto ela entrava em casa, comecei a me afastar e escutei ela gritar meu nome.

— Levi.

— Sim?

Mais dedos inquietos. Mais sorrisos.

— Acha que podemos ser amigos?

Eu ri, esfregando minha nuca.

— Achei que já fôssemos.

Entrei no meu quarto bem na hora em que o celular apitou. Na tela, o nome Aria. Imediatamente, fui ler a mensagem.

> Aria: Glitterati — *substantivo plural* | glit.te.ra.ti | [ˌglitəˈräti]: Pessoas ricas ou famosas que comparecem a eventos de moda com bastante frequência.
> Eu: Parece glamoroso mesmo.
> Aria: Aposto que eles tomam ponches deliciosos em taças com diamantes incrustados.

Peguei meu dicionário e comecei a folheá-lo.

> Eu: Arte - *substantivo* | ['ahtʃi]: A qualidade, produção, expressão ou domínio, de acordo com princípios da estética, do que é bonito, atraente ou de importância mais do que ordinária.

Aria: Gostei.

Eu: Eu acho que você é arte.

Ela não respondeu. Fiz o dever de casa fingindo que entendia alguma coisa de cálculo e conferi o celular. Falei com minha mãe. Depois de desligar, conferi o celular. Jantei uma comida congelada péssima e conferi o celular. Fiquei sentado na varanda rindo das comédias em preto e branco e conferi o celular

Conferi uma última vez antes de desligar a luz e me deitar.

Deitado no escuro, escutei o celular apitar e vi a luz azul iluminar meu quarto.

Aria: Boa noite, Levi.

Sorri na escuridão.

Boa noite, Arte.

Capítulo 17

Aria

No dia seguinte, eu estava sentada ao lado de Levi quando Simon bateu com força a bandeja do almoço na mesa. A raiva do dia anterior parecia estar armazenada no fundo da mente, e naquele momento a irritação tinha a ver com outra questão.

— A gente *NÃO VAI* deixar Abigail Aberração comer de novo com a gente! Eu proíbo isso!

Nas últimas semanas, Abigail tinha se aproximado da nossa mesa, sentado por dois minutos — três, quando não estava com pressa — e conversado sobre citações aleatórias. Depois ela elogiava Simon e ia embora, sempre apressada. Estranhamente, esse momento tinha se tornado um dos melhores do meu dia.

— Por que não? Ela é ótima — disse Levi.

Toda vez que ele falava, eu observava seus lábios.

Ele poderia ter dito cocô que ainda assim soaria romântico.

Pare com isso, Aria.

— Ótima?! *ÓTIMA?!* Olhem só isso!

Ele pôs a mão na mochila e tirou dois saquinhos Ziploc. Um deles tinha frascos novos de álcool em gel, e o outro, cookies.

— Estão vendo isso?! — disse ele, sua pele pálida ficando vermelha.

— Álcool em gel e cookies? — perguntei, confusa.

— Cookies *caseiros*! Sim, isso mesmo! Abigail Aberração simplesmente parou na frente do meu armário e disse, "oi, Simon, percebi que você estava com pouco álcool em gel ontem no almoço, por isso comprei dois novos, e também fiz biscoitos para você". Depois ela me entregou isso e foi embora!

— Que gentil — respondeu Levi.

— Gentil?! Isso é loucura! E se alguém visse a gente? E se alguém achasse que eu e ela estamos... estamos... juntos?!

— Qual seria o problema? — perguntou Levi.

Simon bufou e riu, com raiva.

— Ela é... ela é... *ela é Abigail Abe...*

— Sim? — disse Abigail, aproximando-se por trás de Simon.

O rosto dele ficou ainda mais vermelho quando ele se virou para olhá-la.

— Ah. Oi.

Simon abriu um grande sorriso falso para ela. Abigail abriu um sorriso maior ainda.

— Seu sorriso é perfeito. Muito branco e perolado. Pena que vai ter que tirar os sisos em algum momento, porque tenho certeza de que eles também devem ser lindos. Eu queria comer com vocês hoje, mas... — ela olhou para o relógio de pulso — estou atrasada. Vejo vocês depois, ok? Simon, essa camiseta amarela ficou ótima em você. Achei que o bordô combinava, mas amarelo é melhor. Tá bom. Até mais, pessoal.

Com isso, ela foi embora com sua calça barulhenta, deixando Simon boquiaberto e confuso.

— Ela *NÃO PODE* mais comer aqui com a gente!

— Se você gosta tanto dela, é só chamá-la para sair, Simon — disse Levi, mordendo o hambúrguer de frango.

— Oi? Você acha que eu *gosto* da Abigail? Da *ABIGAIL?!* Tá bom. — Simon riu. — Só porque ela é estranha e meio que bonita e faz cookies excelentes e tem uma covinha na bochecha direita do lado de uma marca de nascença em forma de coração, e às vezes cita algumas coisas interessantes, e é engraçada e estranha e provavelmente beija muito bem porque está sempre mexendo a boca, o que me dá vontade de beijá-la quatro vezes seguida... *isso não significa que EU GOSTO DELA E QUE QUERO SEUS COOKIES!* — gritou ele.

Levi e eu ficamos em silêncio, encarando-o de olhos arregalados. Simon tinha acabado de recitar o monólogo mais constrangedor e confuso da história da humanidade. Nossos olhos se moveram para Abigail, que tinha voltado e virado um tomate. Paralisada, ela segurava dois pacotes de cookies. Simon virou-se para ela. Ele piscou. Ela piscou.

Ele piscou de novo.

Ela piscou de novo.

Vários momentos constrangedores com os dois piscando se passaram antes que ela falasse.

— Esqueci de entregar os cookies que fiz para Aria e Levi.

Ela entregou um saquinho para cada e depois endireitou a postura. Seu olhar encontrou o de Simon.

Simon piscou de novo.

Abigail piscou de novo também.

— Agora vou embora — disse Abigal.

— Tá bom, parece certo — concordou Simon.

Ela se afastou com pressa, os saltos e a calça anunciando sua saída.

Simon sentou-se na cadeira e enterrou o rosto nas mãos.

— Acham que ela escutou?

— De maneira alguma — respondeu Levi com um sorriso irônico. — Acho que você está a salvo.

Quando não estava com Levi no colégio, eu pensava mais nele do que deveria. Toda vez que recebia uma mensagem dele, sentia meu estômago se revirar.

Levi: Apolíneo — *adjetivo* [apol'ĩnju]: Que possui grande beleza.

Eu: Aplicação em uma frase, por favor?

Levi: Você estava muito apolínea quando entrou na aula de cálculo hoje com meias descombinadas.
Eu: Você é muito maluco.

Ele não respondeu.

Preparei o jantar das minhas irmãs e conferi o celular. Dei um cochilo, acordei e conferi o celular. Eu me pesei, encarei minha barriga no espelho e conferi o celular. Escutei meus pais brigando sobre a possibilidade de ensino domiciliar para mim no próximo semestre e conferi o celular.

Tudo antes das 19h.

Levi: Odeio essa palavra. É a segunda de que menos gosto.
Eu: Qual?
Levi: Maluco.
Eu: Por quê?

Ele me fez esperar de novo.

Só recebi uma resposta às 19h39.

Levi: Porque o pessoal da minha antiga cidade sempre chamava minha mãe de maluca.

Capítulo 18

Levi

maluco | adjetivo | ma.lu.co | [mal'ukʊ]

1. Aquele que é mentalmente desequilibrado, louco, doido. Insensato, ilógico; totalmente insano.
2. Que tem probabilidade de se despedaçar.
3. Fraco, enfermo ou doente.

Minha mãe era a melhor mãe do mundo. Menos quando não era. Eu a odiava da mesma maneira com que a amava: intensamente. Os dois sentimentos surgiam em ondas. Quando eu a amava, amava muito. Quando a odiava, não suportava olhar para ela.

Mas minha mãe nunca me odiava, e talvez esse fosse o problema. Talvez me amasse demais. Era difícil ser tão amado assim por alguém, porque, à medida que o tempo foi passando, aquele amor começou a parecer um mata-leão. Eu me preocupava demais em não a desapontar ou decepcionar, porque, sempre que isso acontecia, ela desmoronava. Ela entrava em pânico, se sentia desprezada. Resumindo, ela ficava maluca.

Ser amado por um certo tipo de pessoa era difícil, nem todo mundo sabe lidar com isso.

Eu nem sempre soube que ela era instável.

Ao longo dos anos, sendo criado ao lado da floresta com apenas ela e a natureza como companhia, foi difícil notar qualquer coisa errada. A gente se divertia, rindo e cantando e tocando nossos instrumentos.

Quando minha tia Denise nos visitava, as duas sempre riam e tomavam muito vinho que Denise levava. Depois, minha tia passava semanas longe, e minha mãe e eu voltávamos à nossa rotina normal. Denise foi a única pessoa que eu vi por muito tempo, exceto quando ia à cidade para fazer compras, onde as pessoas sussurravam sobre minha mãe e eu.

— Será que é genético? — perguntavam-se.

— Será que ele é maluco como ela?

Precisava me controlar ao máximo para não me aproximar dos desconhecidos e esmurrá-los por terem falado da minha mãe. Eles não a conheciam. Eles não conheciam a gente. Nós vivíamos sozinhos em nosso mundo feliz. Por que não cuidavam das próprias vidas? Por que achavam que eram melhores do que nós?

Eu voltava para casa irritado por eles nos odiarem sem nem saber quem éramos. Porém minha mãe fazia a raiva passar quando estava com a cabeça boa.

— Palavras, Levi. São só palavras vazias e insignificantes vindas de pessoas vazias e insignificantes.

Foi só quando comecei a visitar meu pai no verão que percebi que talvez nossa vida não fosse assim tão normal. Talvez as pessoas que sussurravam na cidade tivessem alguma razão.

Limpar as janelas da casa durante uma tempestade não era normal. Minha mãe tinha se convencido de que usar água da natureza era a única maneira de realmente limpar as janelas. E se não as limpasse bem, ela achava que eu não a amava.

E aí ela entrava em pânico.

Começava a falar das vozes na sua cabeça, alegando que eram reais. Começava a ver coisas que não existiam.

Denise me contou depois que isso se chama transtorno esquizoafetivo. Eu não sabia o que era, mas parecia assustador, por isso fiquei preocupado.

Minha mãe passou a tomar remédios para neutralizar o efeito desses pensamentos problemáticos, e durante um bom tempo isso funcionou. Ela não tinha mais tanto medo das coisas. Tinha voltado a ser minha mãe — bem, mais ou menos. Ela sorria muito menos, mas dizia que as vozes tinham desaparecido.

Até que, de repente, ela interrompeu a medicação por achar que tinha melhorado.

Só que ela não tinha melhorado.

Também descobri que não era normal uma criança não ter amigos. Quando eu tinha 9 anos e meu pai me perguntou se eu tinha tido uma festa de aniversário no ano anterior, respondi que sim. Quando ele perguntou quantos amigos compareceram, respondi dois. Denise e minha mãe. Se eu pedia para começar a praticar algum esporte, minha mãe achava que eu não a amava. Ela acreditava nessa ideia de que, se eu fizesse amigos, iria traí-la.

Então ela entrou em pânico.

Voltou a tomar os remédios por um tempinho, até achar que tinha melhorado de novo.

Só que, de novo, ela não tinha melhorado.

Na primeira vez em que eu esqueci de rezar de noite, ela teve um ataque de pânico. Disse que estava morrendo, e que era porque eu não tinha agradecido a Deus. Disse que Deus tinha falado com ela, contando que estava zangado e que ia descontar meu erro nela. Eu me lembro de chorar em cima dela, implorando para que ela respirasse. *Apenas respire, mamãe.* Liguei para a emergência e, quando eles chegaram, ela já havia se acalmado.

É uma das lembranças mais antigas que tenho dela.

Apenas respire, mamãe.

— Mãe, relaxe — suspirei ao telefone, sentado no telhado do meu pai.

Eu não estava a fim de falar com ela porque, pelo tom da sua voz, dava para perceber que ela não estava completamente presente. Eu escutava seus sons, mas não era realmente ela. Soava tão distante que me perguntei se ela — minha mãe *de verdade* — voltaria um dia.

— Você não está com saudades de mim, Levi? Por que você não volta para casa?

Porque eu não quero ver você assim.

— Sabe, estou quase me resolvendo com meu pai — menti. — Estamos ficando bem próximos — menti de novo.

Meu pai começara a beber de tarde e ainda não havia parado. Mais cedo, tinha recebido uma ligação que atendera no escritório, e imagino que não tenha sido o que ele esperava, porque logo após desligar ele começou a beber. Eu nunca o tinha visto bêbado antes. Naquele momento ele andava de um lado para o outro pelo quintal, chutando as cadeiras e tudo que encontrasse. Totalmente embriagado.

Mais cedo, eu tinha dito para ele não beber tanto porque no dia seguinte teria quimioterapia, mas ele me mandou para o inferno e disse que era para eu cuidar da minha vida. Achei que nem tão cedo começaria a ter minhas aulas de direção.

— Venha para casa — disse minha mãe ao telefone, chorando. — Você não está sendo sensato.

— Como está Denise? Ela tem ido visitá-la? — perguntei, mudando de assunto.

Eu já sabia a resposta. Denise tinha me ligado dias antes, dizendo que estava preocupada porque minha mãe não estava tomando os remédios. Eu já tinha percebido isso; as ligações durante a madrugada estavam acontecendo com maior frequência. Denise queria interná-la em alguma clínica psiquiátrica por algumas semanas, mas minha mãe se recusava. Alegava estar bem. Às vezes eu me perguntava se algum dia minha mãe aceitaria a ajuda de que precisava. Denise disse que só nos restava rezar — mas eu rezava para que algo mudasse desde os meus 5 anos, e nada tinha mudado até aquele momento.

— Ela ainda está com aquele babaca do Brian. Acredita? Não gosto dele — disse minha mãe, arrancando-me dos devaneios.

Claro que ela não gostava dele. O único cara de quem ela gostava era eu.

— Não quero mais ficar sozinha aqui, Levi — sussurrou ela, me deixando mal.

— Mãe, você tem tomado seus remédios?

— Eles não funcionam mais. E agora que você se foi, estou totalmente sozinha. Sabia? Totalmente sozinha.

Senti um aperto na barriga e belisquei a ponte do nariz. Claro que ela não estava medicada.

— Não diga isso.

— Por que não?

— Porque isso me irrita demais, porra.

Talvez... talvez ela já soubesse disso.

— Levi Myers, não fale comigo assim. Você está ficando cada vez mais diferente de quem você é.

Estou ficando são, você diz?

Falamos sobre coisas insignificantes até eu me obrigar a dizer para ela que precisava desligar.

— Levi?

— Sim, mãe?

— Amo você até o fim.

Repeti suas palavras, mas depois me senti mal, porque às vezes eu queria que o fim chegasse logo. Talvez eu também não estivesse bem.

Logo meu pai entrou em casa cambaleando e foi direto para o banheiro. Ele vomitou tão alto que o escutei pela porta, então fui até seu escritório, peguei seus remédios de náusea e um copo d'água. Quando cheguei ao banheiro, a porta estava escancarada e meu pai estava com a cabeça na privada, vomitando violentamente.

Quando se encostou na parede mais próxima, limpou a boca com papel.

— Tome, pai — falei, segurando os remédios para enjoo e a água. — Isso vai ajudar.

— Sai daqui, porra — murmurou ele, gesticulando para que eu fosse embora.

— O médico disse que isso ajudaria com a náusea. Tome.

Estendi para ele.

— Não quero — desdenhou ele.

— É para a náusea, pa...

— Eu disse que não quero, porra! — gritou ele, pegando o copo da minha mão e arremessando-o na parede, fazendo com que se estilhaçasse no chão. — Sai daqui, porra.

Saí do banheiro e fiz uma pausa. Cerrei os punhos, e os bati nas laterais do corpo.

— Estou tentando! — gritei, virando-me para ele. — Estou tentando ajudar. Facilitar as coisas pra você. Ter algum relacionamento com você!

Eu sabia que estava descontando minha raiva nele. A raiva que sentia da minha mãe. A raiva que sentia do câncer. A raiva que sentia da vida. Joguei os comprimidos em cima dele.

— Tome os remédios se quiser, mas na quimioterapia amanhã você vai se sentir melhor se tomá-los agora.

— Não vou fazer mais aquela merda.

— Não vai fazer mais o quê?

— A quimioterapia. Já deu.

— Já deu? Como assim já deu? Você ainda tem mais quatro sessões no calendário.

— Eu não vou.

— Pai — falei, minha raiva se transformando em preocupação. — Não seja idiota, você precisa da quimioterapia para melhorar.

Ele empurrou a porta do banheiro com o pé e se fechou lá dentro.

Fui para meu quarto e peguei a caixa de sapatos que continha o passado que eu e ele tínhamos compartilhado. Todos os cartões de

Natal, todos os bilhetes em post-its, todas as pequenas lembranças às quais eu me prendia, mas que ele tinha preferido esquecer.

Eu devia ter parado de olhar aquelas coisas. Eu devia ter fechado a caixa, ido para o bosque e tocado violino, mas não foi isso que fiz. Continuei mexendo nos bilhetes e cartões, esperando que aquilo fosse apenas um pesadelo, e que, ao acordar, meu pai me amaria de novo — ou pelo menos *gostaria* de mim.

Tempo.

O tempo estava se esgotando.

Feliz Natal, Lee. Amo você, filho.

— Papai

Feliz aniversário de 7 anos, meu garoto. No verão a gente comemora.

— Papai

Estou sentindo sua falta no riacho velho.

— Papai

Quem sabe não passamos o próximo Natal juntos? Amo você, Levi.

— Papai

Podemos alimentar alguns cervos no bosque de novo quando você vier visitar.

— Papai

Amo você, filho

— Papai

Passei a noite inteira acordado, me beliscando, tentando acordar daquele pesadelo. Eu estava exausto. Acho que não era normal um garoto de 17 anos se sentir tão cansado. Eu estava cansado de fingir que estava feliz no colégio. Estava cansado de me preocupar com a possibilidade de minha mãe se machucar porque eu a deixara só. Estava cansado de me perguntar se um dia eu acordaria e meu pai não estaria mais aqui.

Estava cansado do pesadelo que era minha vida, e tudo que eu queria era acordar.

Na manhã seguinte, às 5h58, Aria apareceu no bosque. Eu estava irritado por causa do estresse com meus pais na noite anterior. Meu corpo estava dolorido e encurvado. Eu não tinha dormido nada.

Aria parou longe de mim.

Baixou as sobrancelhas.

— Você está bem? — articulou ela.

Tentei sorrir, mas não consegui. Qualquer outra pessoa teria recebido meu maior sorriso e uma mentira, mas com ela isso não parecia necessário. Com ela, estar destruído não parecia um problema. Balancei a cabeça.

— *Não* — articulei, encostando numa árvore.

Fazendo que sim, ela se aproximou. Então se encostou na árvore mais próxima e se virou para mim. Coloquei as mãos no bolso da calça de moletom e ficamos ali encarando um ao outro em silêncio, mas dizendo muitas coisas.

Pela primeira vez, eu mostrei a Aria quem eu *realmente* era. Eu lhe mostrei a minha verdade.

Em meus olhos, ela viu o isolamento que eu nunca mostrava para ninguém. Ela viu o sofrimento em minha alma que eu escondia por trás de sorrisos e mentiras.

— Pode desabafar comigo — disse ela. — Se quiser.

Belisquei a ponte do nariz e me perguntei se eu queria conversar ou não. Conversar tornaria tudo real. Talvez isso fosse o que eu mais precisava.

— Minha mãe não está muito bem. Eu quis me afastar dela o máximo possível, por isso vim para a casa do meu pai. Achei que seria mais fácil, sabe? Mas agora meu pai não quer continuar a quimioterapia e não sei como lidar com isso.

— Meu Deus, Levi. Sinto muito. É muita coisa — sussurrou ela. — É coisa demais.

Concordei.

— O que vou fazer se ele não quer mais continuar com a quimioterapia? Como convencer uma pessoa de que vale a pena salvar a própria vida quando ela não tem a mínima vontade de continuar vivendo?

— Não dá pra fazer isso — disse ela, com um sorriso triste.

Sorriso triste — que oximoro.

— A vida é assim. A gente se envolve muito com os outros, mas ao mesmo tempo estamos muito sozinhos.

— Estar sozinho me faz sentir solitário.

— Sim. Mas às vezes se sentir solitário acompanhado de alguém é ainda pior.

— Não é o caso deste momento.

— Não. Não é. Este momento aqui é bom.

Não dissemos mais nada.

Ela não estava tentando me alegrar. Eu não estava querendo me sentir alegre, e Aria entendeu. Tudo que ela estava fazendo era ficar encostada na árvore e me olhar compassivamente.

Um olhar de compreensão total.

Era como se ela estivesse dizendo "estou vendo você, Levi Myers, e também estou me sentindo solitária".

Ela ficou mais perto de mim no ponto de ônibus naquela manhã, com nossos ombros quase se encostando. Imaginei como seria roçar no seu braço, segurar sua mão ou apenas seu dedinho. Eu me perguntei se ela seria quente ou fria. Macia. Reconfortante. *Quem transformou você numa pessoa intocável?*

— Por que não me disse que estava triste? — perguntou ela, encarando nossos sapatos e chutando pedras invisíveis.

— Eu não sabia que podia me sentir assim.

Meus pais já estavam mais do que despedaçados, então parecia que eu não tinha o direito de me sentir assim também.

Quando ela parou de mexer os pés, olhei para cima e vi que seus olhos grandes me encaravam.

— Você pode ficar triste comigo — ofereceu ela. — Não precisa mais esconder.

Pigarreei e fiz que sim.

— Obrigado, Arte.

— De nada, Levi.

Quando o ônibus chegou, o ombro dela roçou no meu ao passar por mim. Nós estávamos vestidos com casacos e camisetas por baixo, mas aquele breve toque foi o suficiente para que eu soubesse como era senti-la.

De alguma maneira, ela era quente e fria ao mesmo tempo, provocava a mesma sensação que o sol trazia ao nascer numa floresta congelada.

Eu só tinha me sentido daquela maneira ao tocar violino, momentos em que eu conseguia escapar da realidade por um tempinho. Fechar os olhos e sentir o arco por cima das cordas era meu único consolo até Aria olhar para mim. Ela olhou para mim como se realmente me enxergasse, enxergasse quem eu realmente sou. E Aria aceitava isso. Ela me encarava como se eu merecesse ser feliz. Verdadeiramente feliz.

Naquela noite, meu pai bebeu de novo. Em vez de vê-lo cambalear pelos cantos, fui para a casa de Lance e Daisy, comi tofu com gosto de pé e passei a noite no sofá-cama.

Aria: Hoje à tarde, descobri que o bebê está com dezesseis semanas e é do tamanho de um abacate. Terminei meu dever de cálculo, pintei um pouco e baixei o CD inteiro do Mumford & Sons no meu iPod. Sua vez.

Sorri.

Eu: Eu comi tofu.
Aria: Só isso?
Eu: A gente tinha dever de cálculo?
Aria: Você nunca vai se formar.
Eu: Acho você linda.
Aria: Cale a boca.
Eu: Seu abacate também é uma fofura.
Aria: Aposto que você diz isso para todas as grávidas do colégio.

Eu não conseguia parar de sorrir.

Tentei imaginar o que ela estava fazendo. Quando uma pessoa não pode tocar em alguém em quem ela quer muito tocar, ela se satisfaz em perceber todos os detalhes sobre esse alguém. Quando Aria estava feliz — muito feliz — suas covinhas ficavam mais profundas. Quando estava envergonhada, ela mastigava as golas das camisetas. Quando estava triste, mordia o lábio inferior. Essa última coisa ela também fazia quando estava nervosa ou refletindo, então era necessário prestar muita atenção para saber qual era o caso. Mas não era trabalhoso. Na verdade, era muito fácil prestar atenção nela.

Eu esperava que suas covinhas estivessem aparecendo. Esperava que ela tivesse se alegrado comigo.

Eu: Por que a galinha atravessou a fita de Möbius?
Aria: Para chegar do mesmo lado. Você é muito nerd. E acho que sou mais nerd ainda porque eu sabia a resposta dessa sua piada péssima de matemática.

Ainda sorrindo.

Eu: Boa noite, Arte.
Aria: Boa noite, Alma.

Capítulo 19

Aria

Todas as quintas, o Dr. Ward me encarava com o mesmo olhar preocupado. Era irritante o quanto ele fingia se importar. Será que ele agiria desse mesmo modo se minha mãe não estivesse pagando tão caro?

Naquele dia, a *bombonière* estava cheia de alcaçuz, o que era preocupante. Quem quer que achasse que alcaçuz era um doce devia mesmo fazer terapia.

Nossas conversas tinham se tornado um clichê, repetiam-se toda semana. Ele começava com a mesma pergunta, eu falava sobre algum artista, e depois ele fazia outra pergunta.

— Em que está pensando, Aria? — perguntava ele.

— Em Bansky — respondi.

— Quem é Bansky?

— Ele é um artista de rua incrível que usa graffiti para expressar suas opiniões controversas sobre o mundo. A arte dele faz muito barulho na mídia, mas ele é um cara quieto ao mesmo tempo. Ninguém sabe quem ele é, mas todo mundo *conhece* o Banksy. "A menina com o balão" é a minha obra preferida dele porque ela simplesmente captura tudo dentro dela.

Ele ergueu a sobrancelha como se não tivesse entendido o que eu disse.

Suspirei. Queria dizer para ele procurar no Google, mas expliquei mesmo assim porque gostava de falar sobre arte. Era a única coisa que eu entendia, a única coisa que tinha significado.

— É uma garotinha com o braço estendido para um balão vermelho em formato de coração, mas o balão já está voando para longe, fora do alcance.

— Às vezes você acha que está voando para longe, Aria?

Sim.

Muito.

O tempo inteiro.

Mas eu não disse aquilo para o Dr. Ward. Fiquei em silêncio, e ele não pediu mais detalhes.

Na segunda de manhã, fui até o ponto de ônibus e sorri ao ver Simon segurando quatro balões que diziam *Feliz Aniversário.*

— Feliz aniversário! — gritou ele, entregando-me aquele presente.

— Obrigada! — respondi rindo.

Levi se aproximou, franzindo a testa ao ver os balões.

— Eu não sabia que era seu aniversário — disse ele, passou a mão no cabelo. — Não comprei nada...

— Tudo bem, sério. Não tem problema.

— É *claro* que tem problema! — exclamou Simon. — Porque você, minha amiga, agora tem 17 anos. O que significa que você não é mais "Grávida aos dezesseis", o que significa...

Eu entendi a brincadeira.

— Que não sou mais uma estatística! Bem, ainda faço parte da estatística de adolescentes grávidas, *mas*... não faço mais parte da estatística do reality da MTV!

— Isso pede uma dança — disse Simon.

— Thriller?

— Humm. Acho que não. Acho que é "Hammer Time"!

Começamos a fazer a dança mais bizarra do MC Hammer bem ali na calçada, caindo na gargalhada enquanto Levi nos olhava como se tivéssemos surtado. Depois, ele começou a dançar também.

Juro que em um certo momento meu coração desfaleceu um pouco.

— Feliz aniversário, feliz aniversário, feliz aniversário — disse Levi enquanto saíamos da aula de cálculo.

Ele tinha dito aquilo pelo menos trinta vezes desde que descobrira mais cedo.

— Você já pode parar de se sentir mal. Já estou sentindo o amor — disse e dei uma risadinha.

— E devia mesmo. Ah, ei. Você sabe por que o professor de matemática nunca serve bebida alcoólica nas festas dele? — perguntou enquanto estávamos parados perto do meu armário. — Para que as pessoas não fiquem variáveis.

Trocadilhos péssimos de matemática de um garoto do Sul muito estranho.

Aniversário oficialmente perfeito.

Antes de ir para sua próxima aula, ele me entregou uma folha de papel dobrada. Foi inevitável sentir o maior frio na barriga ao abri-la.

Feliz aniversário, Arte!

De: Alma.

Havia um desenho horrível que imagino que fosse eu comendo bolo ou algo do tipo. Ele desenhava tão mal quanto eu tocava bateria. Felizmente, assim, nós tínhamos um equilíbrio.

— Feliz aniversário — disse James atrás de mim, fazendo o frio na minha barriga desaparecer.

— Obrigada — murmurei, fechando o armário e me afastando.

James me seguiu a passos rápidos, claramente querendo arruinar meu aniversário que estava simplesmente perfeito até alguns minutos antes.

— Escute, eu não queria ter que dizer isso, mas ouvi que Levi está ficando com Heather Randall. Achei que você devia saber.

— Por que você tem tanto interesse em Levi, James? — falei, revirando os olhos.

Dava para perceber que ele estava com ciúmes da minha amizade com Levi. Era irritante, para dizer o mínimo.

— Não quero que você se magoe.

— Uau, mas como você é atencioso.

Antes que ele pudesse responder, Nadine apareceu saltitando pelo corredor e pôs os braços na cintura de James.

— Oi, pessoal! E aí?

James parou de me olhar e sorriu para a namorada.

— Tudo bem? Estava aqui vendo como Aria está.

Nadine sorriu para mim.

— Ele é um querido, não é? Por falar nisso... o que está rolando entre você e o Casanova do Sul, hein, Aria? Ele é gatinho!

James riu nervosamente.

— Duvido que namorar seja uma prioridade para ela agora, Na. Além disso, ouvi falar que ele está ficando com Heather.

Meu-Deus-que-vontade-de-dar-um-chute-no-seu-saco!

Em vez disso, abri um sorrisinho falso para Nadine.

— Levi e eu somos só amigos.

James suspirou, aliviado. O que também me irritou.

— Hum. Só estou dizendo que se fosse eu, e o pai do bebê estivesse fora da história, aceitaria receber atenção de Levi Myers. Além disso, ele olha para você de um jeito diferente.

Ela sorriu, puxando um James irritado para a próxima aula.

Mas seria mesmo verdade? Levi me olhava mesmo de um jeito diferente?

Olhei para minha barriga saliente e massageei-a.

Não importa.

A maneira como Levi me olhava não importava. Só podia pensar nele como amigo. Em alguns meses, eu teria um bebê e minha vida mudaria para sempre.

Capítulo 20

Levi

Na quarta, Simon me convidou a sua casa para termos um "momento só dos caras", segundo suas próprias palavras. Dei a caminhada mais curta da vida e cheguei à casa de Simon do outro lado da rua. Sua mãe abriu a porta.

— Oi, posso ajudá-lo?

Ela sorriu.

— Sim. Meu nome é Levi, sou amigo do Simon. A gente combinou de se encontrar hoje.

Seu rosto se alegrou, e ela colocou as mãos nos quadris.

— Você é amigo do Simon?!

— Sim, a gente se conheceu no colégio e...

— Quem está aí? — perguntou um cara mais velho, aparecendo na entrada da casa.

— O nome dele é *Levi*. Ele é o novo *amigo* do Simon.

Ele também se alegrou.

— Amigo do Simon?

— Pois é! Não é maravilhoso? Pode entrar, Levi — disse a mulher, segurando meu braço e me puxando para dentro. — Meu nome é Keira e este é meu marido, Paul. Si, vem aqui, tem alguém esperando você. E não é Aria!

Talvez parecesse muito estranho, e um pouco grosseiro, o drama que os pais de Simon estavam fazendo por ele ter outro amigo, mas na verdade os dois só estavam... muito felizes.

Simon saiu do quarto correndo e grunhiu.

— Vocês não precisam assustá-lo, pessoal. Oi, Levi, e aí? Pode vir para o meu quarto.

— Vou pedir pizza! — gritou Keira. — E fazer brownies! Levi, você gosta de brownies?

— Mãeeee, relaxa. A gente vai só jogar um pouco de videogame.

Keira virou-se para Paul.

— Ouviu só isso? Eles vão jogar videogame!

— Adoro brownies — interrompi.

Uma pessoa sábia jamais recusaria a oportunidade de comer brownies caseiros.

Simon revirou os olhos e eu ri. Ele me levou até seu quarto. Observei todos os retratos de família nas paredes, e não pude evitar perceber que uma coisa não se encaixava na história da pessoa que eu estava começando a conhecer mais. Entramos no quarto dele, e Simon fechou a porta rapidamente.

— Dá para perceber que eu não recebo muitos amigos?

— Mas não tem nada de mais nisso.

— Nada de mais? Meus pais acabaram de ter um ataque cardíaco só porque alguém veio me visitar. Enfim, fico feliz por você estar aqui porque preciso da sua opinião.

Dei uma olhada no quarto extremamente limpo. Não havia nada fora do lugar. No closet, as roupas estavam organizadas por cor. Na prateleira, os jogos de videogame estavam organizados em ordem alfabética. Eu nunca tinha visto tanto material de limpeza.

Entrei no closet.

— Então, a gente pode jogar videogame e tal, mas na verdade chamei você aqui para a O.C.A.A.

— Ah, claro. Imaginei que era isso — eu disse, sentando em um dos seus pufes. — A propósito, o que é O.C.A.A.?

Ele saiu do closet com um quadro de avisos. Quando virou o quadro para mim, vi o desenho de uma garota feito com giz de cera e quatro grupos de fichas.

— Operação Conquistar Abigail Aberração.

— Isso é um desenho dela?

Inclinei a cabeça e semicerrei os olhos.

Ele mexeu as mãos.

— Não acertei o nariz.

— A proporção do corpo dela não está muito certa. Não que ela seja gorda, mas é um pouco maior do que isso.

— Bem, é óbvio ela não é um palito, Levi. Aria que é a artista aqui. Eu sou apenas o melhor amigo ruivo e esquisito.

— Ah. Tá bom. Desculpe, mas da última vez que você tocou nesse assunto fiquei com a impressão de que você era anti-Abigail.

— Mas aí eu comi os cookies dela.

— E você gostou dos cookies dela — disse, sorrindo.

— Eles derretem na boca, Levi — disse Simon, que suspirou pesadamente ao sentar na sua cama. — Eu amei os cookies.

— Isso explica a O.C.A.A. O que tem aí nessas fichas?

— Cenários diferentes de como posso convidá-la para sair.

Eu me aproximo e examino o quadro.

— Pular de paraquedas? Fazer trilha? Exibir um cartaz num dirigível? Essas são suas ideias?

— Sim! Pensa comigo. Você está caindo de um avião, caindo, caindo, caindo, a minutos da morte porque seu paraquedas emperrou. Aí você vê aqueles olhos azuis e diz: Abigail Aberração, quer tomar um milk-shake comigo se sobrevivermos ao impacto? Ela diz sim e obviamente vivemos felizes para sempre.

— A não ser que vocês morram, né?

Ele abriu um sorriso malicioso.

— Ah, é, tem isso.

— Você pensou em, tipo, apenas convidar normalmente?

— Tipo pessoalmente?

— Sim.

— Cara a cara?

— Aham.

Simon começou a rir histericamente, suas bochechas cada vez mais vermelhas Depois, ficou sério.

— Sabe de uma coisa? Pode dar certo.

Ele colocou o quadro no chão.

— Vamos jogar videogame?

Eu ri.

Começamos com um jogo em que a gente atirava em um monte de coisas, depois trocamos por outro em que matávamos um monte de coisas, e depois por outro em que a gente atirava nas coisas para matá-las.

Tentando soar casual em meio à uma batalha em que Simon e eu estourávamos as cabeças de zumbis, eu disse:

— Vi as fotos da sua família no corredor.

Ele pigarreou.

— Ah, sim. Minha mãe é viciada em fotos.

— Não sabia que você tinha uma irmã mais nova.

Ele continuou jogando videogame enquanto falava.

— Quando eu tinha 5 anos, implorei que minha mãe me levasse para tomar sorvete com Lizzie, apesar de ela já estar cansada depois de um dia inteiro trabalhando na lanchonete. No caminho, sofremos um acidente de carro grave e Lizzie ficou semanas em coma. Os médicos disseram que ela era muito forte para uma menina de 3 anos, mas que mesmo assim ela não sobreviveria. Então, um dia, ela simplesmente se foi.

— Meu Deus. Sinto muito, Si.

Ele continuou jogando, mas estava distraído.

— Depois meus pais descobriram que minha mãe teria dificuldades para engravidar de novo por causa do acidente, mas mesmo assim eles passaram anos tentando.

— E você se culpa por isso?

— Você não se culparia? Se não fosse por mim, minha irmãzinha ainda estaria aqui. E meus pais teriam mais filhos, e eles não teriam passado por um inferno nos últimos anos. É por minha causa que a vida deles é essa bagunça.

— Cara, você era criança. Não foi você que causou o acidente.

— Não? A gente nem devia ter saído, Levi. A gente devia...

Vi a culpa em seus olhos enquanto ele apertava quatro vezes o botão triangular do controle com bastante força. Depois, Simon passou para o botão quadrado, e também o apertou quatro vezes.

— Próximo assunto? — perguntou ele, sem querer falar mais sobre aquilo.

Eu não insistiria. Então, mudei para um tópico mais tranquilo.

— Então, eu estava pensando sobre Aria...

— Dã, claro.

Ele sorriu maliciosamente, relaxando de novo.

— O que você quis dizer com isso?

— Ah, deixa eu ver. Talvez seja o fato de que você passa todos os segundos de todos os dias olhando para ela com cara de apaixonado?

— Cara, cala a boca. Eu não faço isso. Enfim, preciso de uma ideia de presente de aniversário para ela porque não dei nada.

Simon ergueu a sobrancelha.

— E está me pedindo conselho?

Fiz que sim.

— Bem, qualquer coisa relacionada a arte vai funcionar. Na verdade, ela andou comentando sobre uma coisa, mas é meio cara.

— Qual coisa?

Ele me contou, e o preço me fez estremecer. Fazia muito tempo que eu não tinha tanto dinheiro, mas era o presente perfeito, então eu só tinha uma opção.

— Preciso de oitenta dólares — eu disse para Lance num dia depois do colégio, enquanto o ajudava a arrumar as coisas na loja.

Toda vez que meu pai não me queria em casa, eu ia para a loja e ficava lá brincando com os instrumentos.

— Para?

— Um projeto do colégio.

— Que tipo de projeto precisa de oitenta dólares?

— Não sei. A escola pública é um lugar estranho. Acho até que eles colocam a gente para comer intestino de vaca.

— Eu me lembro de ver intestino de porco quando estudei lá. O pessoal de hoje é metido. Esse é o problema da sua geração. Vocês são uns tapados que comem como reis e rainhas.

Lance encostou-se numa caixa e semicerrou os olhos.

— Mas, sério, para que é o dinheiro?

— Quero levar uma pessoa a um lugar.

— Que pessoa? — perguntou ele, erguendo a sobrancelha.

— Ela não tem nome, na verdade.

— Hummm. É uma *garota*?

— Ela também não tem gênero.

— É aquela garota, não é?

— Que garota?

— Arte. A garota que era um lixo tocando bateria, e que faz você abrir um sorriso bobo toda vez que falo nela.

— Ah, ela?

— Sim, ela.

— Sim — respondi. — É para ela.

— Mais uma vez vou ser o tio careta: acha mesmo uma boa ideia com o *walking dead* crescendo na barriga dela?

— Você acha que o bebê dela é um zumbi?

No fim de semana anterior, Lance tinha me obrigado a fazer uma maratona de *The Walking Dead* com ele. Passei dias sem conseguir dormir depois, mas caramba, que negócio viciante.

— Cara, talvez seja um bebê zumbi, sim. Já tomei LSD antes, então já vi umas coisas bem estranhas. Mas sério, Levi. Os corações humanos são assim.

Ele segurou a bandeja com os cookies veganos de Daisy.

— São perfeitos quando vistos de longe, mas basta pegar um e...

Ele pegou um cookie que começou a se despedaçar.

— Que eles tendem a quebrar. Vocês dois são novos. Ela já tem muita coisa acontecendo na vida dela. Você tem muita coisa acontecendo na sua. Acho que vocês deviam proteger seus corações.

Fiz que sim, lentamente.

— Então... e os oitenta dólares...

Ele revirou os olhos.

— Tire o lixo, varra o chão e depois a gente conversa.

Isso praticamente significava um sim.

Capítulo 21

Levi

Na sexta, Connor estava me irritando de novo durante a aula de educação física.

— Você precisa ir nessa festa de amanhã. Você não está entendendo o quanto isso é importante — exclamou Connor, quicando a bola de basquete. — As festas de Tori Eisenhower são como ir na mansão da Playboy. Tem peito por toda parte.

— Você já foi a uma das festas da Tori? — perguntei.

— Não, mas já ouvi falar. E ela convidou você!

Ele balançou a cabeça, sem acreditar.

— Só quem está no topo do topo é convidado para as festas dela. A gente *precisa* ir.

— Foi mal, cara. Não estou a fim.

Connor suspirou e me mostrou o dedo do meio enquanto se afastava.

Simon se aproximou com uma bola de basquete nas mãos.

— Você foi convidado para a festa de Tori? Tori Eisenhower?

— Fui, mas não vou.

— Não. Você precisa ir. E precisa me levar com você — disse ele com os olhos cheios de esperança.

— O quê? E o O.C.A.A.?

— Chamei ela para sair, mas ela disse não e eu fiquei me sentindo o maior babaca. Eu preciso que essa festa aconteça, Levi.

— Ela disse não?

Uau, que surpresa. Eu jurava que Abigail estava a fim dele.

— Por quê? O que ela disse?

Ele se contraiu.

— Não quero continuar falando sobre como fui rejeitado. Ela não gostou da ideia, disse que não. Então vamos a essa festa.

— Não achei que você gostasse de festas.

— É só porque nunca fui convidado para nenhuma. Vamos, vai ser divertido. Vamos fortalecer nossa amizade fazendo coisas de homens — brincou ele, jogando a bola para o aro e errando por quilômetros.

Ele empurrou os óculos nariz acima, então pigarreou e apontou para a cesta.

— Acho que o vento interferiu.

Quando a noite de sábado chegou, Simon estava no auge da empolgação.

— Não conte para Aria sobre isso, ok? — disse ele quando estávamos chegando à casa de Tori.

Ele disse que tinha trazido uma garrafa de vinho dos pais.

— Eles não vão nem perceber. Lá em casa tem mais vinho do que o necessário.

— Simon, você tem certeza de que quer fazer isso? — perguntei, sabendo que ir à festa não era uma boa ideia.

Ele se virou para mim com a garrafa na mão e começou a implorar.

— É minha única chance de fazer *tchã-ram* para a Tori, Levi. Por favor, não desista agora. Por favor. *Eu preciso disso.*

A maneira ridícula com que ele me encarava deixava claro que aquela era a última coisa que devíamos estar fazendo, mas toquei a campainha mesmo assim.

Tori abriu a porta usando short e a parte de cima de um biquíni.

— Alabama! — gritou ela, balançando-se para a frente e para trás; talvez o vinho de Simon não fosse necessário. — Que bom que você está aqui!

— Que *a gente* está aqui — corrigi enquanto acotovelava um Simon sorridente. — Também estamos felizes por estar aqui.

— Quem convidou o Quatro? — disse ela, encarando Simon.

Eu tinha certeza de que ele desmaiaria de empolgação só por estar tão perto dela.

— Achei que eu pudesse trazer um amigo — disse, abrindo um sorriso.

Ela deu uma risadinha.

— Enfim. Podem entrar! Vamos virar uma dose!

Tori nos guiou pela casa onde todas as pessoas populares do colégio estavam se divertindo, bebendo ou se agarrando. Simon aproximou-se de mim.

— Escutou o que ela disse? Ela me deu um apelido.

— O quê?

— Ela me chamou de *Quatro!*

— E... isso é um elogio?

— Sei que é fácil para pessoas como você ganharem um apelido desde o primeiro dia, Alabama, mas pessoas como eu... A gente sonha em conseguir isso! Nós praticamente ficamos pelos cantos, implorando para que nossos colegas de turma nos deem um apelido.

Simon me deu um tapinha nas costas.

— Agora me dê licença que vou ficar ridiculamente bêbado — disse ele, afastando-se com sua garrafa de vinho. — Puta merda, estou na casa de Tori Eisenhower.

— Vejam só se não é o Sr. Alabama na festa que ele desprezou totalmente!

Eu me contraí ao ouvir a voz de Connor.

— E ainda trouxe uma estranheza com você.

— E aí, Connor? — respondi, virando para ele.

Pelo olhar desfocado, ele já estava bêbado.

— E aí, Connor? — repetiu ele, empurrando meu ombro. — Consegue acreditar nisso, Matt? Ele disse "e aí".

Connor empurrou o cara do lado dele, que parecia confuso pra caramba. E então ele se virou de novo para mim.

— Escute, Alabama, sei que você quer ser visto comigo nesta festa porque eu sou o maioral, mas agora é tarde demais. Já tenho um novo parceiro de crime, o Matt. E ele é o cara do momento. Veio de outro país, não fala inglês e as meninas não tiram os olhos dele.

— Cara, eu sou do Canadá — disse Matt, suspirando. — E eu falo inglês.

— Não se quiser pegar alguém — censurou Connor. — Foi mal, Alabama. Você já é uma novidade antiga.

— Oximoro — murmurei.

— O quê?

— Novidade antiga, uma coisa não pode ser novidade e antiga ao mesmo tempo. Isso é burrice.

Connor franziu a testa e me deu um tapinha nas costas.

— Antes você era um ótimo candidato, mas agora as estranhezas o estragaram. Adeus, Alabama. Adeus.

Eles foram andando na direção de Simon, que estava na cozinha cercado de gente. Havia uma fileira de quatro doses na frente de cada um, e todos gritavam:

— Quatro para Quatro! Quatro para quatro!

Passei a noite me perguntando se Simon sabia que todos na festa estavam zombando dele, ou se ele simplesmente estava tão bêbado que nem ligava. Passei boa parte do tempo na sala de estar, falando de coisas inúteis com pessoas inúteis, assegurando-me de que Simon não perderia a cabeça completamente. Naquele momento, ele reorganizava os armários da cozinha para que todos os copos e pratos ficassem em grupos de quadro. Os babacas estavam filmando, pedindo que ele explicasse a importância de organizar as roupas por cor. Mas Simon estava se divertindo com tudo aquilo, então eu só iria intervir se achasse realmente necessário.

Do nada, um cara bêbado se aproximou de mim e deu um tapinha no ombro.

— Acho que a gente não se conhece — disse ele, com uma cerveja nas mãos. — Meu nome é James Martin — disse ele, falando meio enrolado. — E você é?

— Levi Myers — respondi, abrindo meu famoso sorriso falso.

— Vamos pegar uma bebida pra você, Levi — sugeriu ele, empurrando-me para a cozinha.

Balancei a cabeça.

— Não sou de beber.

— Não é de beber?

Ele riu e tomou um gole da cerveja antes de jogar a lata com toda força no chão.

— Você é engraçado. Gosto disso. Mas sabe uma coisa que eu não gosto? Não gosto de ver você brincando com os sentimentos da Aria. Está vendo aquele cara ali?

Ele apontou para um cara com uma garota no colo.

— Aquele é meu melhor amigo, Mike. Ele é como um irmão para mim. E como ele é irmão de Aria, ela é como uma irmã para mim também. Então fique sabendo que se você magoá-la, eu vou...

Ele enfiou o dedo no meu peito.

— Eu acabo com você.

— James — disse uma garota, aparecendo atrás dele. — Você está bêbado.

Ela suspirou com força. Ele se virou para ela e abriu um grande sorriso.

— Claro que estou bêbado, Nadine. Estamos numa festa, porra. Só babacas sem graça não bebem numa festa.

Nadine sorriu para mim como quem pede desculpas.

— Talvez você devesse tomar um pouco de ar fresco, James — sugeriu ela.

Ele sorriu com desdém.

— E deixar você aqui com o Casanova? Foi assim que você o chamou, não foi? O Casanova do Sul? Como se você já não tivesse namorado, porra.

Ele estava falando meio enrolado e soava como um grande babaca.

— Você está agindo como um idiota — sussurrou ela.

— Que seja, Nadine. Talvez você também esteja precisando de uma bebida. Assim você não seria tão sem graça quanto o Casanova.

Ele foi para o outro lado da sala, onde havia um barril de cerveja.

Nadine corou, envergonhada.

— Desculpe. Ele não é sempre assim. Só quando bebe.

— Não tem problema. Às vezes o álcool consegue transformar as melhores pessoas em babacas.

Ela franziu a testa.

— Pois é. Exatamente. Enfim, eu gosto da maneira como você trata Aria.

— Ela é especial.

Fiz que sim, querendo estar com ela e não naquela festa.

— Ela é. Mas, na verdade, vim aqui dizer que Simon está quase totalmente embriagado na cozinha.

Diferentemente dos outros, ela não o chamava de Quatro.

Meus olhos focaram a cozinha, e vi Simon em cima do balcão, segurando quatro pratos na mão e depois soltando um de cada vez no chão para que quebrassem.

— Opa! — gritou ele.

Puta que pariu!

À meia-noite, Simon estava completamente bêbado. A armação dos óculos estava meio torta, a camisa coberta de manchas de bebida, e eu nunca tinha visto alguém falando tão enrolado.

— A-a-acredita ni-ni-nisso? Ela disse não para mim! Abbbigaaail Aberração me rejeitou! — gritou ele.

Em vez de fazer *tchã-ram* para Tori, ele havia passado boa parte da noite falando de Abigail.

— Mas agora eu-eu-eu vou partir para coisas melhores — disse Simon. — Agora eu sou popular!

As pessoas estavam gravando o surto de bebedeira dele e rindo.

— Agora eu sou popular, porra!

— Tá bom, Sr. Popular. Vamos embora — murmurei, apoiando seu corpo enquanto andávamos pela casa.

As pessoas que estavam filmando Simon nos seguiram o caminho inteiro até alguém gritar "PORRADA!". Então todas saíram correndo para a sala, onde um cara estava sendo jogado em cima da mesa de centro. Outro cara voou para cima do que estava caído e começou a esmurrá-lo sem parar, golpeando várias vezes enquanto todos gritavam, incluindo Simon.

— Por-ra-da! Por-ra-da! Por-ra-da! — gritava ele, aos pulos. — Acaba com ele, Mike! — gritou Simon para o cara envolvido naquilo.

Merda.

Era o irmão de Aria que estava dando os murros e levando outros no rosto.

— Chama minha irmã de puta de novo! Anda, repete, seu babaca! — disse Mike, atingindo a mandíbula do rapaz.

Fui correndo até lá e tirei Mike de cima dele.

Seus olhos estavam descontrolados de raiva, e ele olhou para mim uma vez antes de se afastar, fervilhando de ódio. Simon bateu palmas, animado com a loucura que estava sendo sua primeira festa, e depois se curvou e vomitou nos meus sapatos.

Que noite perfeita.

Segunda de manhã eu estava feliz por ter acabado o fim de semana do inferno. Simon me mandou uma mensagem dizendo que nunca tinha se divertido tanto, o que achei bom para ele. Era estranho ter descoberto tantas coisas sobre ele e o quanto ele se culpava pelo que tinha acontecido com a irmã, então fiquei meio feliz por ajudá-lo em sua noite de liberdade.

Ele continuou falando da festa por três dias, tentando ao máximo não comentar nada perto de Aria, mas eu sabia que em algum momento isso aconteceria.

— A gente vai matar aula hoje, Arte — falei para Aria na quinta, enquanto ela se aproximava de mim no bosque às 5h55.

De moletom e calça de pijama, ela ainda esfregava os olhos e bocejava.

Ela vinha comigo alimentar os cervos quase todos os dias em que estava se sentindo bem. Quando não aparecia, eu deixava um pacote de bolachas de água e sal na sua janela.

— Você embebedou meu melhor amigo no fim de semana? — disse ela, bocejando.

— Não faço ideia do que você está falando.

Ela sorriu para mim como se já soubesse.

— Tá bom. Talvez ele tenha bebido, e talvez eu estivesse com ele — eu disse, sorrindo com malícia. — Ele estava meio magoado porque Abigail o rejeitou, então me convidou para termos uma noite só dos caras.

— Mas achei que Abigail gostasse dele.

— Pois é. Essas mulheres, viu...

Ela semicerrou os olhos.

— Cuidado aí. Sou uma grávida cheia de hormônios.

Ela riu.

— E também quase levei uma surra de um cara que acha que eu estou transando com você.

— O quê? Quem?

— James Martin. Ele disse que acabaria comigo se eu estivesse brincando com seus sentimentos porque você é como uma irmã para ele. Também me disse que eu estava ficando com uma tal de Heather, o que para mim foi uma surpresa já que nunca ouvi falar dela.

Aria ficou boquiaberta.

— Sério? Ele disse que eu era como uma irmã para ele?

— Foi. Ele parecia se importar muito com você. E claro que eu entendo — respondi, sorrindo.

Ela não sorriu. Ela bufou.

— Meu Deus. Eu vou matar esse garoto.

— Vou colocar seu lado assassino na pilha dos comportamentos provocados pelos hormônios da gestação.

— Não. Isso não tem a ver com hormônios. São apenas os fatos. Eu vou matá-lo.

— Ah, bem, então estou com um pouco de medo, mas também estranhamente excitado com esse seu lado sombrio. Se é isso que você quer, beleza. Mas hoje não. Hoje vamos matar aula.

— Do que você está falando? — perguntou ela, pegando algumas frutinhas no meu balde para dar ao cervo.

— Hoje. Vamos. Matar. Aula — repeti mais lentamente.

— Não seja bobo — respondeu ela, encostando-se numa árvore.

Eu me encostei na árvore ao lado.

— Não estou sendo bobo.

— Está sim.

— Quem está dizendo isso?

— Eu.

— A garota que vai matar aula hoje?

— Não, a garota que não vai matar aula hoje porque já está atrasada com as matérias.

Suspirei.

— Depois eu ajudo você com o dever de casa — sugeri.

— Você mal faz o seu próprio dever de casa.

— Porque é perda de tempo.

— Talvez.

Talvez.

— Que pena que não vamos matar aula — falei.

— E por que a gente faria isso, hein?

Coloquei a mão no bolso de trás e tirei dois ingressos. Os olhos de Aria focaram neles.

— Seu presente de aniversário.

Ela arrancou os ingressos da minha mão.

— Cala a boca.

Eu calei.

— Você comprou ingressos para a exposição do Jackson Pollock?

Não respondi.

— É sério isso?

Fiquei em silêncio.

— Por que você não está falando?!

— Você disse para eu calar a boca.

— Pode falar agora.

— Tá bom. Sim, comprei ingressos para a exposição do Jackson Pollock, mas hoje é o último dia.

Ela franziu a testa.

— É em Richman. Fica a duas horas de trem daqui.

— Então é melhor a gente ir logo.

— Eu tenho terapia depois do colégio.

— Então é melhor a gente voltar cedo.

— Você quer mesmo matar aula? — perguntou ela, com a voz esperançosa.

Só se você quiser.

— Sim.

Ela não respondeu imediatamente. Ficou ali olhando os ingressos enquanto eu a encarava. Tentei contar todas as sardas em seu nariz e, quando perdi a conta, comecei de novo.

— Eu nunca matei aula de propósito.

— Sempre bate uma empolgação quando fazemos algo pela primeira vez.

Ela sorriu.

— A gente super vai matar aula hoje.

Tive vontade de fazer uma dancinha, mas ela teria me achado ridículo.

Mas ao mesmo tempo, ela já me achava ridículo, então fiz.

— Seu ridículo.

Depois ela dançou comigo.

Só Aria conseguia me chamar de ridículo e fazer com que eu me sentisse o Super-Homem ao mesmo tempo.

Capítulo 22

Aria

Levi ligou para o colégio fingindo ser meu pai e disse que eu estava doente. Quinze minutos depois, ele ligou fingindo ser o pai dele e disse que ele perderia as aulas por causa de uma emergência familiar.

— O seu sotaque do Meio-Oeste é impressionante, Sr. Myers.

Ele segurou um prêmio invisível.

— Eu gostaria de agradecer à Academia.

Dei uma risadinha.

— Tá bom, precisamos andar meia hora até a próxima cidade para chegar na estação de trem. Acha que consegue? — perguntou ele timidamente, fechando o zíper de duas mochilas. — Não pensei em todos os detalhes.

— Tudo bem — respondi. — Vou ficar bem.

Não contei que minhas costas vinham doendo ultimamente, nem que meus pés estavam inchados, porque tenho certeza de que ele teria cancelado a nossa aventura secreta. E cancelar uma viagem em que veríamos os quadros abstratos de Jackson Pollock era ilegal. Ou pelo menos deveria ser.

Ele olhou para mim, receoso, então abri um sorriso e mudei de assunto.

— O que tem nas mochilas?

— Ah — disse ele, a preocupação se transformando em animação. — São nossos kits de arte. Li na internet que a galera descolada leva kits de arte para os museus e reflete profundamente sobre tudo.

— O que tem neles?

— O básico. Um caderno de esboços, canetas e lápis, uma garrafa d'água, uma revista pornô para mim, um livro da Jane Austen para você, e Oreos com recheio duplo.

Eu ri.

— Parece ótimo.

Quando chegamos à estação, eu já tinha comido todos os meus Oreos e dois de Levi. Ele me ofereceu todos, mas eu recusei dizendo que não era gananciosa. Meus pés latejavam, e ficar em pé era uma tarefa infernal. Eu nunca fiquei tão feliz ao ver um trem chegar à estação. Embarcamos no trem, sentamos, e eu comi o resto dos Oreos dele.

Ele riu dos meus dentes pretos.

No museu, eu queria ver cada quadro e ficar até a hora de fechar. Eu queria me esconder e ficar lá dentro mesmo depois que fechasse, para ficar diante dos Pollocks e me perder completamente neles para poder me encontrar de novo.

Uma pessoa que nunca se perdeu de verdade nunca pode se encontrar de verdade.

A arte era tudo que havia de certo e de errado no mundo. A arte entende coisas que as palavras não são capazes expressar.

— Oximoro — disse Levi enquanto estávamos sentados, admirando uma das obras de Pollock. — *Greyed Rainbow.* "Arco-íris acinzentado."

— Talvez também seja a palavra preferida dele.

O quadro em questão era uma mistura de preto, branco, cinza e prata, mas na parte de baixo da tela havia pequenos fios em tons de amarelo, verde, laranja, azul e roxo.

— Ele quase não usava pincéis, sabia? Ele usava varetas, facas e várias ferramentas diferentes em suas técnicas para fazer a tinta pingar e respingar.

— Agora estou entendendo, Arte. É por isso que você ama o abstrato: primeiro, parece apenas uma confusão, depois você percebe que é de fato uma confusão, mas, ao mesmo tempo, não é. É um caos controlado.

— Sim. Sim, sim, mil vezes sim.

— É isso que a gente devia fazer para a nossa obra final. Três pinturas abstratas ao vivo na frente da plateia. Cada uma será um oximoro diferente. No primeiro você vai pintar ruidosamente e eu toco a música baixinho. No segundo, podemos fazer um quadro cheio de raiva enquanto eu toco algo feliz. Depois, podemos fazer um quadro de amor e eu toco algo que tenha a ver com ódio. E você pode pintar usando gravetos, pedras e folhas do bosque. Estimulando o seu próprio Pollock.

Olhei para ele e não consegui parar de sorrir.

Genial.

Ele não me olhou, mas continuou encarando a obra de Pollock.

— Gosto da sua maneira de pensar, Levi.

— Eu tenho pensado em beijar você — disse ele repentinamente, ainda olhando para a frente. — Tenho pensado muito em beijar você. Depois fico mal por pensar em te beijar sabendo que você está passando por algumas coisas e... Enfim, eu também estou passando por algumas coisas, e a última coisa de que você precisa neste momento é saber que estou pensando em beijar você porque não vai adiantar nada. É totalmente despropositado, mas muito, muito verdadeiro, e não é só nisso que eu penso.

— Em que mais você pensa?

— Penso que você tem quarenta e duas sardas no nariz e que eu quero beijar cada uma delas quarenta e duas vezes. Penso que você é a única que ri das piadas péssimas do Sr. Jones, e toda vez que escuto a sua risada, eu também rio. Penso que você toca na barriga e sorri quando ninguém está vendo. Como se o fato de o bebê a alegrar fosse um segredo seu. E então me sinto mal por ter percebido isso, mas foi inevitável.

Engoli em seco, massageei meus braços e ele continuou.

— Penso que você fica linda quando está triste, e que eu fico com raiva quando você está com raiva. Odeio quem quer que tenha julgado você intocável, porque se tem uma coisa que eu queria fazer mais do que beijar você é abraçar você. Gosto de você, Aria. Sei que não devia gostar por alguns motivos, mas não me importo. Eu gosto de você, e espero que isso não seja nenhum problema, porque não sei como parar. Não estou pedindo nada. Juro que não. Pode... levar o tempo que quiser, só isso.

Meu coração parou, rodopiou, fez uma estrelinha e gritou.

Ele estava em silêncio e depois disse:

— Espero que tenha gostado do seu presente de aniversário. Desculpe o atraso.

Mas não tinha atraso nenhum. Tinha sido no momento certo.

Ficamos com as mãos no banco, encarando o *Greyed Rainbow.*

Lentamente, aproximei meu dedinho da mão dele.

Lentamente, ele aproximou o dedinho da minha mão.

Lenta, nervosa, silenciosamente, nossos dedinhos se enroscaram.

Sim, sim, sim.

De alguma maneira, conseguimos chegar à estação de trem com duas horas sobrando antes do fim das aulas. Isso significava que, depois da nossa caminhada de meia hora de volta à cidade, eu poderia passar o oitavo horário com Levi trabalhando no nosso projeto infalível.

Mais do que tudo, eu queria passar meu tempo com ele.

Ficar perto dele era estar perto de alguém que enxergava minhas cicatrizes e que as chamava de bonitas quando tudo que eu via eram meus erros do passado.

— Você soube que seu irmão se meteu na maior briga no sábado? — perguntou Levi.

— Mike? Ah. Ele e os amigos sempre agem feito idiotas.

— Foi por sua causa — disse ele, e eu parei. — Alguém chamou você de vadia e ele literalmente encheu a pessoa de porrada.

— Eu achava que ele me odiava — sussurrei enquanto voltava a andar.

— Pelo contrário — disse Levi, e então olhou para o chão. — Seus pés estão inchados — acrescentou, enquanto andávamos pelas ruas em direção a Mayfair Heights.

— Está tudo bem.

— Podemos fazer uma parada — sugeriu ele.

Eu recusei.

— Ah! Antes que eu esqueça, tome aqui.

Ele parou de andar e abriu a mochila. Tirou três pacotes embalados em jornal. — Isto é para você, para o Abacate...

— Manga — corrigi-o. — Agora o bebê está do tamanho de uma manga.

— O quê?

Ele colocou a mão na mochila, pegou uma caneta, riscou a palavra "Abacate" no jornal e escreveu "Manga".

— Você precisa me atualizar das coisas, Arte. Caramba. Enfim, este aqui é para o Bebê Manga, este aqui é para você, e este aqui é para vocês dois dividirem.

Abri o que era para mim e para o bebê. Sorri ao ver um *discman* novo com fones de ouvido.

E depois abri os dois CDs que ele tinha gravado.

— O seu tem mais rap do que o de Manga. Tentei manter o dele adequado para menores, então tem muito violino clássico. Você pode colocar o fone na barriga para o Manga escutar. Quem sabe ele acaba sendo um gênio da música como euzinho aqui?

— Por que você é tão legal comigo? — perguntei, um pouco confusa.

Antes que ele pudesse responder, uma voz gritou atrás da gente.

— Que merda é essa? O que você está fazendo aqui?

Eu me virei e vi meu pai sentado na sua caminhonete de encanador, o rosto mais vermelho do que nunca.

— Pai! O que está fazendo aqui?

— O que *eu* estou fazendo aqui? Por que diabos você não está no colégio?

Levi deu um passo para a frente.

— Desculpe, Sr. Watson, a culpa foi minha... eu...

Meu pai parou o carro no meio da rua, escancarou a porta e veio correndo até nós dois.

— Claro que ela está com você, seu merdinha. Fique longe da minha filha!

— Pai! — gritei, vendo-o avançar para cima de Levi. — Não é culpa dele...

— Você me disse que o filho não era dele! — gritou meu pai comigo, de punhos cerrados. — Se chegar perto da minha filha de novo, eu mando você pra prisão.

— Senhor — disse Levi, erguendo as mãos como se estivesse se rendendo.

Mas meu pai não se importou.

— Entre na droga do carro, Aria — ordenou ele, colocando a mão no meu antebraço e me puxando para ele.

— Ai, pai! Me solta! — gritei.

Levi aproximou-se por reflexo, e meu pai me soltou.

— Se você der mais um passo vai se arrepender, garoto. Aria, carro. AGORA!

Ele escancarou a porta do carona e me obrigou a entrar. Em segundos, ele estava no banco do motorista, acelerando pela rua, deixando Levi para trás.

— Qual é o seu problema?! — gritei, batendo no seu braço duro. — Não acredito que fez aquilo!

— Não acredita que fiz aquilo?! Cuidado, Aria, você está prestes a...

— *A quê?!* A deixar você com raiva? A obrigar você a me ignorar? A obrigar você a me odiar? Porque tenho certeza de que já fez tudo isso. Eu cometi um único erro, o primeiro erro da minha vida, e você decide praticamente me deserdar?!

Ele ainda estava agarrando o volante com firmeza.

— Então seu raciocínio é esse? É por isso que está matando aula, andando pela cidade com aquele delinquente, e agindo como uma menina de 5 anos? Porque estou sem falar com você? Meu Deus, Aria. Amadureça um pouco.

As lágrimas escorreram pelo meu rosto, e eu gritei:

— Ele não é um delinquente!

— Mentira, eu conheço o pai dele. Eu sei que tipo de merda acontece na casa de Kent Myers. Além disso, James me disse que esse garoto tem assediado você no colégio!

O quê?!

— Nem ele nem o pai prestam, e não quero ver você nunca mais com aquele garoto. E como se já não estivesse claríssimo, você não pode namorar, Aria!

Ele ficou em silêncio e continuou assim o resto do caminho enquanto as lágrimas caíam dos meus olhos.

Quando chegamos em casa, saí correndo da caminhonete.

— Odeio você! — gritei, entrando em casa correndo e passando por minha mãe, confusa.

— O que diabos está acontecendo? — perguntou ela, segurando KitKat no colo. — Aria, o que você está fazendo aqui?

Ignorei-a e corri até meu quarto, batendo a porta. Mandei uma mensagem para Levi querendo saber se ele estava bem, mas ele não respondeu. Mesmo com a porta fechada e com meus soluços, ainda dava para escutar a briga dos meus pais.

— O que está acontecendo, Adam? Por que você estava com a Aria?

— Ela estava vagando pela cidade com aquele garoto.

— Que garoto?

— O filho de Kent Myers! Juro por Deus que vou matar os dois.

Eles começaram a brigar, de novo. Minha mãe dizia para o meu pai se acalmar. Meu pai gritava que ela precisava parar de me tratar como um bebê.

— Se eu pegar aquele garoto perto de Aria novamente, juro por Deus que...

— Você está sendo ridículo, Adam!

— Não, Camila. Você precisa parar com isso tudo. Você já sabe o que eu acho sobre aquele merdinha e cansei de ver você agindo como se nossa filha estar grávida não fosse nada de mais!

— Eu sei que é sério, Adam. Eu tenho lidado com isso enquanto você inventa desculpas para não voltar para casa e nunca olhar para ela. Você nem veio para casa no aniversário dela.

Eles brigaram por mais de uma hora. Fiquei surpresa ao ver que os dois ainda tinham voz.

— Enfim. Preciso levar Aria para a terapia antes de voltar para o trabalho.

— Aham, porque a terapia está dando muito certo. Quem vai cuidar de KitKat enquanto você estiver fora? Eu também preciso voltar para o trabalho. Essa merda toda me fez perder horas.

— Eu a levo comigo, tá bom? Faça o que você sabe fazer melhor: vá embora.

A porta da frente bateu e a casa ficou em silêncio.

— Aria, vou colocar KitKat no carro, encontre a gente lá fora.

Depois de enxugar os olhos, corri até o carro lá fora.

— Mãe, desculpe, posso explicar...

Ela não quis saber.

— Precisamos voltar logo para casa depois da consulta de hoje, Aria — disse ela enquanto eu entrava e afivelava o cinto. — Estou de plantão hoje no hospital e o seu pai disse que vai trabalhar até tarde, então preciso que você cuide das suas irmãs já que o Mike tem treino de futebol.

Ela continuou falando sem parar que eu precisava cuidar de Grace e KitKat, mas aquilo não tinha muita importância para mim. Eu sabia que ela estava prestes a perder a cabeça, porque não parava de mexer na orelha, e eu sabia que a culpa era minha.

— Não queria que você tivesse que cuidar das suas irmãs, porque sei que você deve estar muito cansada, mas tem tanta coisa acontecendo e seu pai não está facilitando. E matar aula, Aria? Sério? Isso não é... isso não é nada bom. Além disso, preciso preencher a papelada para você poder fazer ensino domiciliar no próximo semestre, preciso fazer compras e assar cookies para a aula de Grace, preciso arranjar uma maneira de você ir para a sua próxima consulta, e, e, e...

Ela respirou antes e cobriu o rosto com as mãos. E então começou a chorar descontroladamente. Eu nunca tinha visto minha mãe chorar. A Super-Mulher da minha vida estava desmoronando bem na minha frente, e havia algo de muito assustador e arrasador naquilo. Desafivelei o cinto e me aproximei dela, abraçando-a.

Às vezes, era muito fácil esquecer que adultos não passam de jovens em corpos maiores, que os corações deles se partem assim como os nossos.

Capítulo 23

Levi

Eu estava esquentando um pouco de sopa para o meu pai quando escutei alguém bater à porta. Quando entrei na sala de estar, vi meu pai abrir a porta para o Sr. Watson. Corri até lá.

— Eu quero o seu filho de merda longe da minha filha — repreendeu o Sr. Watson.

Meu pai se virou para mim com o olhar confuso. Ele piscou os olhos e um sorriso malicioso surgiu no seu rosto.

— Adam, é melhor você dar o fora da minha casa.

— Estou falando sério, Kent. Eu sei o tipo de vida que você leva e não quero que minha filha se envolva com esse tipo de coisa.

— Sua filha que está grávida? — disse meu pai com um sorriso irônico. — Parece que ela é capaz de se meter em encrenca sem precisar da ajuda do meu filho. Agora dá o fora da minha casa.

O peito do Sr. Watson subia e descia rapidamente, a respiração pesada saindo pela boca. Seus olhos me viram atrás do meu pai.

— Estou falando sério. Fique longe da minha filha.

— Tá bom, tá bom — disse meu pai, soltando uma risadinha. — Mande um oi para Camila.

— Não fale sobre minha esposa.

— Por que não? Ela não está falando sobre mim? — zombou meu pai.

O Sr. Watson mostrou o dedo do meio para meu pai enquanto voltava para a caminhonete e ia embora. A risada do meu pai desapareceu enquanto ele se virava para mim.

— Por que diabos está passando seu tempo com uma menina grávida?

— Ela é minha amiga.

Ele abaixou as sobrancelhas.

— Você é muito estranho, garoto. Deixe essa garota em paz, tá? Camila já tem problemas demais, ela não precisa que o marido idiota fique em cima dela porque meu filho idiota gosta de se apaixonar por meninas grávidas. Deixe a garota em paz, ok?

— Mas...

— Eu disse para deixá-la em paz! — ordenou ele.

— Tá bom.

Ele resmungou e passou por mim.

— E pare de ver as malditas comédias da varanda. Tem lugar para sentar na sala.

Eu não sabia como reagir. Pela primeira vez, mesmo que indiretamente, meu pai estava me convidando para ver as comédias em preto e branco com ele. Mas também tinha dito para eu não falar mais com Aria. Eu tinha perdido e vencido.

Enquanto sentávamos na sala, meu pai me disse que tinha trocado o carro surrado por outro, automático. Ele me entregou a chave reserva e disse que eu podia usá-lo às vezes, se quisesse. Seria a maneira dele de se desculpar por ter desistido da quimioterapia? Se fosse, eu preferia que ele pegasse a chave de volta.

Capítulo 24

Aria

Às vezes, meus pais ficavam me encarando, esperando eu confessar que a noite em que dormi com James tinha sido um acidente, que eu não pude fazer nada. Mas eu pude sim. Eu permiti que ele me tocasse e continuasse me tocando. Enquanto ele me tocava, eu disse sim várias vezes, sentindo que ele era a única coisa que eu queria, a única coisa necessária.

E depois ele parou de me beijar. A lembrança daquela noite se repetia na minha mente todas as manhãs quando eu acordava, parava na frente do espelho do banheiro e tocava na minha barriga.

Às vezes, eu me encarava, esperando que eu mesma confessasse que a noite em que dormi com James foi um acidente, que eu não pude fazer nada. Mas eu pude sim. Eu quis ficar com ele.

E, durante alguns minutos estúpidos, posso jurar que ele também quis ficar comigo.

Hoje a escolha de doce do Dr. Ward tinha sido Starburst, o que era bem melhor do que os seus dias de alcaçuz.

— Em que está pensando, Aria?

— Salvador Dalí. Ele era conhecido pelo quadro dos relógios que derretem, "A persistência da memória". Você sabia que ele tinha um irmão nove meses mais velho que morreu? O nome do irmão era Salvador. Seus pais o chamaram de Salvador em homenagem ao irmão morto, Salvador. Não é maluquice? Eles achavam que o bebê era reencarnação do irmão. Ele disse: "*Nós nos parecemos como duas gotas d'água, mas tínhamos reflexos diferentes. Ele provavelmente era uma primeira versão de mim, mas concebido demais no absoluto.*" Imagine esse tipo de pressão. Nunca corresponder aos sonhos que seus pais tinham para você.

— Você sente pressão dos seus pais, Aria? Como se os desapontasse?

Pisquei os olhos, pensando na discussão que meus pais tinham tido algumas horas antes.

— Existe um divisor de águas? — perguntei.

— Para o quê?

— Para o quanto os pais amam um filho. Existem tipos diferentes de erro que podem fazer com que eles simplesmente parem de amar o filho? Tipo, digamos que um filho começou a usar drogas ou se meter em brigas. Ou foi reprovado em uma matéria. Ou...

— Engravidou.

— Pois é. Isso pode ser um divisor de águas para o amor?

— Seus pais ainda se importam muito com você — disse o Dr. Ward.

— Mas não é a mesma coisa. Antes, meu pai entrava no meu quarto todas as noites e me dizia alguma coisa sobre esportes, mesmo que eu não dê a mínima para esportes. Depois eu contava para ele alguma coisa sobre arte, sabendo que ele não dá a mínima para arte. E depois ele beijava minha testa e ia embora.

— E agora?

— Agora todas essas lembranças estão derretendo e sumindo.

— Quer falar mais sobre isso? — perguntou ele.

— Não.

Ele não insistiu para que eu contasse mais detalhes. Eu estava começando a gostar disso nele.

Quando chegamos em casa, olhei para o celular para ver se Levi tinha respondido minha mensagem.

Levi: Desculpe pelo problema que causei.
Aria: Tudo bem. Não foi culpa sua.

Ele só respondeu de novo na hora do jantar.

Levi: Acho melhor a gente não conversar mais fora da aula de arte e música. Não quero estressar mais sua família.
Aria: O quê? Isso é idiotice.
Levi: Desculpe, Arte.
Aria: Você não pode interromper uma amizade com uma grávida emotiva por mensagem de texto depois de dizer que gosta dela. Isso é maldade. E idiotice.

Ele só respondeu depois do banho de KitKat.

Levi: Eu sei. Me desculpe.

Só isso? Me desculpe?

Aria: Quer saber qual é a definição de babaca?

Ele não respondeu.

Capítulo 25

Levi

Na manhã seguinte, no ponto de ônibus, Aria não olhou para mim, mas me disse a definição de uma palavra:

— Babaca: pessoa idiota, malvada ou desprezível. Caso você não saiba.

Eu certamente sabia.

Antes do almoço, Simon me informou que era melhor eu comer em outra mesa, mas ele disse que a gente ainda podia conversar na aula de educação física. Suspirei, peguei meu almoço e encontrei uma mesa abandonada no canto do refeitório.

Sentei e comi meu almoço péssimo.

— Você está bem? — perguntou Abigail, se aproximando. — Passei na mesa de Aria e Simon, e ela disse que você não ia mais sentar com eles.

— Pois é.

Ela sentou do meu lado.

— Eu tenho alguns minutos sobrando hoje, se quiser eu me sento com você. E também vou ter alguns minutos sobrando amanhã.

Sorri.

— Obrigado, Abigail.

— De nada.

Ela fez uma pausa, encarando as próprias mãos.

— Por que você não contou para Aria ou Simon que eu tenho câncer?

— Como assim?

— Eu sei que você me viu na quimioterapia no dia antes de me convidar para comer com vocês.

— Ah. Pois é. Não achei que cabia a mim contar algo assim.

— Mas foi por isso que você me convidou para almoçar com vocês, não é? Porque estava com pena de mim?

— Não. Eu a convidei porque quando você sorri, todo mundo fica feliz.

Ela tamborilou os dedos na mesa.

— No dia em que você me convidou para sentar com vocês, eu estava indo para o banheiro chorar porque era um dos meus dias não tão bons. Então, obrigada.

— Imagina.

Ela esfregou o ombro e olhou para a mesa em que a gente se sentava normalmente.

— Simon está com raiva de mim ou algo do tipo? Ele não está falando comigo, não está nem olhando para mim.

Ela parecia realmente perplexa por Simon estar distante.

— Ele gosta de você, Abigail.

— Ah, eu sei. Também gosto dele — disse ela, comendo o sanduíche.

— Não, ele *gosta* de você.

— Eu sei. Eu também gosto dele.

Ela ergueu a sobrancelha.

— Achei que estivesse claro. Eu dei cookies a mais para ele.

— Mas você disse que não queria sair com ele.

— Não quero.

— Por que não?

— Porque garotas como eu não arranjam namorados.

Ela franziu a testa. Acho que Abigail nunca tinha ficado sentada por tanto tempo em um lugar só.

— Depois da próxima semana, tudo vai ser diferente — murmurou ela para si mesma. — Acha que eu devo fazer brownies para ele desta vez?

Capítulo 26

Aria

— Sai da minha vida, droga! — meio sussurrei, meio gritei com James, chegando perto do armário dele.

Eu não conseguia acreditar que, além de ameaçar Levi na festa, ele também tinha contado mentiras para o meu pai sobre Levi, como se o conhecesse.

— E não se meta com a vida de Levi. Ele não fez nada para você.

— Bem, me desculpe — sussurrou ele, olhando os corredores para garantir que não tinha ninguém vendo a gente. — Desculpe se eu me importo com as pessoas que estão mexendo com você.

— Corta essa, James. Você não tem nada a ver com isso. Você não tem nada a ver com as pessoas com quem eu converso ou não. Sua namorada é Nadine. Não eu. E você está a segundos de deixar uma grávida realmente furiosa.

Ele estendeu o braço para encostar no meu ombro e eu recuei.

— E sério... Eu sou como uma irmã para você? Porque isso é perturbador e estranho — comentei sarcasticamente.

— Não estou mais apaixonado por ela — disse ele, e senti um aperto na barriga.

— James...

Mais uma vez ele se aproximou, mais uma vez eu recuei.

— Eu penso sempre em você. Penso em você quando não deveria. Quando estou com ela, você surge na minha cabeça.

— Provavelmente porque você se sente culpado por mentir para ela!

— Não... Bem, sim. Mas não é só isso. Eu só acho que eu e ela...

— Deixa eu adivinhar, você acha que estão se distanciando? Ah, se eu ganhasse uma moeda toda vez que escutasse isso...

— Aria, eu quero ajudar você. Quero facilitar as coisas. Não é justo você passar por tudo isso sozinha, eu simplesmente quero ajudar.

— Tá bom. Então conte para o colégio inteiro que você é o pai — respondi.

A boca dele ficou tensa. Ele abaixou os ombros.

Foi o que imaginei.

— Me deixa em paz, tá?

Ele fez que sim.

— Mas é verdade. Não estou mais apaixonado por ela.

— Não é da minha conta se você está apaixonado ou não. Assim como Levi não é da sua conta.

Deixei James ali parado, embasbacado. Queria que o pai do meu filho fosse um desconhecido. Ver James todos os dias era uma merda.

Fiquei me perguntando como as pessoas se desapaixonavam. James falava como se fosse uma coisa muito simples. Será que era algo provocado por um acontecimento grandioso ou tinha mais a ver com o acúmulo de pequenas frustrações ao longo do tempo? Meus pais vinham brigando muito ultimamente, mas eu me esforçava ao máximo para não pensar demais nisso. Às vezes, pessoas apaixonadas brigam.

Toda vez que um dos filhos os encontrava brigando, os dois ficavam mudos. Depois, falavam sobre algo mundano como clima ou política. Eram especialistas em fingir que estavam felizes, apesar de sabermos que isso não era verdade. Quando saíamos de perto, a gritaria começava de novo.

Então, um dia, a dinâmica mudou. As brigas acabaram. Os dois se cansaram. Às vezes sussurravam alguma coisa entre si, em outros momentos passavam pelo outro como se o outro não existisse.

Eu sentia falta das brigas.

— Eu li algo interessante — disse o Dr. Ward, encostando-se na poltrona.

Fiquei confusa com a mudança repentina no início da consulta.

— Cadê os doces? — perguntei.

— Ah. Hoje não tem doces.

Não gostei da notícia. Não gostei da mudança. As canetas na sua escrivaninha não eram mais azuis. Eram vermelhas. Também não gostei disso. O sofá estava com almofadas amarelas novas. O consultório era o mesmo, mas... diferente.

— Como eu estava dizendo... — prosseguiu ele.

Não. Você só devia dizer duas coisas.

— Eu pesquisei sobre Dalí depois da conversa da semana passada. Ele tinha um quadro chamado "Meu falecido irmão". É um quadro em técnica *pop art*, sabia?

Claro que eu sabia.

— Claro que você sabia. Enfim, Dalí disse algo que mexeu comigo. Ele disse: *"Todos os dias, eu mato a imagem do meu pobre irmão... Eu o assassino regularmente, pois o 'Dalí Divino' não pode ter nada em comum com este antigo ser terrestre."* Interessante, não?

Eu me mexi no meu assento, constrangida com a citação.

— Pergunte no que estou pensando — ordenei.

Ele balançou a cabeça.

— Hoje não.

Por quê? Por que ele precisava ser tão difícil hoje? Por que ele precisava acabar com a normalidade que tínhamos adotado?

Por que as coisas precisavam mudar?

— Agora você está com dezesseis semanas de gravidez, não é?

Fiquei com lágrimas nos olhos porque ele estava me vendo, mesmo quando tudo que eu queria era ser invisível.

— Dezessete.

— Você não é a mesma pessoa que era alguns meses atrás, é? Aquela garota desapareceu, não foi?

Fiz que sim de novo.

— Mas talvez não haja nenhum problema nisso. Talvez não haja nenhum problema em deixarmos de ser a pessoa que achávamos que deveríamos ser. Talvez a gente possa simplesmente ser quem é no presente e aceitar isso.

— Mas eu fiz uma besteira. Estraguei o futuro da minha família.

— Mas é essa a questão em relação ao futuro, e até mesmo em relação ao passado. Eles não existem no presente. Tudo que temos é o aqui e o agora. Se focarmos demais no passado ou no futuro, perdemos nossos desejos atuais, as coisas que queremos nesse instante.

Chorei no consultório pela primeira vez, desmoronando ao me dar conta de que eu não era mais a pessoa que costumava ser. Eu era uma pessoa nova, alguém que meu pai não amava, alguém de quem minha mãe tinha pena. Eu me preocupava com o que isso causaria no nosso futuro.

Dr. Ward me entregou um lenço de papel e eu assoei o nariz.

Ele cruzou os braços e analisou todos os meus movimentos destruídos.

— O que você quer, Aria? — perguntou ele.

— O quê?

— O que você quer? — repetiu ele, como se fosse a pergunta mais fácil da história.

Chorei mais um pouco, porque eu sabia o que queria, mas achava que aquilo faria de mim uma pessoa péssima.

Eu queria ter o bebê.

Mas não queria ficar com ele.

— Como foi a consulta? — perguntou minha mãe, enquanto saíamos do consultório do Dr. Ward.

— Péssima — respondi, chorando. — Ele é péssimo. Nunca mais quero voltar lá.

— Que bom — disse ela, sorrindo. — Que bom. Fico feliz por saber que você tem alguém com quem conversar.

Eu também.

Capítulo 27

Levi

Eu não falava com Aria ou Simon havia uma semana. Quando Aria e eu trabalhávamos no nosso projeto, ela usava o mínimo de palavras possível para se explicar. Ela estava fria e distante. Foi só na sexta que ela percebeu a minha presença.

— O que está acontecendo? — perguntei, aproximando-me de Simon, Abigal e Aria.

— É Abigal — sussurrou Aria, de olhos arregalados. — Ela não está... se movendo.

Olhei para a garota, e parte de mim não conseguia acreditar que era Abigail. Ela estava de calça jeans e uma camiseta preta lisa colada no corpo. Nada de saltos; estava de tênis.

— Abigail? — perguntei, acenando na frente do seu rosto.

Seus olhos azuis estavam arregalados, mas não consegui saber no que ela estava pensando.

— O que está acontecendo? — perguntei

— Ela também não está falando. Nenhum movimento, nenhuma palavra — explicou Simon. — Acho que ela quebrou.

Ficamos parados na frente dela enquanto os corredores se esvaziavam e todos corriam para a primeira aula depois que o sinal tocou. Os corredores ficaram silenciosos, e Abigail não se mexeu.

— Ela nunca se atrasou para as aulas — disse Aria franzindo a testa. — O inferno está congelando neste exato momento.

Abigail piscou.

Ficamos de olhos arregalados, como se estivéssemos chocados com o pequeno movimento das suas pálpebras.

— Vou fazer uma festa na minha casa hoje à noite. Vocês estão todos convidados — disse Abigail antes de ir embora.

Lentamente.

Sem pressa.

Andando num ritmo normal.

Hein?

Chegamos a casa de Abigail na mesma hora, e quando perguntei a Aria se ela ainda estava chateada comigo, ela disse para eu não falar com ela, então imaginei que a resposta era sim.

— Para falar a verdade, nem sei por que estou aqui. Ainda estou chateado com Abigail depois que ela me rejeitou completamente sem nenhum motivo — disse Simon, ajeitando a gravata.

O fato de ele estar de gravata me fez perceber que, apesar de dizer que ainda estava zangado, ele ainda se importava com o que ela pensava dele.

— Mas eu precisava saber como é uma festa de Abigail. Isso me parece... estranho.

Aria tocou a campainha da casa de Abigail enquanto Simon não parava de colocar a camisa de botão para dentro e para fora da calça com cinto.

Quando a porta se abriu, vimos uma mulher loura de olhos azuis parecidos com os de Abigail.

— Oi! Vocês devem ser os amigos da Abbi. Ouvi falar tanto de vocês três!

A mulher abriu um sorriso enorme e nos convidou para entrar.

— Sou a mãe dela, Nancy. Entrem! Estamos organizando tudo com os jogos e tal. A presença de vocês significa muito!

Fomos com ela até a enorme sala de estar, onde havia balões cobrindo o teto e um monte de pessoas iguais a Abigail sentadas, sorrindo, comendo e dançando. A energia do local era contagiante. Perto da lareira, havia um enorme cartaz dizendo: *Festa do FC da Abbi!*

Abigail se aproximou de nós, ainda andando com um ritmo normal e vestindo roupas normais. Ela abriu um grande sorriso.

— Oi! Obrigada por terem vindo. Me acompanhem, vamos guardar os casacos de vocês no meu quarto.

Todos nos entreolhamos, mas fizemos o que ela pediu e a seguimos até o quarto dela. As paredes do quarto estavam cobertas com as mesmas citações positivas que ela dizia diariamente para nós.

— Podem jogar os casacos na minha cama. E aí a gente pode...

— Espera aí — interrompeu Simon. — O que exatamente é uma festa do FC?

Os olhos de Abigail focaram em Simon, e ela deu de ombros despreocupadamente.

— Uma festa de fim do câncer.

— Por que diabos você faria uma... — Simon baixou as sobrancelhas e balançou a cabeça para a frente e para trás. — Espera, o quê?

— Abigail, você tem câncer? — disse Aria repentinamente, arregalando os olhos confusos.

Eu era o único que já sabia daquilo, mas o choque que surgiu nos rostos de Simon e Aria me deu um aperto no estômago.

— Tinha. Alguns dias atrás, descobrimos que tudo...

— COMO ASSIM, PORRA?! — gritou Simon, com o corpo tenso e os punhos cerrados. — COMO ASSIM VOCÊ TINHA CÂNCER?!

Ele estava furioso, prestes a surtar de vez.

— Por que isso importa? — perguntou Abigail, erguendo a sobrancelha. — Por que está tão chateado? O câncer foi embora.

Simon bufou, coçando a nuca.

— Tá bom. E porque ele acabou não tem problema? A gente descobrir que você tinha câncer numa porcaria de festa de fim de câncer com balões amarelos e roxos?!

— São minhas cores preferidas — explicou Abigail, piscando rapidamente. — Não entendo por que você está com tanta raiva. Eu convidei vocês para a festa.

Ele bateu o punho cerrado na boca e gritou:

— Quanta consideração!

Simon saiu correndo do quarto e chutou alguns balões amarelos e roxos que estavam no chão. Fui atrás para ver se ele estava bem.

Não estava. Ali, no meio da sala de estar com a família dela, Simon estourava e chutava o máximo de balões possível. Dei um sorriso tenso para todas aquelas pessoas, agarrei o braço de Simon e o tirei da casa.

Simon ficou andando de um lado para o outro na varanda, como se ainda estivesse brigando com Abigail.

— Como uma pessoa pode ser tão egoísta, porra?! — gritou ele. — Uma festa de fim do câncer quando ninguém sabia que ela tinha *câncer*?!

— Si — respondi, colocando a mão no seu ombro.

Ele virou-se para mim rapidamente.

— Consegue acreditar nisso?! Quem é que faria isso com alguém?!

Suas narinas se alargaram e ele voltou a andar de um lado para o outro.

— Mas ela está bem. O câncer foi embora.

— *Mas e se ela não estivesse?!* — gritou ele.

Então sentou-se ruidosamente no degrau mais alto da entrada da varanda. Ele passou as palmas das mãos na testa, olhando para a frente.

— E se ela não estivesse bem? Você não está entendendo, Aria. Um dia minha irmã estava aqui, e no outro ela não estava. Não seria a mesma coisa com Abigail? A gente iria para o colégio esperando escutar mais uma citação de algum cara antigo, mas ela simplesmente não apareceria. E depois o diretor anunciaria pelo sistema de som do colégio que uma das nossas colegas de turma tinha falecido depois de uma batalha contra o câncer. Argh! Aquela garota me irrita demais!

Sentei do lado dele e também fiquei olhando para a frente. Ficamos assim até a respiração dele se acalmar e sua raiva diminuir. Ele tirou os óculos, limpou-os com a camiseta e disse:

— A gente pode passar pelas pessoas todos os dias sem nunca saber a história da vida delas, isso é estranho.

— Eu não deveria ter parado — disse Abigail, parada na porta. — Ninguém mexe com você quando você é a garota estranha que se veste de maneira esquisita. Eu devia ter continuado andando sem parar, ter dado um jeito de viver um dia após o outro sem nunca pausar, sem jamais parar para perceber as coisas. Porque quando a gente percebe as coisas, a gente começa a notar o quanto está perdendo, e ao notar isso, ficamos tristes por estar morrendo e porque vamos perder muitas coisas. E quando a gente fica triste assim, acaba ficando deprimido. Por isso é tão importante se esforçar ao máximo para manter uma atitude positiva durante o câncer, porque seus pais já choram muito e você já se sente mal todos os dias. Então é importante continuar se movendo, se manter ocupado, continuar lutando e não deixar ninguém entrar no seu mundinho porque você não quer que ninguém mais se sinta mal por sua causa.

"Mas aí eu cometi um erro enquanto estava indo para o banheiro. Vi Aria tirando as coisas do armário, e ela parecia tão triste. Então eu parei. Mas eu sabia que não devia ter parado. E depois eu também vi Simon."

Ela olhou para ele, mas Simon não tinha olhado para ela uma única vez desde que ela começara a falar. Ele estava encarando os tênis, batendo o pé no chão rapidamente.

— Simon — sussurrei.

Ele fez que sim.

— Eu sei.

Ele levantou-se, relaxou os ombros e se aproximou de Abigail. Ela abriu a boca para falar de novo, mas foi interrompida quando Simon pressionou os lábios nos dela. De início, Abigail ficou chocada com o movimento repentino de Simon, mas depois de alguns segundos começou a retribuir o beijo.

Isso aí, Simon.

Abigail parecia sentir certa liberdade depois de perceber que tinha enganado a morte. A vida reluzia nela. Ela ria de um jeito diferente. Ela sorria de um jeito diferente. Ela *estava* diferente.

Naquela noite, todos dançamos na sala, jogamos os balões, comemos muito bolo e rimos demais. Cada um era uma pequena parte da trilha sonora de Abigail naquela noite, parte da vibração de alegria, felicidade e da possibilidade de um amanhã.

Enquanto eu observava Aria rodopiar com Abigail, as duas rindo como bobas, senti um aperto no peito quando olhei nos olhos de Aria. Seu sorriso desapareceu.

Seus lábios se abriram e seus olhos se encheram de culpa.

Não era justo eu sentir pena da minha situação com meu pai enquanto Abigail estava tão feliz. Eu não devia ser tão egoísta.

Mas, sinceramente, eu estava me sentindo péssimo.

Então fui para o banheiro tomar um pouco de ar.

— Eu estou bem — respondi quando vi Aria na porta do banheiro.

Ela entrou e fechou a porta.

— Sinto muito — disse ela.

— Eu estou feliz por ela. De verdade. É só que... parte de mim queria que essa festa fosse do meu pai.

Uni as mãos atrás do pescoço.

— A gente não devia estar conversando.

— É só um minuto, Levi.

Ficamos parados por sessenta segundos.

Contei cada um deles.

O tempo passava muito mais rápido do que eu queria.

Nosso minuto tinha chegado ao fim e precisávamos voltar a não nos falar, a fingir que não sentíamos as coisas que sabíamos que sentíamos. Ela se virou e saiu do banheiro, deixando que eu tivesse alguns momentos para me sentir um pouco desapontado.

O mundo não fazia sentido e estava longe de ser justo. Ele favorecia alguns, enquanto outros enfrentavam uma luta diária para sobreviver. Eu tinha visto uma família desmoronar completamente por causa de uma vida nova que chegaria ao mundo, enquanto outra não conseguia ter mais filhos. Eu tinha visto uma família comemorar uma vitória contra o câncer, enquanto eu via a doença destruir a chance de um futuro com meu pai. O mundo costumava ser feio e doloroso, cheio de ódio, tristeza e desespero. Mas Aria? Ela fazia sentido em um mundo sem sentido.

Ela era o arco-íris nas minhas tempestades intermináveis.

Capítulo 28

Aria

— Eu deveria saber o sexo do bebê, já que estou com dezoito semanas. Ele está do tamanho de uma batata doce, então já está meio grande, se você parar para pensar. Mas vou esperar um pouco mais porque quero que você esteja presente. Quero que você fique com o bebê — falei com a voz trêmula, parada na frente da Keira, mãe de Simon, na sala deles.

Seus olhos se arregalaram, e ela tremeu com uma pilha de papéis nas mãos. Minhas mãos suavam. Eu não sabia o que estava fazendo, mas estava deixando meu coração me guiar, e não minha cabeça. Não parecia justo eu estar grávida e ela não poder ter um filho. Não era justo meu melhor amigo achar que não era bom o suficiente para ser o único filho da família por causa de um erro que cometera quando criança. Não era justo que o TOC perturbador de Simon provavelmente tivesse sido causado pela quarta peça que faltava na família.

— Aria — disse Keira, balançando a cabeça.

Ela colocou os papéis na mesa mais próxima e, depois de alguns segundos, colocou a mão no coração.

— Você está sendo muito gentil, querida, mas...

— Mas o quê? Pode ficar com ele. Prometo.

— Querida — disse ela, colocando a mão na minha bochecha e meu cabelo atrás da orelha.

Até sua maneira de tocar meu rosto era maternal.

— Você está sendo muito gentil — repetiu ela. — E tenho certeza de que Simon lhe contou do nosso problema, mas não é responsabilidade sua, querida. Está tudo bem.

— Keira, eu quero que você fique com ele. Não são meus hormônios falando, e não é porque estou com pena de você. Eu tentei entender porque isso tudo aconteceu comigo, o que isso significa, sabe? E eu acho... — falei com a voz trêmula. — Eu *sei* que devo dar o bebê para você.

Seus olhos se encheram de lágrimas.

— O que sua mãe disse sobre isso?

— Não falei para ela ainda. Queria lhe contar primeiro.

— E o pai da criança? — perguntou ela.

Balancei a cabeça. James não queria um bebê na vida dele. Isso tinha ficado óbvio desde a maneira como ele reagiu ao dilema de Nadine.

— Não precisa se preocupar com isso. É sério, Keira. Se você e Paul quiserem, o bebê é de vocês. Tudo que eu quero é que ele tenha uma mãe e um pai que o amem.

Suas mãos cobriram sua boca, e ela não conseguiu conter as lágrimas que caíam dos seus olhos. Ela fez que sim. Meu coração se acelerou. *Ela disse sim.*

— Vamos precisar falar com sua mãe, Aria. E se você não tiver certeza...

— Tenho certeza — prometi. — A gente conversa com a minha mãe. Mas, bem, agora a gente se abraça ou algo assim?

— Sim — concordou Keira, suspirando e me abraçando.

Ela apoiou a cabeça no topo da minha.

— Sim, a gente se abraça agora.

Quanto mais ela me abraçava, mais eu sentia que aquilo era o que devia ser feito.

Mas isso não significava que eu também não podia ficar um pouco triste com aquilo.

— Isso é loucura — disse meu pai.

Sentado no sofá, ele encarava minha mãe, e eu tentava lembrar quando ele tinha me olhado da última vez.

— Não estamos considerando isso a sério, né? — perguntou ele.

Ele mal olhava para mim e, quando olhava, era com desgosto. Alguns meses antes, eu era a menina dos seus olhos, sua filhinha, sua Ari. Queria que ele soubesse o quanto fiquei magoada por saber que o tinha magoado.

Mike entrou em casa segurando um papel e nos encarou, presenciando mais uma briga.

— É uma opção — disse minha mãe.

— Dar a coisa para Keira? Deixa disso. É ridículo!

Ele chamava o bebê mais de coisa do que de bebê.

— Bem, que conselho você tem a dar então? Porque ultimamente você só faz reclamar e evitar a situação, o que não é nada realista.

— O que o terapeuta que nos custa dois rins inteiros tem a dizer sobre isso?

Eu não sabia. O Dr. Ward e eu conversávamos mais sobre arte.

— Quem é o pai? — perguntou meu pai.

Eu não disse nada.

— Droga, Aria! Quem é o pai?! — gritou ele.

Então esmurrou a lateral do sofá, inflou o peito e enrijeceu a mandíbula antes de voltar a falar:

— Como é que a gente pode ser realista quando ela se comporta como uma criança?

— Não sei, mas é mil vezes mais difícil quando o adulto da casa surta toda vez que mencionamos o fato de sua filha estar grávida!

Ele ergueu as mãos, desistindo, e se levantou do sofá.

— Faça o que quiser, Camila. Poder dar a coisa para sua melhor amiga. Tenho certeza de que isso não vai causar nenhum problema no futuro.

— Vê se cresce, Adam! — gritou minha mãe enquanto meu pai saía da sala cheio de ódio.

Ela baixou a testa até as mãos.

— A gente dá um jeito, tá, Aria? Se realmente for isso que você quer fazer, a gente dá um jeito, com ou sem a aprovação do seu pai. Mas, se for possível, acho que você deveria contar para o pai da criança. É mais do que certo.

Ela saiu da sala com os ombros encurvados e o estresse elevado.

Mike estava na entrada da casa, ainda segurando a folha de papel. Ele fez uma careta.

— Eu fui aceito na UW-Madison — disse ele, para uma sala agora vazia. Ele esmagou o papel e foi embora. — Como se alguém desse a mínima.

Naquela noite, depois que minha mãe saiu para o trabalho, fui ao mercado comprar algumas coisas. Quando voltei, passei horas na cozinha, com ajuda de Grace. Ela me contou mais histórias de horror sobre minha gravidez enquanto colocava as gemas na massa do bolo.

Terminada a missão na cozinha, enfeitamos a sala de estar com balões e fitas vermelhas e brancas. Fizemos cartazes e os penduramos pela sala, e quando tudo estava pronto, pedi para que Grace subisse e chamasse Mike, pois eu sabia que ele não ia querer me ver depois de eu ter arruinado sua novidade.

Ao descer, meu irmão viu a sala decorada com as cores da UW-Madison, e na mesa de centro o bolo com a decoração mais feia da história. O animal desenhado nele deveria ser um texugo, mas parecia mais um cachorro morto.

— Parabéns! — gritamos quando Mike apareceu.

Ele se segurou para não sorrir, mas não conseguiu.

— Achei que você era artista. Este bolo está muito feio — observou ele, entrando na sala.

Ele corrigiu o que disse.

— E por *feio* eu quis dizer *perfeito*.

KitKat acordou do cochilo alguns minutos depois, e nós quatro ficamos na sala de estar comendo bolo e comemorando a aprovação de Mike.

— Desculpe por tudo — falei para ele, sabendo que era por minha causa que nossos pais estavam tão perdidos ultimamente.

Ele olhou para mim antes de pegar mais bolo.

— Se alguém encher o seu saco de novo no colégio, é só mandar vir falar comigo. Eu resolvo.

Na noite seguinte, James e Nadine vieram até a nossa casa ficar um pouco com Mike. Como sempre, os dois passaram no meu quarto para ver como eu estava. Acho que James tinha encontrado uma maneira de se apaixonar de novo por ela. Eu odiava o quanto Nadine era maravilhosa... Aquela garota merecia muito mais do que o atual namorado, muito mais interessado em se meter na minha vida do que em focar na dela.

— Alguma novidade? — perguntou Nadine sobre o bebê.

— Decidi dar o bebê para adoção — disse, olhando para James. — Quero que os pais de Simon fiquem com o bebê. Eles têm tentado ter mais um filho há muito tempo, e quero muito que esse bebê cresça com uma família amorosa, com pais que estejam juntos. Ainda tenho que pedir permissão para o pai do bebê, mas acho que ele vai aceitar.

As sobrancelhas de James se abaixaram, e sua boca se estreitou. Nadine franziu a testa por um segundo e depois sorriu.

— Acho isso extremamente corajoso, Aria. Você é muito corajosa.

James pigarreou antes de concordar com a namorada.

— Também acho ótimo. Tenho certeza de que o pai vai aceitar essa ideia.

Capítulo 29

Levi

Era curioso eu sentir falta das coisas que eu mais odiava. Minha mãe não me ligava havia alguns dias. As ligações que eu tanto detestava em horas aleatórias da madrugada tinham se tornado parte da minha rotina. Eu sentia falta de ouvi-la implorar para eu voltar. De escutar ela me dizendo que eu estava tratando-a muito mal. Eu sentia falta da sua voz, da sua natureza excessivamente protetora, do seu amor opressor.

Quando eu ligava para casa, ela atendia, mas dizia que estava ocupada e desligava.

Parecia ter superado a ideia de tentar me convencer a voltar para casa.

Então, em vez de ela se preocupar comigo, passei a me preocupar com ela.

Por onde andavam seus pensamentos?

Será que ela estava saudável?

Será que estava feliz?

Será que ainda lidava com falsos medos e realidades difíceis demais?

Liguei para Denise, querendo saber se ela estava dando uma olhada na minha mãe como prometera. Ao atender, ela pareceu extremamente alegre.

— Levi, ela vai se internar numa clínica! — exclamou Denise.

— O quê? Por quê? Ela está bem?

— Ela vai para a St. John's de Terapia Musical. Eles usam música para ajudar pessoas que sofrem como a sua mãe. É o primeiro lugar para onde eu queria que ela fosse, mas ela nunca tinha aceitado.

— O que fez ela mudar de ideia?

— Não sei. Você sabe como é a sua mãe... quando ela está animada, está animada. E quando está desanimada, está desanimada. Acho que ela deve estar animada. Mas de todo jeito é uma notícia boa, Levi. Uma notícia muito, muito boa!

— Como eu faço para falar com ela? — perguntei.

Ela ficou em silêncio por um instante.

— Acho que é melhor deixar ela se acomodar primeiro. Ela está começando a tomar os remédios e fazer os tratamentos. É melhor esperar uma ou duas semanas.

Denise perguntou sobre meu pai, e menti porque, se ela soubesse o quão péssimas estavam as coisas, teria reagido da mesma forma que a minha mãe e dito para eu voltar para casa. Quando ela desligou, continuei pensando na minha mãe.

Eu estava com muitas saudades. Até do seu emocional confuso e tudo mais.

Quem sabe desta vez fosse diferente.

Quem sabe desta vez o remédio e o tratamento funcionassem.

Fui para o bosque e toquei violino para ela. Fiquei em pé na maior pedra, sentindo o vento frio. Lembrei que ela costumava tocar música na floresta comigo lá no Alabama. Ela sempre tocara melhor do que eu.

Era dos seus sons que eu sentia mais falta.

Capítulo 30

Aria

Eu estava com vinte semanas de gravidez, sentada no consultório com minha mãe à esquerda e os pais de Simon à direita. Nada tinha sido oficializado ainda com documentos e tal, mas eu sabia que queria mesmo dar o bebê para Keira e Paul. Eu também sabia que Keira jamais perderia aquela consulta. E apesar de Paul nunca faltar o trabalho, ele tinha tirado o dia de folga para estar presente. Paul era a versão adulta de Simon, com cabelo ruivo e sardas no rosto. Ele não usava óculos, mas só porque colocava lentes de contato todas as manhãs. A principal diferença entre os dois era que Simon era muito mais emotivo do que Paul. O pai era bem mais durão do que o filho, e poucas coisas o abalavam. Ele não falava muito e, quando estava na casa deles, praticamente toda a interação que tínhamos eram sorrisos, sempre simpáticos.

Estava totalmente silêncio na sala, exceto pelo zunido da máquina de ultrassom. A técnica passou o gel frio na minha barriga e depois deslizou o transdutor para a frente e para trás. Ela analisou o ultrassom com um sorriso nos lábios.

— Este aqui tem o batimento cardíaco forte. Com vinte semanas, eles são do tamanho de um...

— Melão! — disse Keira, batendo palmas e sorrindo de entusiasmo.

A técnica fez que sim.

— Isso! Do tamanho de um melão. Você entende do assunto.

Eu também sabia disso.

— E vamos querer descobrir o sexo hoje, sim? — perguntou a técnica.

— Sim! — gritou Keira, e depois cobriu a boca rapidamente, voltando seus olhos para mim. — Quer dizer, só se você quiser, Aria.

— Sim, queremos — respondi.

— É um...

— Menino — sussurrei, já sentindo.

— Um menino — disse a técnica, sorrindo para mim. — Deve ter sido intuição de mãe. Parabéns. Vou imprimir as imagens e entregá-las para o médico, que logo passa aqui para conversar com vocês.

Nós agradecemos, e ela saiu.

Paul beliscou a ponte do nariz e fungou antes de abraçar Keira fortemente. Ele beijou sua testa e os dois choraram juntos.

— Obrigado, Aria, muito obrigado por isso.

Minha mãe também estava chorando, apertando minha mão de vez em quando. Todos choravam, menos eu.

Eu estava entorpecida.

É um menino.

Capítulo 31

Levi

Na sexta-feira de manhã, acordei com alguém batendo na minha janela. Olhei para o alarme no criado-mudo. Esfreguei os olhos, tentando focar nos números.

3h31 da manhã.

Hein?

Eu me levantei e fui até a janela. Acordei assustado ao ver Aria parada com sua camisola longa com estampa de macacos e pantufas de macaco.

Abri a janela rapidamente e olhei bem nos olhos dela.

— Arte, o que foi?

Entrei em pânico ao ver os seus olhos cheios de lágrimas.

— Desculpe por ter acordado você. Sei que não estamos nos falando, e normalmente quando não consigo dormir vou para a casa de Simon, mas ele está feliz demais porque vai ganhar um irmão, e não quero que ele se sinta mal. Se quiser que eu vá embora, posso ir. É que... eu não tenho ninguém com quem conversar.

— O que está acontecendo? Entra aqui, vamos conversar.

Ela entrou pela janela.

Passou as mãos nos olhos para enxugar as lágrimas e riu baixinho.

— Desculpe. Estou emotiva e...

Seus ombros subiam e desciam. Como se por instinto, movi os dedos até seu rosto e enxuguei as outras lágrimas. Se ela soubesse o que vê-la chorando fazia com meu coração...

— Conversa comigo — falei de novo, guiando-a até minha cama.

— É bobagem — alertou ela, sentando.

Sentei do lado dela. Aria nunca tinha entrado na minha casa. Era uma novidade para nós dois.

Ela devia estar mesmo arrasada.

Eu queria chegar perto e abraçá-la.

Mas eu não faria isso.

Eu não podia fazer isso.

— Não é — prometi.

Se tinha alguma coisa incomodando Aria, se algo a fez chorar, não era bobagem.

— Conversa comigo — repeti pela terceira vez.

— Ele se mexeu — sussurrou ela, colocando as mãos na barriga.

Ela ergueu a cabeça, e seus olhos castanho-escuros sorriram com seus lindos lábios.

— Ele está chutando. Antes eram apenas alguns movimentos muito leves, mas agora ele está chutando de verdade.

Arregalei os olhos e, sem nem pensar, minhas mãos foram até sua barriga. Segundos depois me lembrei e parei, sem saber se devia. Ela segurou minhas mãos e as colocou na sua barriga. Eu também senti. O movimento. A vida.

— *Meu Deus* — murmurei.

Eu nunca tinha sentido algo tão mágico, tão real.

— Qual a palavra para descrever isso? Parece uma agitação, uma cambalhota, e um aperto no estômago... Tudo ao mesmo tempo. Qual palavra descreve isso?

— Feliz.

— Feliz? — perguntou ela.

— Feliz — respondi.

Ela fez que sim.

— Não consigo parar de chorar.

— Tudo bem — falei. — É um menino?

— Descobrimos hoje. E sou uma pessoa péssima porque pensei em ficar com ele quando escutei isso. Pensei no nome que lhe daria e em quem ele seria quando crescesse, e depois me perguntei o que eu diria quando ele perguntasse sobre o cara que me chamou de bonita, mas que não estava falando sério.

— Você é bonita — falei, entregando uma das minhas camisetas para ela assoar o nariz.

Ela chorou ainda mais, pois sabia que eu estava falando sério.

— Você não é uma pessoa péssima por pensar coisas assim, Arte.

— Então o que eu sou? Eu disse para os pais do meu melhor amigo que eles podem ficar com o meu bebê e depois pensei em ficar com ele. Se não sou péssima, o que sou, então?

Fiz uma pausa, procurando a palavra certa.

— Humana.

Ficamos sentados com as mãos na barriga dela. Toda vez em que sentíamos um chute, meu coração se agitava um pouco.

— Agora ele está do tamanho de um melão — disse ela.

— Isso é enorme, mas bem pequeno também — eu disse, então me levantei da cama e acendi a luz. — Tive uma ideia.

— Qual?

— Levanta. Você precisa ficar em pé para essa ideia.

Mesmo hesitando um pouco, ela levantou. Mexi na minha coleção de CDs, procurando uma música específica.

— Ah, aqui está — murmurei, colocando o CD no aparelho de som em cima da cômoda.

Depois, fui mexer no closet, derrubando caixas e minhas roupas penduradas. Tirei um *case* antigo de guitarra e o coloquei no chão na frente de Aria.

— O que está fazendo? — disse ela, rindo e enxugando os olhos.

— Toda vez que estou com muita coisa na cabeça, levo meu violino para o bosque e começo a tocar até me sentir um pouco menos arrasado. Mas como está frio demais para tocar lá fora, e, sem ofensas, como você é péssima tocando instrumentos, vou ensinar você a tocar esta belezinha aqui.

Eu me curvei e destravei o *case*, revelando nada e tudo ao mesmo tempo.

— O que estamos vendo? — perguntou ela.

Ergui diante dela minha primeira *air guitar* da vida.

— Isso aqui é uma antiguidade da família Myers. Meu avô ensinou meu pai a tocar sua primeira música de *air guitar* nesta beleza aqui, e meu pai fez o mesmo comigo. E agora eu quero ensinar ao Melão sua primeira música de *air guitar*. É claro que preciso que você use seus dedos para tocar, já que Melão ainda não... Você sabe... Ele ainda não está funcionando totalmente.

Ela riu.

— Faz sentido.

Aria pegou a *air guitar*.

— Cuidado, seja delicada.

— Claro. Prometo cuidar muito bem dela.

Ela sorriu, e eu praticamente morri.

O que eu amava mais do que tudo eram seus sorrisos.

Então peguei de volta a *air guitar* e apertei play no som.

— Que música é essa? — perguntou ela.

— "She Talks to Angels", de The Black Crowes — respondi;

Afinando as cordas, sorri maliciosamente enquanto observava ela imitar meus movimentos.

— Era a música que meu pai mais gostava de tocar quando eu o visitava. Ele amava.

Passei a próxima hora ensinando o começo da música e tocamos até ela começar a bocejar.

Guardei a guitarra no *case*, tirei o CD do aparelho e guardei de volta na caixa. Eu a estendi para Aria.

— Não posso aceitar sua guitarra, Levi.

— Sem ofensas, Arte. Mas acho que isso é um assunto meu e do Melão — disse, me curvando para perto da barriga dela. — Pratique toda vez que puder, carinha.

Aria saiu pela janela e eu lhe entreguei o *case*.

— Obrigada por hoje — disse ela, mexendo os pés para a frente e para trás. — Acha que podemos voltar a almoçar juntos?

— Eu adoraria.

Ela sorriu e foi embora com o *case* da guitarra nas mãos.

Capítulo 32

Aria

Era uma tarde de domingo quando meu pai se mudou. Dia 22 de novembro, o domingo antes do Dia de Ação de Graças.

Minha mãe disse que ele não estava *realmente* saindo de casa, que só ia passar um tempo com Molly, irmã dele. Disse também que os dois precisavam de tempo e espaço para resolver algumas coisas. Fiquei observando da janela enquanto ele carregava a caminhonete com suas malas. Pareciam ser muitas para uma mudança temporária. Grace apareceu e ficou do meu lado, olhando pela janela. Ela estava com lágrimas nos olhos. Coloquei o braço em seus ombros e a puxei para perto.

Mike chegou em seguida. Pedi para ele não me culpar porque eu também estava prestes a chorar. Ele não disse nada. Ele ficou do outro lado de Grace e colocou o braço ao redor dela. Ficamos ali olhando pela janela.

Estava nevando pela primeira vez naquele inverno.

Enquanto a neve caía do céu, tudo ao nosso redor também caía.

Depois que meu pai foi embora, nós três ficamos parados por mais um tempo. Minha mãe se juntou a nós com KitKat nos braços. Ela devia estar triste, nas não demonstraria na frente da gente.

Não jantamos à mesa naquele domingo. Não parecia certo sem ele.

Durante os dias sem aula por causa da Ação de Graças, não vi Levi porque fiquei com minha família, tentando impedir que o que sobrara dela desmoronasse. Mandei uma mensagem para ele contando que meu pai tinha se mudado, e ele me enviou uma palavra do dia para impedir que eu surtasse.

Levi: Pensando — *verbo* | [pẽs'ẽdu]: a ação de usar a mente para produzir pensamentos

Levi: Em — *preposição* | [ẽj]: usado para indicar uma identidade específica ou um item particular de uma categoria.

Levi: Você — pronome | [vosˈe]: Aria Lauren Watson.

Também estou pensando em você, Levi Myers.

Parei na frente do espelho do banheiro usando uma regata e uma calça de moletom, com o *case* da guitarra do Melão aberto na banheira. Estava tocando The Black Crowes, e eu pratiquei a música várias e várias vezes na *air guitar.*

Grace passou pelo banheiro. Então recuou e parou.

— Você está bêbada?

Eu ri.

— Minha professora, a Sra. Thompson, dizia que não é certo beber quando se está grávida.

— Bem, sua professora, a Sra. Thompson, não estava muito certa em falar sobre bebida para crianças da sua idade.

Ela piscou e viu minhas mãos se moverem para a frente e para trás na guitarra invisível.

— Você ficou maluca?

— Essa palavra não é legal.

Ela bateu a mão na testa e foi embora.

— Meu Deus, minha irmã é uma grávida pirada!

Quando a escola voltou ao normal, no dia 1º de dezembro, a neve caía e eu estava toda coberta com minhas roupas de inverno. Minha mãe precisou comprar um casaco novo para mim, porque os antigos não cabiam mais. Simon se aproximou, sorrindo.

— Ouvi falar do seu pai. Você está bem?

Balancei a cabeça.

— Quer conversar?

Balancei a cabeça de novo, olhando para o chão. Quando o All Star azul parou ao meu lado e chutou a neve no chão, fiz o mesmo.

— Oi, Arte.

Soltei a respiração que estava prendendo havia uma semana.

— Oi.

— De que tamanho ele está agora?

— Esparramado como uma berinjela.

Ele sorriu.

— Bom dia, Sr. Berinjela.

Entramos no ônibus e nos sentamos. Ele tirou o CD player da mochila, me entregou um dos fones e colocou o outro. Respirei fundo algumas vezes.

E, quando ele apertou play, nós dois tocamos nossas guitarras invisíveis.

Quando sua turma da aula de música chegou à nossa sala de artes, Levi colocou o estojo do violino no chão e disse para mim:

— Tenho uma proposta para você, e espero que aceite: acho que devíamos nos tornar *glitterati*.

— Não somos ricos nem famosos — argumentei. — Além disso, não temos nenhum evento de moda para ir.

— Ah! Mas você está errada! Porque enquanto eu estava vindo pelo corredor, ouvi as pessoas sussurrando e fofocando, dizendo que talvez eu fosse o pai do bebê!

— Esse é o boato do momento?

— Sim, é o boato do momento. E como estamos tão falados quanto as pessoas que aparecem naquelas revistas que você vive lendo, acho que também somos famosos por definição.

— E essa definição seria qual?

— Ter uma reputação amplamente disseminada.

Sorri.

— Isso nós temos, não é? Mas não estamos recebendo convites para nenhum evento da moda, então acho que estamos sem sorte. Quer trabalhar em algumas amostras do nosso projeto final? Você pode tocar enquanto eu faço as pinturas e...

— Calma, calma, calma. Não mude de assunto tão rápido assim, porque a gente *tem* um evento para ir, sim senhora.

— E qual seria?

Ele colocou a mão no bolso de trás e tirou um papel. Ao desdobrá-lo, mostrou para mim.

— Aria Watson, quer ir para o baile de inverno comigo no sábado?

Dei uma risadinha.

— Sério?

Ele fez que sim.

— De maneira alguma. Minha mãe nunca deixaria. Além disso, também tenho essa história de gravidez acontecendo.

— Não precisa se preocupar com isso. É só providenciar um vestido e sapatos confortáveis para dançar. Eu me resolvo com sua mãe.

Na terça, Levi perguntou para minha mãe se ele podia me levar para o baile. Ela disse não.

Ele perguntou de novo na quarta. Ela disse não.

Na quinta antes da minha consulta — não.

Na sexta — não.

Quando a noite do sábado chegou, imaginei que Levi tinha desistido da ideia. Eu estaria mentindo se dissesse que não provei todos os vestidos do meu closet, mas, de toda forma, a maioria não cabia mais em mim.

Talvez fosse melhor assim.

Tive que assistir Mike, a amiga dele, Jamie, James e Nadine se arrumando para o tal evento ao qual eu não poderia comparecer.

Não era justo.

Meia hora depois do início do baile, alguém bateu à porta da minha casa.

Espiando, vi minha mãe abrir a porta. Levi estava parado com seu sorriso encantador que fazia o mundo inteiro se apaixonar por ele.

— Oi, Sra. Watson. Primeiramente, isso é para você — disse Levi, entregando flores para ela.

Meu coração estava batendo cada vez mais rápido.

— Obrigada, Levi, mas a resposta continua a mesma. Nós achamos melhor que Aria não vá para o baile de inverno de hoje.

Ela disse "nós", como se meu pai fizesse parte da decisão. Na verdade, ele nem sabia da existência do baile.

— Eu sei, mas posso entrar?

Ele gesticulou para dentro da casa, e minha mãe deixou ele entrar.

Ela não devia ter feito isso. Depois que Levi entrava na casa — ou no coração — de alguém, era impossível se livrar dele.

Ele estava de terno preto e com uma gravata borboleta verde e branca com bolinhas. Ele pigarreou e endireitou a postura, mostrando aquele sorriso perigoso para minha mãe.

— Quero levá-la para o baile. Entendo por que ela não gostaria de ir. Entendo por que *você* não gostaria que ela fosse. Sei que a vida dela vai mudar nos próximos meses. Nada vai ser o mesmo, tudo vai ser diferente, e sei que você acha que todas essas mudanças serão demais para ela. Além disso, a ideia de ter a mim participando da vida dela é mais um fator estressante nessa equação. Confie em mim, sra. Watson, eu tentei deixar sua filha em paz nos últimos meses, mas ela é implacável quanto a chamar minha atenção. Sei que você se preocupa com o que os outros vão dizer sobre a barriga dela, que já está bem grande, e com o fato de que os outros vão julgá-la e criticá-la. Qualquer pai responsável se preocuparia com essas coisas, e qualquer pai responsável iria querer poupar o filho dessas coisas.

"Mas quero que saiba que vou protegê-la. Vou fazer Aria esquecer que existem outras pessoas no salão. Vou fazer com que ela se sinta à vontade e linda porque acho sua filha tão linda que eu me sinto em paz. Vamos dançar devagar e pouco, para que ela não fique muito tempo em pé. Vou fazer ela rir com piadas péssimas de matemática e servir um ponche muito diluído para ela."

Minha mãe colocou o dedão entre os lábios. Ela estava em dúvida se devia empurrá-lo para fora de casa e trancar a porta ou se devia me arrastar até meu quarto e colocar um vestido em mim.

— Levi, você precisa entender. Aria não está num momento em que devia sair com garotos. Na verdade, é a última coisa que ela devia estar fazendo.

Ele fez que sim. Franziu a testa. Olhou para trás da minha mãe e me viu escondida. Ele abriu um meio sorriso para mim.

Eu abri meio sorriso para completar o dele.

Ele olhou de novo para minha mãe.

— Mas você acha que quero namorar Aria? Meu Deus, claro que não. Não tem nada na sua filha que eu queira namorar. Ela é legal e tal, mas, por favor, ela é apenas uma grande amiga para mim.

— Acho que nós dois sabemos que isso é mentira — disse minha mãe, suspirando e cruzando os braços.

— Não, Sra. Watson, não é. Sabe, existem garotas, e existe Aria. Aria é o tipo de garota com quem você vai para a loja de música e que destrói qualquer melodia. Ela é o tipo de garota que diz que arte abstrata é o melhor tipo de arte, apesar de você lutar com unhas e dentes para mostrar que aquilo não passa de algo sem significado, até que, de repente, você está sentado numa biblioteca, encarando livros cheio de pinceladas de tinta sem sentido, e sente que seu coração está prestes a explodir.

Levi virou-se para mim quando apareci de trás da parede. Nossos olhares se encontraram, e ele continuou falando.

— Prestes a explodir porque você entendeu, sabe? Você finalmente entendeu que as cores e linhas e curvas não estão tentando ser como o restante do mundo. Entendeu que a tal da arte abstrata se destaca contra a norma porque é a única maneira como a arte abstrata sabe se destacar. E você fica feliz pra caramba porque é tão lindo. E único. E ousado. E... abstrato.

A sala se encheu de silêncio, com nós três parados sem conseguir pensar em nenhuma palavra. Levi ajustou a gravata borboleta, virou-se para minha mãe e pigarreou.

— Então, se você deixar, eu queria levar a sua obra de arte abstrata para o baile hoje. Apenas amigos.

Minha mãe se virou para mim e deu de ombros.

— Você quer ir? — sussurrou ela.

— Sim.

Eu queria muito ir com Levi.

— Então pode ir — disse, mexendo a cabeça na direção do meu quarto. — Vá se vestir.

Sem hesitação, me virei e corri para o quarto com o maior sorriso do mundo que eu não conseguia mais esconder. Entrando no quarto, dei uma risadinha quando ouvi Levi dizer para minha mãe.

— Me desculpe por ter dito um palavrão na sua casa, Sra. Watson.

— Tudo bem, Levi. Dessa vez vou deixar passar.

Quinze minutos depois, saí do meu quarto com um vestido preto que provavelmente não devia ter sido esticado daquela maneira. Tinha calçado sapatilhas, pois só com elas eu não me cansava de ficar em pé. Minha mãe me emprestou seu colar e seu brinco de pérolas.

Quando entrei na sala, onde Levi me esperava, ele se levantou do sofá.

— Uau — disse ele, me encarando.

Ele não disse mais nada nem se moveu um centímetro. Minutos se passaram, e ainda assim ele não se mexia.

— Levi — falei, rindo baixinho e nervosamente, puxando o vestido. — Você está me encarando.

— Eu sei. Juro que estou tentando parar, mas quando olho para você, acontece uma coisa estranha.

— O quê?

— Minha mente se cala.

— Ah, droga — murmurou minha mãe, encostada na lareira, vendo nós dois com uma câmera na mão e lágrimas escorrendo no rosto.

— Mãe, não chore.

— Não estou chorando — afirmou ela, enxugando os olhos. — É só o pó da lareira, juro.

Ela sorriu e mais pó entrou nos seus olhos enquanto ela tirava fotos de nós dois.

— Eu gosto dele — sussurrou minha mãe enquanto beijava minha testa. — Sei que não devia, mas gosto sim.

— Então nós duas temos o mesmo problema, mãe.

Quando Levi e eu fomos até o carro dele, ele abriu a porta do passageiro para mim. Então entrou e ligou o carro. Coloquei as mãos na barriga e seguimos em silêncio.

— Eu estava falando sério, tá? — sussurrou ele, olhando para a rua. — Quando disse que existem outras garotas e que existe Aria. Era sério.

Meus ombros relaxaram no banco, e eu olhei para a frente pelo para-brisa. *Existiam outras garotas, e existia eu.*

Lentamente, minha mão esquerda foi para a frente no banco, com a palma virada para cima.

Lentamente, a mão direita dele foi para a frente no banco, com a palma virada para baixo.

Lenta, nervosa, silenciosamente demos as mãos.

— Tem certeza de que não quer ponche? Quer dizer, sei que aqui eles não tem taças com diamantes incrustados, mas tem esses copos de plástico que são demais — sugeriu Levi pela terceira vez.

Estávamos sentados em duas cadeiras encostadas na parede. Balancei a cabeça. Eu não conseguia parar de puxar o tecido do vestido, como se eu estivesse chamando muita atenção e estivesse gorda demais para estar ali.

As garotas não paravam de se aproximar da gente, convidando Levi para dançar, mas ele recusava.

Todas pareciam lindas e nada grávidas.

Talvez não tivesse sido uma boa ideia ter vindo.

Levi apoiou as mãos no colo. Seus pés batiam no chão, no ritmo da música. Ele não estava se divertindo muito, e eu me senti péssima com isso.

— Me desculpe por ser tão entediante — falei.

— Você não é entediante — mentiu ele.

— Estou com vergonha.

— Por quê?

— Por estar grávida.

Ele aproximou sua cadeira da minha, e eu coloquei a cabeça no ombro dele.

— Fico com raiva quando escuto você falar assim de si mesma.

— Mas olha só aquelas garotas, Levi. Você poderia ficar com qualquer uma. Está na cara que todas querem ficar com você.

— Eu não quero ficar com elas.

— Por que não?! Elas são tudo que um cara desejaria. Elas são o que você deseja.

Senti que ele ficou tenso, e seu pé parou de bater. Ele tirou minha cabeça do seu ombro.

— Pare de me dizer o que eu quero, tá?

— Mas é verdade, não é? É aquele tipo de garota que você quer. Certo?

Ele revirou os olhos e se afastou de mim.

— Tá bom.

Ele começou a se aproximar da pista de dança, e vi algumas das garotas populares sorrirem para ele. Ele sorriu de volta. Fiquei péssima. Ele estava escolhendo ficar com elas. Fazia sentido. Eu estava fora daquele mundo, e o lugar de Levi era com elas.

Mas ele passou direto por todas. E saiu do ginásio. Eu quis segui-lo, mas me senti idiota demais para fazer aquilo. Então fiquei sentada. Franzi a testa como uma boba, com as mãos na barriga.

Cerca de cinco minutos depois, Levi voltou com uma aparência muito diferente. Senti minhas bochechas esquentarem enquanto todo mundo caía na gargalhada. Ele estava com uma barriga de grávida falsa e ficou me encarando enquanto se aproximava.

— O que diabos você está fazendo?

Eu ri, olhando o quanto ele estava ridículo.

— Dance comigo — disse ele, estendendo a mão.

— De jeito nenhum.

— Dance comigo — repetiu ele, aproximando-se.

— Levi!

— Dance. Comigo — implorou ele, com os olhos suplicantes para que eu dissesse sim.

Ele segurou minhas mãos e eu me levantei. A música era agitada, e todos estavam encarando Levi.

— Olhe somente para mim — ordenou ele, então não desviei o olhar.

Ele começou a dançar como um macaco, para todos os lados, sem nenhum ritmo, e sem dar a mínima para os olhares dos outros.

Eu não consegui parar de rir, e comecei a dançar com ele. Sem nenhuma preocupação, nenhum medo e nenhum arrependimento. Fiquei olhando para ele, e enquanto ele se movia, a barriga falsa também se movia.

— Algumas pessoas nasceram para chamar atenção, Aria. Simplesmente aceite isso e continue dançando.

Eu não tinha certeza se podia, mas estava me apaixonando por ele. Cada segundo continha mais amor do que o anterior. Eu não sabia se grávidas de 17 anos podiam se apaixonar por garotos oximoros que faziam seus corações pararem. Minha cabeça não parava de me dizer que era errado, que eu não devia considerar uma ideia tão louca.

Minha cabeça sabia que era errado. Minha cabeça sabia que eu nunca devia permitir me apaixonar por Levi Myers. Minha cabeça me dizia que o amor tinha limites. "Você vai ter um filho", dizia meu cérebro todos os dias. "Você não pode namorar", ordenava ele. "Ele vai encontrar alguém melhor", repreendia o órgão dentro da minha cabeça.

Mas meu coração... meu coração acreditava em um tipo de amor simples e tranquilo. Um tipo de amor criado antes mesmo do tempo, maior do que quaisquer limites que o mundo impusesse a nós. Um tipo de amor sem limites de idade, e que era visto somente pelas almas de duas pessoas. Meu coração não me deu muita escolha.

"Ame abertamente", sussurrou meu coração. "Ame incondicionalmente", implorou meu coração. "Ame as dificuldades", ensinou meu coração. "Ame no presente."

Era algo feio e bonito ao mesmo tempo, não era? Como às vezes o coração não está nem aí para o que a cabeça quer.

Capítulo 33

Aria

Nevava quando saímos do ginásio. Imensos flocos brancos cobrindo a cidade. Meus pés doíam, mas não muito porque Levi me obrigara a sentar de vez em quando. Ele abriu a porta do carro para mim e a fechou. Eu queria contar. Queria dizer que estava me apaixonando por ele, que era difícil me concentrar quando ele dizia meu nome ou tocava violino ou sorria.

Quando ele entrou no carro, ficamos sentados por um tempo, vendo os flocos de neve caírem.

— Eu me diverti muito hoje — falei.

— Eu também.

Silêncio.

— Arte?

— Levi?

— O que aconteceria se eu a beijasse?

— Se você me beijasse?

Fiquei encarando seus lábios. Soltei o ar lentamente.

— Bem, tudo mudaria.

Mas tudo já estava mudando.

— Isso é ruim?

Minha voz ficou trêmula, e senti as palmas das mãos começarem a suar. Eu não queria olhar nos olhos dele, então fiquei encarando o tapete do carro.

— Eu só beijei um garoto antes. Não tenho muita experiência. E embora todo mundo no colégio ache que sou uma puta, só fiquei com uma pessoa na vida. Só queria que você soubesse disso. Não sou uma puta.

— Nunca pensei isso.

— Talvez você tenha pensado isso sim. Talvez o pensamento tenha surgido na sua cabeça quando estávamos na aula, ou quando perdi aula por causa da azia ou quando minha barriga começou a aparecer. É compreensível. Eu nem ficaria com raiva se você tivesse pensado nisso. Na verdade, até eu pensei.

— Eu *nunca* pensei isso — disse ele com confiança.

Então virou-se para mim e pôs a mão na minha nuca. Chegou mais perto. Passou a respirar mais devagar. Nossos lábios estavam a milímetros de distância. Eu não conseguia parar de encarar a boca dele, e acho que ele também estava encarando a minha. Ele passou a mão na minha bochecha e olhou nos meus olhos.

— Quem quer que tenha feito você duvidar do quanto você é incrível, quem quer que tenha partido o seu coração... Vou odiar essa pessoa por muito tempo.

— Mas não tem problema.

— Como assim não tem problema?

— Porque eu encontrei alguém que meio que está juntando os pedaços de novo.

Seus lábios se aproximaram e, quando encontraram os meus, senti sua mão na minha lombar. Uma sensação de calor e de proteção percorreu meu corpo inteiro. Inclinei a cabeça para a esquerda, intensificando o toque enquanto colocava os braços ao redor do seu pescoço. Então, lábios unidos, comecei a rir na boca dele, sentindo sua barriga falsa batendo na minha barriga de verdade. Quando comecei a rir, ele também começou. Mas não nos afastamos — nossos lábios continuaram juntos, conectados.

Quando meus olhos se abriram, ele estava me encarando com aqueles mesmos olhos gentis de sempre. Afastei minha boca lentamente, mas de alguma maneira parecia que ainda estávamos nos beijando. Secretamente, desejei que aquela sensação nunca desaparecesse.

— Arte, você é especial — disse ele, com as pontas dos dedos massageando lentamente minha lombar. — E estou feliz pra caramba por ter conhecido você.

O sotaque dele era tão lindo.

Aquele foi o primeiro beijo mais estranho que eu podia imaginar, e por isso ele tinha sido o melhor de todos.

Quando ele tirou o carro do ponto morto, seu celular tocou e eu vi o nome Lance na tela. Levi atendeu rapidamente. O que começou com um sorriso e um "oi, e aí?" rapidamente se transformou em Levi franzindo o rosto e endurecendo o maxilar.

— Estou indo agora.

Ele desligou o telefone e girou a chave na ignição.

— Eu... preciso deixar você em casa bem rápido.

— O que aconteceu? — perguntei, tocando no seu antebraço.

— Meu pai está no hospital. Desculpe, eu, hum... — Ele começou a gaguejar, passando as mãos no cabelo. — Eu... eu não sei onde fica o Mercy Hospital. Lance disse que a ambulância levou ele para lá... Se puder explicar depois que eu deixar você em casa, isso se-seria ótimo.

Seu corpo inteiro tremia, então reagi do mesmo modo. Balancei a cabeça para a frente e para trás.

— Fica pertinho daqui. Eu vou com você. É só virar à direita quando sair do estacionamento.

Ele fez que sim e sussurrou um obrigado. Eu também fiz que sim e rezei.

Chegamos no hospital, e Levi quase esqueceu de desafivelar o cinto antes de correr lá para dentro. Eu fui logo atrás. Ele estava agitado e correu até a recepção, com a barriga falsa ainda intacta.

— Estou procurando meu pai — disse ele, o nervosismo voando junto com as palavras. — Trouxeram ele pra cá não faz muito tempo.

Eu fiquei atrás dele e desafivelei a barriga falsa, fazendo-a cair no chão. E, simples assim, a realidade nos atingiu. O mundo real veio com tudo.

— Desculpe, só preciso de alguns detalhes — tentou explicar calmamente a recepcionista.

Coloquei a mão ombro de Levi para consolá-lo, e eu não a tiraria de lá.

— O nome dele é Kent Myers. Ele, hum, ele tem câncer, e eu... olha, eu só preciso saber se ele está bem.

— Tá bom, um segundo...

Ela estava demorando mais do que Levi queria. A alma dele tremia diante de mim.

— Pode ir um pouco mais rápido? — reclamou ele, algo que raramente fazia.

— Levi — disse uma voz atrás de nós.

Era Lance, o tio dele, parado no corredor. Corremos até ele.

— Seu pai está bem, está descansando.

— O que aconteceu? Cadê ele? Quero vê-lo.

Levi estava com lágrimas nos olhos, e piscou para tentar afastá-las.

— Ele me ligou dizendo que estava sentindo dor no peito e com dificuldade para respirar. Daisy e eu fomos correndo até lá. A situação piorou, então chamamos uma ambulância. Eles ajudaram com a respiração dele, e agora ele está descansando.

Levi começou a tremer, e Lance o abraçou rapidamente.

— Eu achei... — murmurou Levi. — Achei que ele...

— Eu sei, cara. Eu sei.

— Você precisa ligar para sua mãe e dizer que está aqui — disse Lance, aproximando-se de mim na sala de estar.

Levi estava no quarto do pai, e eu estava esperando.

— Talvez ela possa vir buscá-la. Acho que vamos ficar aqui por um bom tempo.

— Ela está trabalhando — respondi, batendo o pé, sabendo que eu devia ligar para o meu pai vir me buscar. — Vou ficar bem, Lance.

Ele me lançou um olhar preocupado, mas eu disse para ele ir dar uma conferida no irmão.

Quinze minutos depois, mandei uma mensagem para o meu pai e ele veio correndo para o hospital.

— Aria! — exclamou ele, correndo até mim.

Eu sabia que ele gritaria comigo por eu estar com Levi. Eu sabia que ele berraria e me censuraria por estar na rua com um garoto, especialmente o filho de Kent Myers.

Eu me levantei e comecei a falar antes dele.

— Desculpe, tá? Sei que você não queria que eu saísse com Levi, mas eu gosto dele, pai. Ele é a única pessoa que não me olha como se eu fosse uma puta e o pai dele está doente, e a gente precisou vir pra cá e...

Não consegui terminar porque meu pai me abraçou.

— Meu Deus, Aria! Achei que tinha acontecido alguma coisa com você ou com o bebê! Você não pode mandar uma mensagem dizendo apenas que está no hospital! Você está bem?

Ele se afastou, analisando meu rosto, garantindo que tudo estava bem antes de me abraçar de novo.

Fiquei confusa e depois percebi que não estava sonhando, que meu pai estava mesmo me abraçando com toda força. Puxei sua jaqueta para que ele se aproximasse mais ainda.

— Me desculpe, pai. Por tudo.

Ele beijou minha testa e continuou me abraçando.

— Nada disso importa, tá? Está tudo bem, Aria. Está tudo bem.

Capítulo 34

Aria

— Desculpe — disse meu pai, chegando na nossa casa. — Fui péssimo com você durante toda essa situação, e só quero que saiba que não foi culpa sua. Tem sido difícil para mim e acabei descontando em você. Isso não é justo. Então me desculpe, de verdade.

Eu o perdoei. É claro que o perdoei. Ele beijou minha testa antes que eu saísse do carro, e depois voltou para a casa de tia Molly. Parte de mim queria fingir que ele voltaria para casa naquela noite e que tudo voltaria ao normal. Mas não foi o que aconteceu. Ele foi embora de novo.

Mais tarde, Levi apareceu na minha janela. Abri e disse que entrasse, mas ele não quis.

— Meu pai não desistiu da quimioterapia a troco de nada — disse Levi. — Achei que ele não quisesse mais fazer e pronto, mas o médico disse que não estava funcionando. O câncer está se espalhando muito.

— Levi...

— Ele está morrendo — sussurrou ele. — Os médicos disseram que a única coisa que podem fazer é oferecer algum conforto. Consegue acreditar? — perguntou, dando uma risadinha. — Só que não existe conforto para quem tem câncer. É impossível tornar a doença confortável. Que coisa mais despropositada de se dizer.

— Entra — falei.

Ele balançou a cabeça.

— Não, é melhor eu voltar. Eu só queria dizer que lamento a maneira como a noite terminou.

— Entra — repeti.

— Eu estou bem.

— Levi, por favor.

Ele respirou fundo e entrou. Ficamos sentados na minha cama na escuridão, com os dedinhos entrelaçados.

Eu não sabia o que dizer para que ele se sentisse melhor. E acho que eu nem devia tentar fazer isso.

Talvez não fosse uma questão de consertar corações partidos.

Talvez fosse mais uma questão de amar os pedaços partidos da maneira como eles eram.

Quando uma pessoa que você ama está sofrendo, talvez só precise ficar de dedinhos entrelaçados com ela para fazê-la entender que não está sozinha.

— Estou com medo de dar o bebê — disse. — Fico pensando em ligar para Keira e dizer que mudei de ideia e que quero ficar com ele. Já imaginei várias maneiras de criar meu filho sozinha, e depois penso no quanto sou péssima por querer isso. E começo a pensar no futuro e percebo o quanto tal atitude seria desastrosa. Depois eu choro porque estou pensando demais e querendo demais e me preocupando demais com o futuro.

"Mas a verdade é que o futuro não importa. Então você não devia se preocupar com a ideia do seu pai estar morrendo porque estar morrendo não é algo que existe de verdade. Existe apenas o que está vivo e o que está morto. Existe apenas o aqui e o agora, e se a gente se preocupar com o que vai acontecer no futuro, vamos perder a melhor parte: estarmos juntos aqui um com o outro."

— Estou me apaixonando por você — admitiu ele baixinho, quase como quem pede desculpas, massageando meu ombro. — Às vezes penso em você e quero passar o resto do dia pensando em você. Porque sonhar acordado com você é mais fácil do que pensar em câncer. Minha vontade é me sentar no meio do bosque e ficar pensando em você. Sair da cama e pensar em você. Tocar música e pensar em você. Porque quando eu penso em você, o mundo me parece melhor.

"E depois eu lembro que não posso ficar pensando em você porque você não é minha. Você não passa de um sonho. E eu não sou o cara que tem direito aos sonhos. Eu só fico com os pesadelos."

Ele pôs as mãos no meu peito, sentindo meu batimento cardíaco.

— Não faça isso comigo, Arte. Não deixe eu me apaixonar por você. Não deixe eu amar você. Porque tudo que eu já amei terminou desmoronando, e a ideia de perder você é demais para mim. Não deixe que eu continue sonhando. Por favor, me obrigue a acordar.

As palavras eram carregadas de dor, cruas, sem nenhuma censura. Eu vi o medo e a mágoa que existiam dentro dele. *E também os senti.*

A maneira como a vida funcionava não parecia justa. Enquanto eu traria uma vida nova para o mundo em alguns meses, Levi se preparava para se despedir de outra.

Eu queria que os problemas fossem meus, e não de Levi. Ninguém merecia sofrer tanto quanto ele estava sofrendo. Ele tinha sido bondoso desde o primeiro instante, e o fato de que seu coração estava se partindo fazia o meu coração se partir também.

— Podemos nos beijar de novo por um tempo? — perguntei, querendo que ele soubesse que eu era mais do que um sonho.

Ele fez que sim.

— Eu adoraria.

Nosso segundo beijo não foi nada como o primeiro. Quando sua boca encontrou a minha, eu chorei. Senti o quanto ele estava triste quando me beijou, e isso me deixou triste. Senti suas lágrimas se misturando com as minhas enquanto nossos lábios pressionavam um ao outro com força. Estávamos nos esforçando ao máximo para viver no presente, juntos naquela escuridão. Ambos arrasados. Ambos exaustos das vidas que vivíamos. Mas naquele momento nos beijamos com nossos pedaços partidos. Nos beijamos com nossos medos. Nos beijamos com nossa raiva. Nos beijamos com tudo que tínhamos dentro de nós. E depois nos beijamos mais. Até ficarmos cansados juntos, criando nosso próprio tipo de arte. Tínhamos nos tornado as obras-primas das almas mais solitárias do mundo. As cores em nossos olhos morreram de tanto sangrar. E naquele momento soubemos que, às vezes, as obras de arte mais lindas eram criadas pelas almas mais sombrias.

Capítulo 35

Levi

Quando acordei, estava com os braços ao redor de Aria. Minha mente entrou em pleno funcionamento à medida que eu começava a me lembrar da noite anterior. A luz que entrava pela janela batia no rosto de Aria.

Luz.

Manhã.

Droga!

Saí da cama e me virei rapidamente para pegar meus sapatos, esperando que...

— Não precisa se apressar, você já foi pego no flagra.

Quando me virei, vi a Sra. Watson na porta com uma caneca nas mãos.

— Sra. Watson, eu posso explicar...

— Você bebe café, Levi? — perguntou ela antes de voltar para a cozinha.

Fui atrás dela um pouco preocupado com a ideia de entrar numa cozinha onde havia muitas e muitas facas acessíveis. Passei a mão cuidadosamente no meu cabelo bagunçado enquanto observava ela pegar outra caneca no armário

— Creme? Açúcar? — perguntou ela.

— Os dois — respondi cuidadosamente, sentando em um dos bancos na ilha.

Alguns segundos depois, ela passou a caneca para mim, e parte de mim se perguntou se havia alguma chance de que ela tivesse envenenado meu café.

— Eu soube do seu pai — disse ela, encostando na ilha. — Sinto muito.

Dei de ombros, passando o dedo na borda da caneca.

— Seu pai e eu namoramos — disse ela.

Quando eu quase cuspi o café, ela abriu um sorriso malicioso.

— Foi há muito, muito tempo atrás. A gente tinha a mesma idade que você e Aria, então acho um pouco estranho ver vocês dois tão próximos. É bem surreal.

— Eu gosto dela, Sra. Watson. Muito.

— Ela também gosta de você, querido, e acho que esse é o problema. Ela está passando por tanta coisa... Aria costuma guardar tudo para si. Tem muita coisa que ela não diz. E o pior sentimento do mundo para um pai é saber que um filho está sofrendo e não poder fazer nada para ajudá-lo. Fico preocupada achando que, com vocês dois tão próximos, ela vai evitar lidar com seus problemas mais profundos.

— Você quer que eu pare de sair com ela? — perguntei, esperando que a resposta fosse não.

A Sra. Watson fez uma careta.

— Não sei, porque ontem quando você chegou para buscá-la para o baile foi a primeira vez em que vi minha filha parecer... feliz. Como ela era antigamente. Eu só queria que... Você pode ir devagar com ela? Podem manter apenas a amizade?

— Claro.

— Então nada dessa história de dormir aqui, ok?

— Me desculpe por isso. A noite foi péssima e eu não tinha com quem conversar. Não tinha a intenção de dormir aqui, eu juro. Me desculpe.

Ela semicerrou os olhos e sorriu.

— Você parece tanto com seu pai que é até assustador.

— Ele sempre foi assim? — perguntei, me referindo à personalidade fria e durona dele. — Eu me lembro que ele era diferente, mas não sei se estou simplesmente inventando lembranças ou algo assim.

Ela balançou a cabeça, abrindo a geladeira para pegar ovos e bacon.

— Kent sempre foi um pouco frio, mas, no fim, sempre fazia tudo em função dos outros. As táticas dele nem sempre eram as melhores, mas os motivos por trás das ações sempre vinham do coração. Não é a intenção dele ser tão duro.

— Quando eu o visitava, ele parecia feliz com a minha presença.

— Ele está feliz com você aqui, confie em mim. Seu pai não é de falar sobre as coisas. Ele nunca foi assim. É do tipo que guarda tudo para si. Depois que você parou de vir, acho que ele se sentiu muito sozinho, e em vez de fazer alguma coisa a respeito, ele simplesmente guardou tudo e enterrou seus sentimentos.

— Vocês dois eram apaixonados?

Ela balançou a cabeça.

— Talvez um amor juvenil, mas ele realmente amava a sua mãe, só cometeu alguns erros no meio do caminho. E eu só amei de verdade um único homem na minha vida.

Lágrimas caíram dos seus olhos, e ela riu enquanto as enxugava, parecendo um tanto envergonhada.

— Desculpe, é isso que acontece quando você pega muitos plantões no hospital.

— Espero que tudo se resolva entre você e o Sr. Watson.

Com um sorriso firme, ela fez que sim.

— Obrigada, Levi. Agora vamos falar de coisas importantes. Está com fome?

Ela preparou café da manhã para mim, e foi inevitável perceber o quanto eu sentia falta da minha mãe. Quando ela não estava tão perdida dentro de si, costumava preparar café da manhã para mim e a gente conversava. Eu sentia falta disso.

Depois de comermos, eu agradeci e saí da casa para ir embora.

— Ele ama você, Levi. Você sabe disso, não é? — disse a Sra. Watson, parada na porta.

Dei de ombros, e ela franziu a testa.

— Ele veio falar comigo no dia em que descobriu o câncer. Assim como você fez. Eu sentei com ele e perguntei se tinha alguma coisa na vida que ele queria consertar.

— O que ele disse?

— Nada. Ele não disse nada. Mas algumas semanas depois, você chegou. E isso disse mais do que qualquer palavra poderia dizer.

Era noite de sábado e finalmente faríamos a apresentação do nosso projeto "Arte & Alma", orientado pelo Sr. Harper e pela Sra. Jameson. Lance e Daisy tinham me dito que sentariam na primeira fila. Meu pai estava com uma enfermeira em casa para nos ajudar a cuidar dele, então ele não poderia vir. *Não que ele tivesse vindo se pudesse.*

Simon e Abigail também compareceram e não pararam de se beijar. *Meu Deus.* Beijar tanto devia ser cansativo.

A apresentação ia acontecer no auditório, onde cabiam mais pessoas do que eu imaginava. Aria e eu nos sentamos na coxia, vendo as apresentações que antecediam a nossa. Todos exibiam obras de arte já finalizadas, então o artista simplesmente discutia as técnicas e o parceiro tocava uma música.

A respiração de Aria estava acelerada ao encarar o palco.

— Que ideia péssima a gente teve — disse ela, balançando a cabeça para a frente e para trás. — A gente devia ter feito igual a todo mundo e trazido a pintura finalizada. E se eu não conseguir? E se eu congelar e não conseguir pintar na frente de toda essa gente? E se...

— Olhe para mim — sugeri. — Apenas olhe para mim e respire. Você consegue fazer isso, Arte.

Ela fez que sim uma vez e encarou a plateia. Arregalou os olhos.

— Ele está aqui.

— Seu pai? — perguntei, sabendo que ela estava preocupada achando que ele não viria.

— Não. Quero dizer, sim, ele está aqui, mas eu não estava falando dele.

— Então quem?

Olhei lá para fora e vi meu pai sentado do lado de Lance. Senti um nó na garganta. Ele parecia fraco e cansado, parecia que mal estava ali, mas ele tinha vindo. *Ele veio.*

O Sr. Harper anunciou os nossos nomes, e nós entramos no palco. Enquanto Aria organizava seu material artístico, fiquei encarregado de cumprimentar a plateia.

— Oi, pessoal. Meu nome é Levi Myers, e essa é Aria Watson organizando suas coisas atrás de mim. Decidimos que a melhor maneira de apresentar nossa coleção seria produzindo três obras de arte ao vivo na noite de hoje. Acreditamos que seria interessante ter as pinturas sendo executadas em tempo real em vez de completar os quadros previamente. Ou talvez simplesmente tenhamos deixado tudo para a última a hora e acabamos sem tempo de terminar — brinquei, fazendo a plateia rir. — Nossa coleção se chama "Oximoros Despropositados".

Aria sorriu para mim, indicando que estava pronta para começar. Peguei meu violino, pigarreei e comecei a tocar. O arco rolou por cima das cordas enquanto eu começava a executar "Love You Till The End". Aria começou a usar pedaços de graveto e folhas do bosque para criar sua pintura abstrata.

Ela usou cores escuras e melancólicas: tons fortes de roxo e azul, pretos, cinzas, marrons. Criou uma pintura cheia de escuridão, desespero e raiva. Enquanto eu me perdia na música, ela se entregava aos matizes. Foi se afogando com as cores, entristecendo-se com as tintas que escorriam como lágrimas. Aria se tornou a arte. Foi assustador e lindo ao mesmo tempo.

A segunda música era "Fix You", do Coldplay. Aria usou cores claras: amarelo, rosa, laranja. Seu corpo relaxou enquanto ela esparramava a tinta na segunda tela com facilidade. Os modos sombrios foram tomados pela luz de alguém que está se curando, encontrando seu caminho, encontrando a felicidade. Ela deixou que o som do meu violino fosse exatamente o oposto do que ela estava criando. Foi legal ver tanta claridade e vida na segunda tela.

Por último, toquei "Masterpiece", de Jessie J, uma escolha de Aria. A letra falava sobre a pessoa se sentir extremamente pressionada, mas também passava a ideia de alguém que cai e se levanta. Era sobre encontrar o próprio caminho, aprender a viver, aprender a respirar.

Aria parou por algumas batidas, encarando a tela em branco. Então soltou os gravetos e as folhas e seus dedos mergulharam em uma mistura de cores. Roxos, verdes, amarelos, azuis. Seus olhos lacrimejaram, e ela começou a pintar com os dedos, passando as mãos na tela, para cima e para baixo. As cores pingavam, misturavam-se e se fundiam. O processo naquele momento era frenético, lágrimas escorriam pela face de Aria, que as enxugava com os dedos cheios de tinta.

Quando terminei, as mãos de Aria caíram próximo às laterais do corpo. Seu peito subia e descia fortemente enquanto ela encarava seu caos controlado.

Ela virou-se para mim. Eu sorri. Ela sorriu.

A plateia inteira sorriu e comemorou, levantando-se para aplaudir nossas obras-primas.

— Foi incrível! — elogiou Abigail, pulando para perto de Aria e de mim depois da apresentação e segurando a mão de Simon. — Eu sabia que vocês dois eram talentosos, mas o que vocês fizeram em cima daquele palco está além do talento. Em comparação a vocês, os outros pareceram mais que medíocres.

— Bem, você sabe como é — disse Aria com um sorrisinho e as mãos na barriga. — Algumas pessoas nasceram para chamar atenção.

— E foi o que vocês fizeram! — disse Lance, aproximando-se da gente com meu pai logo atrás. — Aquilo foi incrível. Por um momento achei que Arte ia pintar da mesma maneira como ela toca bateria, mas foi o oposto. Ainda bem. Foi maravilhoso. E você, Levi!

Lance aplaudiu, com o rosto cheio de orgulho. Então colocou minha cabeça nas suas mãos e beijou minha testa.

— Você é o tipo de músico que quero ser quando crescer.

— Ele tem razão, sabia? — disse o Sr. Watson, segurando o panfleto com a programação da apresentação. — Você é excelente, Levi.

Esperei ele acrescentar "para um canalha" ou "para um babaca perturbado", mas ele não fez isso. E então ele olhou para o meu pai e sorriu quase como quem pede desculpas.

— Ele é muito bom, Kent.

Meu pai fez que sim uma vez e meio que sorriu, o que para mim foi como um abraço gigantesco.

— Se seus pais deixarem, Lance e eu organizamos uma festa de comemoração na nossa casa com muita música, arte e pizza! sugeriu Daisy.

Aria e eu choramingamos ao pensar em uma pizza preparada por Daisy... Provavelmente seria feita de terra ou pelo menos teria gosto de terra. Daisy riu, entendendo.

— Não se preocupem, não é vegana. Imaginei que vocês iam gostar de comer aqueles organismos nojentos e geneticamente modificados que estão cheios de substâncias químicas e venenos mortais que certamente causarão o fim da humanidade.

— Meu Deus, espero que tenha pepperoni — brincou Aria.

Ela se virou para os pais para saber se poderia ir.

Depois de um pouco de hesitação, Simon entrou na conversa.

— Não se preocupe, vou ficar de olho para que Aria se comporte.

— Lembre-se de não ficar muito tempo em pé, ok? — ordenou a Sra. Watson para a filha.

— E me ligue se precisar de carona para voltar — disse seu pai, aproximando-se e beijando sua testa.

Aria arregalou os olhos com o gesto do pai. Ele colocou a mão no outro ombro dela.

— Você foi fantástica — acrescentou ele.

Os olhos de Aria lacrimejaram e ela agradeceu.

Simon e Abigail concordaram em encontrar a gente na Soulful Things depois de passarem em suas respectivas casas. Tenho certeza de que era só uma desculpa para se agarrarem mais um pouco.

Capítulo 36

Aria

— Você foi incrível hoje — falei para Levi.

Eu nunca tinha escutado ele tocar daquela maneira livre e pura.

— Você também não foi nada mal — disse ele enquanto entrávamos na Soulful Things depois que Lance e Daisy deixaram Kent em casa com a enfermeira.

Daisy colocou música para tocar, e havia mesas com pizza e outras comidas. Passamos a hora seguinte falando sobre a apresentação. Rimos dos quadros de Connor, que pareciam pênis estranhos, e ficamos impressionados com o fato de que a Srta. Jameson finalmente decidira raspar a barba. E nem um pouco surpresos quando o Sr. Harper iniciou um longo monólogo sobre o seu amor com Leonardo da Vinci.

— Vou sentir falta daquela aula — disse Levi, sentando-se no chão com as pernas ao redor de um bongô, no qual ele batia de vez em quando.

— Eu também.

A partir do semestre seguinte eu faria ensino domiciliar até o fim do ano letivo. Sentiria muita falta de trabalhar com o meu parceiro todos os dias. Perderia as citações de Abigail durante o almoço, não sentaria mais no ônibus sujo ao lado de Simon, e o que eu mais sentiria falta seria de chutar pedras invisíveis com aqueles tênis azuis todas as manhãs no ponto de ônibus.

— Cadê Simon e Abigail? — perguntou Levi, tirando-me dos meus pensamentos, que estavam começando a ficar tristes demais. — Eles disseram que chegariam meia hora atrás.

Como um passe de mágica, Abigail abriu a porta da Soulful Things. Ela estava de olhos arregalados, ofegante como se tivesse vindo correndo de casa. Ela colocou as mãos nos quadris enquanto se encurvava para a frente, tentando recobrar o fôlego.

— Simon está muito mal-humorado.

— Sério? Porque vocês tiveram que parar de se beijar? — brinquei.

— Não — disse ela, balançando a cabeça. — Muito pior, embora isso também tenha sido péssimo. Tentei acalmá-lo dizendo: "Você controla sua mente, não os acontecimentos externos. Perceba isso e assim você encontrará força." Sabem quem disse isso?

— Marco Aurélio — respondeu Levi sem nem pensar duas vezes.

Ela ergueu a sobrancelha.

— Como você sabia?

— Adivinhei — disse ele, piscando para mim.

— Não era esse o plano! — disse Simon, entrando rapidamente na loja. — Não acredito que eles fariam isso comigo! — gritou ele, com a respiração ofegante e os dedos segurando uma folha de papel.

— Quem está fazendo o que com você? — perguntei.

— Meus pais! Isso não era parte do plano, não era pra gente ir embora daqui!

Senti um nó na garganta.

— O quê?

— Meu pai foi promovido — explicou ele. — Encontrei os documentos na mesa da sala de estar. Eles nem me contaram!

— E qual é o problema de ele ser promovido? — perguntou Levi, semicerrando os olhos.

— O cargo novo é em Washington — disse Simon suspirando, tirando os óculos e esfregando os olhos.

Washington?

Washington?!

— Quando eu os confrontei, os dois disseram que a gente só vai se mudar depois do verão, depois que eu terminar o semestre no colégio e depois que o bebê nascer. Mas por que eles não me disseram? É como se eles já tivessem se decidido sem ao menos me consultar! E isso não é justo.

Ele continuou reclamando, mas eu não conseguia parar de pensar na palavra Washington.

Keira e Paul queriam uma adoção aberta; eu queria uma adoção aberta. Queria poder ver o bebê crescer em uma família feliz e amorosa. Mas isso não aconteceria se eu estivesse no Wisconsin e eles em Washington.

Fiquei piscando, sentindo um aperto no peito enquanto o bebê se mexia e chutava dentro da minha barriga. *Isso não era parte do plano.*

— Bem, essa é a festa mais deprimente que já vi — reclamou Lance enquanto descia do seu apartamento.

Todos estavam deitados no chão, sem falar, enquanto a música tocava.

— Sério, galera. Vocês não entendem nada de festa.

— Estamos deprimidos — explicou Simon.

— Vocês são novos demais para estarem deprimidos, a não ser que estejam com gonorreia. Isso, sim, deprime qualquer um.

Lance deu uma risadinha e depois percebeu que nenhum de nós achou graça.

— Qual é, pessoal! Piadas sobre gonorreia sempre fazem sucesso.

Ninguém respondeu.

— Tá bom. Bem, como vocês estão com muita angústia adolescente, que tal irmos para o telhado? Daisy preparou um jogo incrível para vocês.

— Não, obrigado — disse Simon.

— Estou deprimida demais — concordei.

Lance cruzou os braços e semicerrou os olhos.

— Escutem aqui, seus pirralhos, Daisy se esforçou demais para criar a próxima atividade, então vocês vão deixar de preguiça e subir para o telhado, talvez congelar um pouco, e se divertir.

Todos nós ficamos ali, sem expressão, encarando Lance até que ele ergueu a voz

— *AGORA!*

No telhado, havia duas guitarras, uma tela enorme e cestos com balões cheios de água. Havia quatro marcadores do lado dos cestos, e eu não fazia ideia do que estava acontecendo. Daisy estava em pé com seu enorme sorriso de sempre.

— Então, pessoal. Em homenagem à apresentação linda de Aria e Levi, Lance e eu achamos que seria legal se vocês explodissem as cores. Os balões estão cheios de tintas de cores diferentes e os marcadores são para escrever as coisas que estão sentindo. Tudo. Coisas boas, ruins, as partes mais feias. É isso que vai tornar a atividade bonita. Além disso, vai ter música, uma cortesia minha e de Lance.

Ela se aproximou da guitarra enquanto Lance pegava a outra, e acrescentou:

— Preparem-se para a bagunça.

Nós quatro pegamos os balões com tinta e começamos a escrever o que estávamos sentindo naquele momento. Palavras que amávamos. Palavras que odiávamos. Palavras, palavras, palavras.

Simon escreveu Washington e jogou-a na tela, fazendo o balão estourar com um azul vibrante. Apesar de ele odiar Washington, a maneira como a tinta explodiu na tela o fez sorrir.

— Isso é muito legal.

Palavras que foram escritas e que explodiram na tela:

saudável
bebê
adoção
longa distância
música
arte
dor
lágrimas
chutes
morte
câncer
risada
tristeza
você
eu
nós

Todas as cores sangraram na tela, espalhando tinta por toda parte. Quando nossa obra-prima chegou ao fim, nós quatro tínhamos reaprendido a rir e estávamos com as mãos sujas de tinta. Levi passou os dedos nas minhas bochechas, deixando-as roxas. Eu dei uma risadinha e cobri as bochechas dele de verde. Ele pegou o último balão e se aproximou de mim. Chegou tão perto que tive certeza de que iria me beijar, mas isso não aconteceu. Em vez disso, ele pegou o marcador e rabiscou uma palavra no último balão.

Havia mais de seiscentas mil palavras no Oxford Dictionary. Ou seja, havia seiscentas mil definições de palavras diferentes, com um milhão de significados. Algumas palavras eram bobas, outras eram capazes de destruir um coração. Algumas eram felizes, outras raivosas. As letras do alfabeto, tão diversas, eram capazes de se unir de tantas maneiras diferentes, de formar tantas palavras diferentes com significados diferentes.

Tantas palavras, mas no fim do dia havia apenas uma que se destacava. Uma palavra que significava céu e inferno, dias de sol e de chuva, o lado bom e o lado ruim das coisas. Era a única palavra que fazia sentido quando tudo ao redor estava confuso, sofrido e implacável.

Amor.

Sorrindo, enrosquei meu dedinho no dele e disse:

— Eu te amo.

Talvez não fosse certo sentirmos isso um pelo outro, mas eram os nossos sentimentos, a nossa maneira. Meu coração explodiu quando seus lábios encostaram na minha testa, e eu o escutei sussurrar:

— Eu também te amo.

Capítulo 37

Aria

No dia seguinte, Keira e Paul sentaram-se na nossa sala de estar para explicar a meus pais que a promoção não tinha sido planejada.

— Eu nem sabia que estava sendo cogitado para a promoção — disse Paul, baixinho. — E lamento você ter descoberto daquela maneira, Aria. Simon não deveria ter contado dessa forma.

Dei de ombros.

— Eu teria descoberto de qualquer maneira, imagino.

Keira colocou as mãos no colo, sorrindo para mim com cautela.

— Sei que o nosso acordo não era esse, e se você não se sentir à vontade com isso, Paul vai rejeitar a promoção.

— Sim, com certeza — concordou Paul. — Eu estava considerando apenas porque isso nos traria uma estabilidade financeira dez vezes maior, e isso acabaria com nossos anos de dívidas e dificuldades.

Keira beliscou o braço dele, fazendo-o se contrair.

— Mas dinheiro não é o mais importante. O mais importante é você se sentir bem.

Olhei para meus pais, querendo que falassem por mim, apagassem todos os problemas e tomassem as decisões, mas eu sabia que a responsabilidade era minha.

Mike entrou com James, os dois rindo, os dois parando ao nos ver. Mike grunhiu.

— Mais uma conversa sentimental sobre o bebê.

James me encarou na hora, com os olhos se enchendo de preocupação.

— O que está acontecendo com o bebê? Está tudo bem?

O nível de apreensão em sua voz era alarmante.

Olhei ao redor para me certificar de que ninguém tinha percebido sua aflição e depois respondi:

— O bebê está bem. Estamos apenas comemorando que Paul foi promovido para um novo cargo em Washington.

As mãos de Keira foram até o peito, e ela respirou.

— Estamos?

Mexi nas minhas unhas e fiz que sim.

— Sim. Parabéns, pessoal.

James aproximou-se e passou os dedos no cabelo.

— Então o bebê vai para Washington? Mas você não vai ficar com saudades, Aria? Não quer que ele fique mais perto de você?

Ele estava começando a suar e enxugou as mãos na calça jeans. Meu pai se virou para James e pigarreou.

— Com licença, James, mas essa conversa é meio que particular.

Piscando algumas vezes, James pediu desculpas.

— Não quis me intrometer.

Ele certamente estava se intrometendo.

— Você não pode deixar eles levarem o bebê para Washington! — disse James, invadindo meu quarto.

Ele devia ter passado um tempinho no quarto de Mike só esperando o momento de dizer que ia ao banheiro, que, ao que tudo indica, devia ser muito parecido com meu quarto.

— Você devia ter conversado comigo sobre isso.

Ergui a sobrancelha.

— Por que eu conversaria com você? Não é da sua conta.

— Não é da minha...

Ele ficou boquiaberto e depois cobriu a boca, perplexo.

— O bebê também é meu!

Fui rapidamente até a porta do quarto para fechá-la.

— Quer falar um pouco mais alto? Acho que não o escutaram lá no Canadá!

Ele apertou a ponta do nariz e andou de um lado para o outro, deixando zigue-zagues no carpete.

— Desculpe — murmurou ele. — Não sei o que estou fazendo.

Ele abriu a porta e foi embora cabisbaixo.

Sentei na minha cadeira e massageei a barriga cada vez maior. Pelo menos uma coisa eu e James tínhamos em comum: ele não fazia ideia do que estava fazendo, assim como eu.

Capítulo 38

Levi

Recebi uma ligação de Denise, e ela disse as palavras que eu nunca gostaria de ouvir.

— Sua mãe está no hospital.

— Como assim no hospital?

A voz de Denise estava baixa, quase muda.

— Ela reagiu mal a um dos remédios novos e tropeçou em alguns degraus na clínica. Os médicos ainda não me passaram todos os detalhes.

Ela estava chorando, as palavras se emaranhando com seus pensamentos.

— Ela estava tão bem, Levi.

Ela me disse o quanto temia pela minha mãe, mas Denise não sabia nada sobre medo.

Ter medo era estar a 1.300 km de distância da sua mãe machucada, sentir-se a um milhão de quilômetros do seu pai moribundo e não ter ideia do que fazer.

A música era o que havia na alma da minha mãe. Todos os dias, antes das nossas aulas de violino, ela citava Nietzsche, dizendo: "Sem música, a vida seria um erro." A estabilidade mental dela não importava. Quando sua mente estava totalmente presente, ela citava Nietzsche. Quando ela estava perdida nos próprios pensamentos, ela ainda assim citava Nietzsche.

Mesmo quando se deixava levar para os lugares mais sombrios de sua alma, a música ainda estava presente, era seu remédio, seu suporte vital.

Na véspera de Natal, eu estava na Soulful Things sem saber o que fazer. Lance estava sentado numa cadeira ao meu lado, sem dizer nada. Eu nunca tinha visto a Soulful Things tão silenciosa. Depois que contei a ele o que tinha acontecido com minha mãe, ele disse: "Por que as piores coisas acontecem com as melhores pessoas?" Ele se lamentou várias vezes, até não ter mais o que dizer.

— Como eu escolho? — sussurrei, passando a mão no pescoço repetidamente, meus pensamentos à mil. — Como escolho se ajudo meu pai ou minha mãe?

Eu deveria ficar com meu pai, que eu nunca tivera a oportunidade de conhecer e que estava nos últimos dias de sua vida? Ou deveria ir cuidar da minha mãe, que estava sofrendo depois do acidente e precisava de mim ao seu lado?

Como escolher o que era mais importante?

Como escolher entre um pai e uma mãe quando os dois precisam de ajuda?

Lance levantou-se e foi até o depósito. Ele voltou com um estojo com uma fita vermelha.

— Eu ia dar amanhã, mas acho que você está precisando hoje.

Abri o estojo e vi um violino novo em folha. Não era um violino qualquer, era o Karl Willhelm Model 64, o mesmo em que eu estava de olho na loja desde que tinha chegado na cidade.

— Meu Deus, não posso aceitar. Custa mais de três mil dólares.

— Já está pago. E eu já ajeitei para você. É seu.

Ele sorriu.

Peguei o violino e o encarei por um momento antes de levá-lo até o nariz para cheirar. Para um músico, cheirar um violino novo é como um leitor que cheira um livro novo. Era um perfume familiar que fazia você perceber que o mundo não era um lugar completamente ruim, que ainda existia beleza.

— Manda ver, Levi — disse Lance da maneira mais carinhosa possível.

— Obrigado — murmurei para Lance, para a música, para minha alma.

Afinei as cordas. Brinquei um pouco com o arco.

Lance se virou e subiu. Quando ele desapareceu, apaguei as luzes e preenchi o espaço de escuridão.

Tudo estava exatamente igual, mas, de certa forma, completamente diferente.

Mais frio.

Mais triste.

Mais solitário.

Isso me parece certo.

Meus dedos descobriram os pedidos de desculpa que o violino me oferecia. As cordas choraram por mim. A música me entendia quando eu mesmo não era capaz. Era o cobertor que me protegia de todos os medos reais que existiam. Balancei para a frente e para trás enquanto viajava pela estrada do mais puro escapismo. Então me entreguei ao momento, esqueci tudo ao meu redor, todo o sofrimento, toda a mágoa.

Toquei até meus dedos doerem.

E depois toquei mais.

Toquei até meu corpo tremer.

E depois toquei mais.

Toquei até meu coração se partir.

E depois toquei mais.

Meus dedos afastaram o arco do violino. Minhas mãos estavam pálidas como fantasmas de tanto tocar. Meu corpo tremia de nervosismo, a cabeça totalmente enevoada. Mas, naquele momento, eu sabia a resposta.

Eu sabia quem eu tinha de escolher, e isso me partiu o coração.

Mantenha a cabeça fria, Levi.

Eu precisava me acalmar, controlar minha respiração, que naquele momento estava descompassada. Eu me perguntei se minha mãe sempre sentira aquilo. Será que os ataques de pânico eram tão dolorosos que percorriam seu corpo dos pés à cabeça? Ela sentia as paredes gritarem com ela? Será que era sempre tão horrível e aterrorizante para ela?

Eu precisava encontrar um lugar de paz.

Mas não sabia como.

A verdade era que minha mãe era minha fonte de paz. Desde o primeiro momento ela esteve do meu lado. Mesmo enquanto enfrentava suas piores guerras, ela ainda assim foi minha calmaria. Eu era o furacão, e de alguma maneira ela era o olho da tempestade. Ela me consolou quando meu pai parou de mandar cartões. Ela me abraçou quando ele disse que não queria mais me ver. Ela esteve ao meu lado desde o primeiro dia, e eu a abandonara.

Qual é o meu problema?

Como eu pude odiá-la?

Ela estava doente, e eu fui embora.

Ela implorou para que eu voltasse, e eu a ignorei.

Ela era minha verdadeira música. Não o tipo de música que eu tocava num lugar escuro. Não o tipo de música que as sombras aplaudem. Minha mãe era o encontro das cores com as cordas. Os roxos e azuis, os amarelos e vermelhos que sangravam amor com as vibrações do som.

Hannah Myers era música.

E, sem ela, a vida era um erro.

Fui para casa naquela noite com a mente decidida. Eu diria a meu pai que voltaria para o Alabama para cuidar da minha mãe por algumas semanas. Eu precisava ter certeza de que ela ficaria bem. Porém, quando entrei em casa, vi o brilho das comédias em preto e branco passando na televisão. Meu pai estava diante dela, com o jantar na bandeja e, ao lado dele, havia outra bandeja com o meu jantar.

Senti um aperto no peito enquanto a enfermeira se aproximava e explicava que voltaria na noite seguinte, e que tinha deixado os remédios do meu pai para que ele tomasse de manhã. Ela foi embora e fechou a porta ao sair.

— Eu preparei para você o frango frito e o bife Salisbury porque não sabia qual você preferia — disse ele, movendo a colher na tigela de sopa à sua frente.

Sentei ao lado dele no sofá e assistimos à comédia juntos.

Ele não comeu muito, mas, todas as vezes que ergueu a colher, sua mão tremeu muito. Eu me ofereci para ajudá-lo, mas ele bufou e resmungou como sempre.

Depois de um tempo, ele colocou a colher na bandeja, desistindo, e apontou a cabeça para mim.

Dei a sopa para ele e voltei à estaca zero, sem saber como poderia deixá-lo e voltar para o Alabama.

— Sabe a música que você tocou na apresentação? A primeira?

— Sim, "Love You Till The End", de...

— "The Pogues" — disse ele, assentindo, mas ainda olhando a tela. — Foi a música do meu casamento com sua mãe.

As peças da minha mãe que eu nunca compreendera começavam a se encaixar.

— O que aconteceu com vocês? Por que se separaram?

Ele se contraiu e esfregou a têmpora.

— Eu fiz besteira. Sua mãe e eu tivemos uma briga feia certa noite, e eu bebi e dei em cima de Camila Watson num bar. É por isso que o marido dela não me suporta, e foi por isso que Hannah me deixou.

— Você amava Camila?

— Não, não. Eu era jovem e burro, um babaca que cometeu um erro grave. Mas o erro foi o suficiente para sua mãe fazer as malas e me deixar. Eu não a culpo. Ela sofria de ansiedade e vivia preocupada achando que eu a trocaria por outra pessoa. Naquela época eu não sabia o quanto ela estava doente, não sabia sobre sua saúde mental. Mas eu devia ter insistido. Devia ter lutado por ela.

— Você a amava? — perguntei.

Ele fungou e pigarreou, mas não disse mais nada até ir se deitar. Eu o acompanhei até seu quarto, e apesar de ele ter dito que não queria minha ajuda para vestir o pijama, deixou que eu fizesse isso.

Quando ele se deitou, desliguei seu abajur e o escutei murmurar:

— Até o fim.

Denise me ligou naquela noite para dizer que minha mãe estava bem. Ela ainda estava no hospital, mas tinha melhorado muito.

Naquela noite, chorei até dormir.

No Natal, fui até o bosque às seis da manhã, como todos os dias. Por um segundo, achei que ainda estava sonhando quando vi meu pai parado do lado da casa da árvore. Ele encarou a escada que levava até lá em cima. Todos os degraus estavam cobertos de neve. As mãos dele estavam enfiadas nos bolsos do moletom.

— Precisa de um casaco? — perguntei, vendo sua camiseta branca que agora estava grande demais por causa de todo o peso que ele perdera.

Ele balançou a cabeça. Eu me aproximei e nós dois encaramos a escada juntos.

— Lembra quando colocamos a escada aí? — perguntou ele. — Você tinha 9 anos e pediu para eu testar cada degrau para ter certeza de que eram resistentes.

— E não eram.

Eu ri.

Ele também. Era estranho, mas o som da sua risada me dava vontade de sorrir e cair aos prantos ao mesmo tempo.

— Acho que quebrei a bunda quando caí. Quando você voltou para casa, coloquei bolsas de gelo na bunda toda.

— Agora eles estão resistentes — falei, indicando os degraus com a cabeça.

— Mas estão um pouco velhos. A gente devia ter passado mais tempo aí em cima.

Ele esfregou os dedos na nuca e tirou a neve que havia nos sapatos. Seu corpo frágil tremia com o vento frio que passava entre os galhos das árvores.

— Você não devia estar aqui no frio — censurei.

— Pelo que eu saiba, eu sou o pai, não você — retrucou ele.

Ele passou o dorso da mão pelo nariz e desviou o olhar da casa da árvore.

Com um suspiro forte, ele falou de novo:

— Escute, você tem me dado muito trabalho, e acho que é melhor você voltar para ficar com sua mãe ou sua tia ou algo assim.

As palavras me feriram, e eu recuei.

— Não vou deixar você aqui.

— Lance me contou sobre sua mãe.

— Ela está melhor — falei. — Ela vai ficar bem. Eu posso ficar aqui e ajudar a cuidar de você.

— Você não está entendendo, não é? — sussurrou ele com raiva. — Não quero você, Levi. Não quero você aqui — disse ele, sem ao menos me olhar. — Seu voo sai hoje às 19h30. Lance vai levar você ao aeroporto.

Ele se virou e voltou para casa, me deixando ali parado, confuso e magoado.

Ele está me abandonando, de novo.

Entrei também, mas ele se isolou e se trancou no escritório. Bati fortemente à porta.

— Deixa eu entrar, pai! — gritei, com o fundo da garganta ardendo. — Deixa eu entrar! — implorei.

Supliquei, mas ele não cedeu. E no fundo eu sabia que ele não deixaria que eu entrasse novamente.

Fui até a casa de Aria duas vezes. Na primeira, eu a vi na sala de estar com a família, todos rindo e abrindo presentes de Natal juntos. Era um momento de tanta felicidade que eu não quis estragar. Então voltei para a casa do meu pai e esperei. Todas as minhas malas já estavam prontas.

Sentei no meu quarto e fiquei encarando o relógio na cômoda.

16h35.

Lance e Daisy tinham dito que passariam às 17h para me levar ao aeroporto.

Peguei os dois CDs que tinha preparado para Aria e o bebê e os coloquei no bolso do casaco. Eu sabia que não eram os melhores presentes de Natal, nem os mais caros, mas esperava que ela fosse gostar. Enquanto eu caminhava até a casa dela mais uma vez, tentei pensar em qual seria a melhor maneira de contar que estava indo embora. Eu queria que ela soubesse que, independentemente de tudo, a gente encontraria uma maneira de darmos certo, mesmo a 1.300 km de distância.

Capítulo 39

Aria

Na noite da véspera de Natal, escutei o som da caminhonete do meu pai parando na entrada de casa. Corri até a janela e vi que ele estava descarregando as malas. *Ele tinha voltado.* Mesmo nevando, minha mãe saiu para encontrá-lo. Por um tempo, os dois ficaram parados com as testas encostadas uma na outra, depois se abraçaram.

Na manhã seguinte, quando Grace acordou e viu meu pai lá embaixo, ela pulou nos seus braços, mais animada com a presença dele do que com todos os presentes embaixo da árvore de Natal. É claro que depois ela viu todos eles e avançou.

Parecia que tudo estava finalmente voltando ao normal — o nosso novo normal, pelo menos. Eu ainda não tivera a oportunidade de ligar para Levi ou mandar uma mensagem, mas pensava nele a intervalos curtos. Depois de um almoço tardio, coloquei minhas botas e meu casaco de inverno para ir até a casa dele e entregar seu presente.

Quando abri a porta de casa, fiquei surpresa ao ver James parado com as mãos nos bolsos do casaco.

— O que você está fazendo aqui? — perguntei, confusa.

Ele deu um sorrisinho, com as bochechas vermelhas de frio.

— Feliz Natal pra você também.

Não respondi. Ele passou os dedos no cabelo bagunçado. Estava com olheiras enormes que combinavam com seu olhar exausto.

— Escuta, podemos conversar?

Com cautela, fiz que sim e saí para a varanda. Apoiei as mãos na barriga e fiquei me mexendo para a frente e para trás, me sentindo desconfortável. Minhas costas doíam muito ultimamente.

— Acho que a gente não tem nada a conversar.

— Terminei com Nadine — disse ele de repente.

— O quê?

— Bem, ela terminou comigo. Eu contei a ela sobre o bebê.

— Você O QUÊ?!?! — gritei, sentindo uma ardência no fundo da garganta.

— Para de gritar, ok?! — reclamou ele, enrugando o nariz.

— Por... por... por que você fez essa burrice? Meu Deus, James! Qual é o seu problema, hein?!

Meu coração acelerava e minha respiração encurtava.

— Acho que a gente devia ficar com ele.

— Cala a boca.

— Posso estudar em uma universidade local. Posso arranjar um emprego. Ou dois. Podemos dar um jeito. Podemos arranjar um apartamento e...

— Meu Deus. Você está bêbado? Por favor, diga que está bêbado, porque está falando como se tivesse pirado de vez!

Tentei me convencer de que ele estava fazendo alguma piada de Dia da Mentira com alguns meses de antecedência, mas a súplica em seu olhar e nas suas palavras me diziam que aquilo estava longe de ser uma brincadeira.

— Você não está raciocinando direito.

— A gente pode fazer isso, Aria.

— Não. Nós não podemos. Ele não é mais nosso, James.

— Eu pesquisei — explicou ele, chegando perto de mim e me deixando nervosa. — Alguns sites dizem que o pai precisa autorizar a adoção.

— E você autorizou.

— Mas eu mudei de ideia. As pessoas mudam de ideia.

Ele estendeu os braços para pegar minhas mãos, mas recuei.

— Não encosta em mim — ordenei.

— Quero ficar com você, Aria — disse ele, mas as palavras estavam envoltas em sonhos falsos e mentiras. — Você nem cogitou isso? Ficar com ele?

Às vezes.

— Por favor — disse ele, olhando para trás antes de se aproximar para me beijar.

Com nossos lábios próximos, sussurrei secamente:

— Não. Encosta. Em mim.

Ele recuou, e escutei o som de alguém pigarreando atrás da gente. Quando me virei, avistei Levi no final da calçada com as mãos segurando dois presentes embrulhados com jornal.

— Levi. Há quanto tempo você está aí?

Seus pés calçados com o All Star azul chutaram a neve para a frente e para trás.

— Tempo suficiente para descobrir que ele é o pai. Que ele quer ficar com você. Que ele beijou você.

— Não é o que... — comecei a falar, mas James me interrompeu.

— Estamos conversando sobre um assunto de família, cara. Se puder dar o fora, seria ótimo.

— James! — gritei.

Olhei nos olhos de Levi, que pareciam cheios de rejeição.

— Sim, é claro. Eu só queria entregar seu presente e o de Manga. Ele bateu com os presentes na palma da mão direita antes de se aproximar para entregá-los. — Feliz Natal, Arte.

Ele se virou e começou a se afastar. Tentei ir atrás dele, mas James agarrou meu pulso, me segurando.

— Deixe ele ir.

Eu me soltei e dei um tapa nele.

— Eu falei pra não encostar em mim.

— O que está acontecendo aqui? — perguntou meu pai, aparecendo na varanda.

Ele avistou James.

— Oi, cara. Feliz Natal.

— Obrigado, Sr. Watson. Para você também.

— Está procurando Mike?

Eu me contraí e me aproximei do meu pai.

— Não, na verdade ele estava...

— Eu sou o pai — disse James, me interrompendo mais uma vez.

Meu pai não assimilou as palavras imediatamente. Ele ficou parado, piscando com os olhos semicerrados.

— Como é que é?

Meu Deus. A gente estava quase tendo um Natal perfeito depois de meses com a família destruída, estávamos tão perto de voltarmos a ser relativamente normais...

— Fui eu que dormi com...

— Não diga mais nada — ordenou meu pai.

— Aria — conclui James.

Estava na cara que ele não queria respeitar as vontades de ninguém naquele Natal.

— O quê? — disse Mike, aparecendo na porta e encarando o melhor amigo.

Sua mão esquerda segurava um pão recheado com presunto, e a direita estava com o punho cerrado. Ele saiu para a varanda, com o peito subindo e descendo fortemente.

— Foi você que fez isso com a Aria?!

As palavras dele estavam cheias de ódio.

— Mike, cara. Foi um...

O punho de Mike esmurrou a mandíbula de James, que caiu na varanda.

— Acidente — murmurou James, encostando a mão na boca.

— Porra, eu vou matar você! — gritou Mike, jogando-se para cima de James.

Meu pai agarrou Mike antes que ele pudesse causar mais danos, e James se levantou cambaleando.

— Ela é minha irmã, seu babaca!

— Mike, se acalme! — disse meu pai, ainda segurando o filho, que estava prestes a matar o melhor amigo.

— Eu quero criar o bebê — disse James, cuspindo sangue.

— Cala essa boca! — exclamei. — Para de dizer isso.

— Não vou parar — disse ele, balançando a cabeça. — Porque é verdade.

— O que é verdade? — perguntou minha mãe, saindo na varanda e assumindo uma expressão preocupada ao ver James. — O que aconteceu?

— Ele é o pai — murmurou meu pai.

— O pai? — perguntou minha mãe.

— O pai — grunhiu Mike.

— O pai?! — disse Grace, parada na porta.

Fiz meu máximo para manter a calma, encarando minha família que olhava para nós dois, alternando entre James e eu. Meu pai ainda segurava um Mike furioso, enquanto os demais Watsons tentavam assimilar a nova informação.

— Eu só passei aqui para dizer que quero tentar — disse James, colocando as mãos no bolso do casaco. — Com você, Aria. Quero criar o bebê com você.

— Meu Deus — sussurrou minha mãe, puxando o lóbulo da orelha. — Você precisa ir embora agora, James.

— Mas...

— Não. Nada de mas. Você precisa ir embora e deixar a gente resolver as coisas — disse ela.

— Sra. Watson...

— Vá embora — gritou meu pai, o tom de voz fazendo nós todos tremermos.

James baixou a cabeça, fez que sim e se virou para ir embora. Todos passaram a me encarar. Meu pai soltou Mike e, depois de um segundo, Mike saiu correndo atrás de James. Quando ele chegou à esquina, escutei James berrando e Mike gritando que ia matá-lo quando o alcançasse.

— É melhor eu ir atrás dele...

Meu pai pegou seu casaco e foi atrás dos dois garotos.
Minha mãe colocou os braços nos meus ombros.
— Está frio, vamos entrar.
Entrei com ela, mas não senti menos frio lá dentro.

Minha mãe passou um bom tempo dizendo que tudo ficaria bem, mas eu não fazia ideia de como isso seria possível. Eu sentia como se as paredes ao meu redor estivessem desmoronando. As coisas finalmente estavam melhorando. Todos estavam aceitando o bebê e a adoção. E então James teve que decidir arruinar tudo.

— Amanhã de manhã vamos resolver isso tudo. Tá bom? Não se preocupe. Vai dar tudo certo.

Ela beijou minha testa e saiu do meu quarto.

Assim que ela saiu, comecei a chorar. A situação toda era estressante demais. Passei os dedos na barriga. O bebê era a única coisa que me fazia respirar. Cada respiração que eu dava era apenas para ele.

— James é o pai? — perguntou Grace, parando na minha porta.

Fechei os olhos, enxugando as poucas lágrimas que tinham caído.

— Grace, não estou a fim.

Ela não respondeu, mas escutei seus passos se aproximando.

— Grace, eu disse que não estou a fim — repeti.

Abri os olhos e vi que ela estava segurando dois colares de contas.

— Usei o jogo de fazer colares que ganhei de Natal e fiz um para você e um para o bebê.

Juro que senti meu coração se partir. Agradeci pelos colares, e ela sorriu.

— Que bom que você não ficou uma grávida feia.

Rindo, eu a abracei com minha barriga enorme.

— Obrigada, Grace.

Esperei até a manhã seguinte para ir até a casa de Levi e explicar o que tinha acontecido no dia anterior. Eu estava com vergonha e também com raiva de James por ele ter achado que poderia me beijar ou até mesmo encostar em mim. Na varanda do Sr. Myers, bati à porta e esperei alguém abrir.

Quando a porta finalmente se abriu e um Sr. Myers frágil de olheiras roxas apareceu, solucei nervosamente.

— Sim? — murmurou ele, me encarando com o rosto inexpressivo.

— Estou procurando Levi — falei, dando um meio sorriso.

O Sr. Myers grunhiu.

— Ele foi embora.

— Ah — disse, mordendo o lábio inferior. — Ele está na Soulful Things?

— Não. Ele voltou para o Alabama.

De início, não assimilei suas palavras, porque elas não faziam qualquer sentido. Eu tinha visto Levi na tarde de ontem; como ele podia ter voltado?

— Como assim?

— Eu o mandei de volta para casa ontem.

Meu coração disparou naquele momento, encarando um par de olhos castanhos muito mais frios do que os do garoto que eu estava procurando. Como Levi podia ter ido embora? Como ele não se despediu? Por que o Sr. Myers o mandaria embora?

— Por que você fez isso? — perguntei zangadamente. — Tudo que ele queria era ficar com você!

— Nem sempre a gente consegue o que quer, garota. Isso aqui não é um conto de fadas.

— Ele só fez o bem para você. Você o tratou como lixo, mas tudo que ele fez foi cuidar de você. E aí você manda o garoto embora porque cansou dele? Porque ele dá trabalho? Como você consegue ser tão egoísta? Como conseguiu escolher o caminho mais fácil e mandar seu filho embora?

— Você acha que isso é fácil?! — gritou ele, erguendo as mãos no ar em sinal de derrota. — Acha que é fácil ver seu filho cuidar de você e te dar de comer porque você está fraco demais? Acha que é fácil viver com os demônios que tomaram conta da minha alma tanto tempo atrás? Conviver com as lembranças das coisas que fiz com as pessoas nesta cidade? Com Levi? Com a mãe dele? Bem, garota, se você acha isso é porque é burra. Você é uma tola se acha que minha vida tem alguma coisa de fácil.

— E como você acha que vai consertar esses erros do passado mandando seu filho embora?

— É tarde demais para consertar as coisas — disse ele, esfregando as mãos nervosamente.

— Que seja. Se você quer desistir, vai nessa. Parece que foi só isso que você fez na vida. Mas pelo menos podia ter tentado por ele. Não precisava ser um pai tão péssimo!

— Eu sou um merda! — admitiu ele. — Eu só faço merda na minha vida, várias e várias vezes. Sou um babaca. Pode perguntar para qualquer pessoa desta cidade, até mesmo seu pai. Eu. Só. Faço. Merda. Mas tudo que fiz desde o dia em que a mãe dele me abandonou foi por ela e por ele. Ele não merecia ter que escolher entre a mãe e mim. Eu vi o quanto ele estava arrasado. Então decidi por ele. Porque pais fazem isso, tomam decisões. Até as mais difíceis que preferíamos nunca ter que tomar. Abdicamos de coisas mesmo se essa coisa for a mais difícil do mundo. Nós deixamos nossos filhos nos odiarem só para que eles tenham uma vida melhor. Nós sacrificamos todos os nossos dias. Mandamos cartões de aniversário e de Natal até que o filho para de responder porque, em determinado ponto, ele simplesmente passa a odiá-lo. O que é melhor, porque você não pode oferecer merda nenhuma para ele. Ele precisava ficar com a mãe. Ela precisava mais dele do que os meus desejos egoístas de tê-lo ao meu lado. A última coisa que ele merecia era ficar sentado aqui me assistindo morrer.

"Eu me separei para melhorar a vida deles. Para que as vidas deles fossem boas. Eu teria sido nada além de um fardo. Porque eu só faço merda. Mas se fazer merda significar oferecer a eles uma chance de serem felizes, vou fazer de novo. Por eles. Sempre por eles."

Ali parada, com lágrimas nos olhos, escutei suas palavras e as repeti mentalmente. Ele esfregou a têmpora antes de fechar os olhos e respirar.

— Às vezes, amar uma pessoa é saber que ela está melhor sem você por perto.

Capítulo 40

Levi

De volta ao Alabama, Denise estava me esperando no aeroporto. Só fomos ver minha mãe no hospital na manhã seguinte. Brian, Denise e eu esperamos do lado de fora do seu quarto no hospital. Quando vi seu corpo debilitado, senti náusea. Vê-la ligada àquelas máquinas me destruiu por dentro. Ela parecia um pouco pálida, embora ainda houvesse uma chama acesa em seus olhos castanhos.

Algo que eu não via ali havia muito tempo.

— Eu estou bem, Levi.

Em questão de segundos, fui para o lado dela, segurei suas mãos e a abracei firmemente enquanto ela também me abraçava.

— Eu estou bem — disse ela novamente.

Abracei-a mais ainda.

— Ela parece bem — disse enquanto Denise e eu saíamos do quarto.

— Ela está. Ela vem tomando uns remédios novos que parecem estar fazendo efeito, tirando esse incidente.

Denise colocou a mão na bolsa, tirou uma escova de cabelo e começou a se pentear. Depois, passou *gloss* e rímel. Apenas Denise se preocuparia com a aparência nos corredores de um hospital.

— Você pode ficar comigo e Brian por um tempo até ela terminar o período de internação aqui em St. John's. Posso ajudar você com o ensino domiciliar e tal até sua mãe voltar. Depois, se as coisas correrem bem, ela passa a ter três consultas por semana durante alguns meses, mas voltaria a morar em casa com você.

Casa.

Eu sentia falta da minha casa.

Ela pediu licença para ir procurar algum café decente.

Olhei de volta para o quarto e vi minha mãe me encarando e sorrindo. Em segundos, voltei para o lado dela.

— Como está seu pai?

— Não muito bem.

Eu me aproximei e me sentei na cadeira do seu lado.

Passei a mão pela testa, afastando o cabelo para trás.

— Me desculpe, querido. Quando você volta?

— Não vou voltar. Vou ficar com Denise fazendo ensino domiciliar até você voltar para casa.

Ela sentou-se na cama.

— Isso não era parte do plano. Denise disse que você vinha só para uma visita.

— Não, vou ficar.

Balançando a cabeça, ela segurou minhas mãos.

— Você precisa voltar e ficar com seu pai, Levi.

— Estou aqui agora, mãe. Você queria que eu voltasse para casa, e eu voltei.

Ela franziu a testa.

— Eu não estava raciocinando, meu amor. Você precisa desse tempo com seu pai.

— Ele não me quer lá, mãe — disse, encostando na cadeira e suspirando profundamente. — Ele disse que não me quer.

— É mentira. Ele sempre quis você. Isso é culpa minha — sussurrou ela, com os dedos inquietos.

Não importava mais. Ele tinha se decidido, e eu também.

Mais tarde, à noite, Denise me deixou em casa. Eu queria dormir na minha cama novamente. Ela tentou me convencer a não fazer tal coisa, mas aceitou depois de deixar algumas compras.

Quando olhei o celular, vi novas mensagens de Aria e as abri.

Aria: Eu queria ter explicado o que você viu com James. Ele não significa nada pra mim. Quero que saiba disso. Você é tudo para mim. Me desculpe, Levi.

Eu sabia, e eu conhecia Aria, mas parte de mim achou que seria mais fácil ir embora do que ter de lidar com todo o raciocínio. Eu não voltaria para o Wisconsin tão cedo, e não era justo pedir para que ela me esperasse. Além disso, era óbvio que ela precisava resolver algumas coisas com James, e eu provavelmente dificultaria isso.

A distância era melhor para nós dois naquele momento, para ela.

Eu só estava atrapalhando sua tomada de decisões.

Estava mais do que na hora de eu acordar do sonho de nós dois.

Aria: Sinto — *verbo* ['sĩtʊ]: ter sentimento.

Aria: Sua — pronome ['suɐ]: que pertence ou diz respeito à pessoa com quem se fala.

Falta — substantivo [f'awtɐ]: ausência

Também sinto sua falta, Aria Lauren Watson.

Mas, embora isso fosse verdade, eu não poderia dizer a ela.

Capítulo 41

Aria

Mandei uma mensagem para Levi e esperei. Tomei banho, encarei minha barriga que não parava de crescer e conferi o celular. Pratiquei *air guitar* e conferi o celular. Conversei com meus pais sobre James e conferi o celular. Jantei e depois conferi o celular.

Várias vezes conferi o celular.

Várias vezes não tinha nada para ver.

Comecei a me perguntar se Levi não passara de um sonho.

Tudo que eu queria era adormecer de novo e encontrá-lo mais uma vez.

Na quinta seria minha última consulta com o Dr. Ward antes do Ano Novo, e eu realmente precisava sentar na frente dele e conversar sobre arte. Eu não falava com James desde o Natal. Eu nem sabia por onde começar. Minha mãe me dissera que eu não devia falar mais nada com Keira e Paul antes de conversar com James.

A *bombonière* do Dr. Ward estava cheia de M&Ms verdes e vermelhos, e eu comi todos nos dez primeiros minutos.

— Em que está pensando, Aria?

Era engraçado o quanto eu tinha passado a amar aquelas palavras.

— Gustave Courbet. Ele foi pintor francês que praticamente iniciou o movimento do realismo. Quando pediram para ele pintar anjos, ele respondeu: "Nunca vi anjos... Se você me mostrar um anjo, eu pinto um." O Sr. Courbet e eu tínhamos visões muito diferentes de arte. Ele achava que a pessoa só deveria pintar o que conseguia ver com os próprios olhos, e eu achava que a arte devia vir do coração e da alma.

— Achava? Não acha mais?

— Eu queria achar, mas o realismo me parece cada vez mais atraente. Ele representa a vida de uma maneira verdadeira, sem significados ocultos, sem dúvidas ou perguntas sendo vistas de algum ângulo. É simplesmente um retrato da realidade. É exatamente o que precisa ser. Fico um pouco envergonhada por ter ficado tanto tempo focada só no abstrato. Talvez Courbet tivesse razão.

— Que bobagem — disse o Dr. Ward, semicerrando os olhos. — Acho isso uma bobagem.

— O quê?

— Por que tem que ser um ou outro? O oposto do real não é o abstrato. O oposto do real é o falso. O abstrato pode ser real, e pode haver mais verdade nele do que em qualquer outra coisa. Você me ensinou isso. A arte abstrata pode ser tão real quanto a arte realista, contanto que ela encontre coragem de manifestar suas cores no mundo com sinceridade genuína.

— Mas e se a verdade do abstrato magoar alguém? — perguntei.

Ele se inclinou para a frente, apoiando os antebraços na mesa. Depois, entrelaçou os dedos.

— Uma verdade dói bem menos do que mil mentiras.

Capítulo 42

Aria

— Não podemos ficar com ele, James.

Eu estava sentada ao lado dele no balanço da sua casa, vendo minha verdade perfurar sua alma.

Ele não parava de tamborilar os dedos na calça jeans.

— A gente pode fazer isso, Aria. Sei que vai ser difícil, mas podemos fazer isso.

Balancei a cabeça.

— Não é verdade.

— Por quê? Por que não podemos fazer isso? Por que não podemos ficar com ele?

— Não podemos mais ter o que queremos. Porque desde o momento em que isso aconteceu, não estamos mais fazendo escolhas pensando em nós mesmos. Tudo que fazemos tem que ser por ele, entende? Tudo que escolhemos é para que ele tenha uma vida melhor. Então não podemos ficar com ele.

— Por que não?

— Porque isso seria agir baseado em nossas vontades e necessidades egoístas. Por causa dele, precisamos ser altruístas. Por causa dele, precisamos deixar isso acontecer. Você e eu nunca seremos um casal, James. E acabaríamos odiando um ao outro no processo de tentar ser. Você quer mesmo criar um filho assim?

Ele não respondeu.

— Keira e Paul já são pais incríveis. E não é como se o bebê fosse ficar com uma família desconhecida. Eles são amigos da minha família desde que nasci, e são pessoas boas. Eles vão amá-lo. Nosso filho vai estar seguro e será amado.

O balanço rangia enquanto nos movíamos para a frente e para trás. O céu noturno e gelado estava repleto de estrelas, e ele as encarava como se tentasse fazer um desejo para cada uma delas.

— Eu dormi com você um dia depois de tentar me resolver com Nadine — sussurrou ele em um volume quase mudo. — Já estávamos separados havia um mês, e ela não queria voltar comigo. Fui conversar com Mike, terminamos indo para uma festa e bebendo. Eu estava me sentindo perdido, arrasado.

— Você já disse que estava bêbado quando dormiu comigo...

— Não — disse ele rapidamente, virando-se para mim. — Eu já estava sóbrio. Mas continuava perdido. Eu não lidei bem com o fato de ela ter perdido o bebê. Eu ainda sentia falta de algo que eu nunca tinha tido. Algo que eu nunca quis. Aquilo quase me destruiu. Então, quando eu estava saindo do quarto de Mike, passei pelo seu e você sorriu para mim como se tudo fosse ficar bem. E depois que você engravidou, eu reagi da mesma maneira que reagi com Nadine, querendo uma solução rápida. Mas o tempo passou e vi sua barriga e que esse bebê ia realmente acontecer, e aí acho que senti que era uma segunda chance de fazer a coisa certa.

— Você está fazendo a coisa certa — falei, colocando a mão em cima da dele. — Mas às vezes fazer a coisa certa é um saco.

Ele deu uma risadinha e voltou a encarar as estrelas.

— E o que a gente faz agora?

— Você termina seu último ano do colégio, vai para Duke e faz algo de bom da sua vida.

— E você?

Eu?

Eu aprendo a respirar de novo.

Comecei o ensino domiciliar na primeira semana do ano novo. Meus pais trabalhavam em horários aleatórios, e como não queriam que eu ficasse em casa sozinha durante as aulas on-line, eu passava os dias com Keira.

Todos os dias, na hora do almoço, eu via o Sr. Myers caminhar até o bosque. Quando eu ia embora da casa dela à tarde, Daisy ou Lance já tinham chegado para passar a noite com ele.

Um dia, quando a curiosidade falou mais alto, peguei meu almoço e fui atrás dele no bosque.

Ele estava parado no chão coberto de neve, encarando a antiga casa na árvore.

— Você construiu isso para ele? — perguntei.

Ele se virou lentamente para me olhar e sorriu com desdém.

— Você está invadindo minha propriedade.

— Pois é, estou, mas trouxe almoço se você estiver com fome.

Ele bufou e voltou para casa, batendo a porta na minha cara.

Talvez amanhã.

Eu apareci na hora do almoço todos os dias durante três semanas. Só em fevereiro que o Sr. Myers deixou que eu entrasse. Na verdade, foi a enfermeira que deixou, mas aquilo já bastava para mim.

— Você é muito irritante, sabia? — murmurou ele, sentado na cadeira e assistindo a programas em preto e branco.

— Trouxe canja de galinha — falei, sorrindo.

— Não estou com fome.

— Sua enfermeira disse que você não comeu muito hoje.

— Deve ter sido porque não estou com fome, porra — resmungou ele.

Ele sempre estava ranzinza, mas como eu estava com 32 semanas de gravidez, carregando Nabo Mexicano em meu ventre, eu também tinha meus dias de ranzinza. Abri a sopa, tomei uma colherada e aproximei a colher da boca dele.

— Qual é o seu problema, hein?! — sussurrou ele, zangado. — Por que não me deixa em paz?

— Porque ninguém devia almoçar sozinho. Nem mesmo velhos ranzinzas que acham que merecem a solidão.

Ele bufou de novo, resmungando comigo, mas abriu a boca e tomou a sopa.

— Seu filho está ignorando todas as minhas mensagens, não sei por quê — falei depois de mais algumas colheradas.

— A mãe dele disse que é porque ele acha que sua vida será melhor sem ele.

Ergui a sobrancelha.

— Por que ele acharia isso?

— Não sei. Mas tudo que Levi faz é para ajudar os outros. Ele é assim e pronto.

As palavras do Sr. Myers ficaram na minha cabeça por mais um tempo, mas não falei mais sobre Levi.

— Não sabia que você ainda falava com a mãe dele.

— Ela me liga todas as noites — disse ele. — Ela quer que eu saiba que não estou sozinho.

Almocei com o Sr. Myers todos os dias até o último dia de sua vida. Às vezes, ele ficava no quarto, então eu colocava para tocar os CDs que Levi tinha feito para mim e para o bebê, e eles sempre ajudavam o Sr. Myers a dormir melhor.

Em outros dias, víamos televisão juntos.

Uma das últimas coisas que ele me disse foi para dizer a seu filho que ele o amara até o fim.

Capítulo 43

Levi

Meu pai faleceu na segunda semana de março. Minha mãe queria pegar um voo para ir ao funeral comigo, mas eu disse que seria melhor não. Ela perderia as consultas no St. John's, e eu sabia que era por causa delas que ela estava bem. Ela estava muito bem; eu finalmente tinha minha mãe de volta. Eu não queria que ela regredisse por causa do estresse do funeral do meu pai.

Minha viagem a Mayfair Heights duraria apenas uma semana, e depois eu voltaria para o Alabama. Aria tinha me enviado a mensagem do dia nos últimos 68 dias. Eu não respondi nenhuma, exceto uma.

Aria: Você sequer pensa em mim?
Eu: Todos os dias.

E era verdade. Eu pensava nela o tempo inteiro, eu me perguntava como ela estava, se o bebê estava bem.

Quando cheguei ao Wisconsin, Lance me buscou e me levou até o centro para eu não precisar pegar o ônibus. Era engraçado como tudo estava igual, mas tão diferente. Lance tinha perdido um pouco do brilho no olhar. Quando paramos atrás da Soulful Things, ele estacionou e ficamos alguns minutos em silêncio. Ele jogou o cabelo para o topo da cabeça e ficou massageando o rosto.

— Fico esperando que seja só um sonho, sabe? Que meu irmão ainda seja um babaca que mora aqui perto e come comida congelada.

Não respondi.

A última coisa que eu sabia a respeito do meu pai era que ele tinha me mandado embora.

Eu estava amargurado.

Zangado.

Triste.

Principalmente triste.

— Ele amava você, Levi — disse Lance, uma mentira para me consolar. — Kent não era muito bom em expressar seus sentimentos, mas ele amava você. Lembro que ele...

— Podemos entrar? Estou cansado — falei, sem querer lembrar o quanto meu pai me amava de certa distância.

Tudo que eu queria era resolver logo a questão do funeral, pegar um avião de volta em alguns dias e não ter que falar sobre quem meu pai era, porque, sinceramente, eu não o conhecia.

— Sim, claro. Daisy já está lá em cima. Eu já subo — respondeu Lance.

Saí do carro e comecei a subir. Quando me virei, vi Lance com a palma da mão na testa. Ele estava de olhos fechados. Então cerrou o punho da outra mão e atingiu o volante.

Sou o maior babaca.

Voltei para o carro, abri a porta e entrei de novo. Lance não queria me contar as histórias para que eu me sentisse melhor. Era para ele próprio se consolar.

— O que você estava dizendo? — perguntei.

Ele me olhou, mordeu o lábio inferior e suspirou.

— Às vezes eu encontrava seu pai escutando você tocar violino no bosque. Ele sentava na cadeira do gramado perto das árvores e ficava escutando você tocar. Uma vez, quando cheguei, ele me disse: o menino é bom. Só isso. Depois, ficávamos lá escutando juntos. Ele não era a melhor pessoa do mundo... mas ele era a melhor pessoa que sabia ser.

Ficamos horas no carro. Lance me contou histórias sobre um homem que nunca conheci. Aprendi mais sobre meu pai naquele carro do que em toda a minha vida.

Só que tudo parecia tarde demais.

No dia do funeral, ninguém da cidade compareceu. Eu sabia que meu pai não era muito popular, mas um funeral vazio deixou isso bem claro.

Sentei no banco de trás, sem querer ver seu rosto pela última vez. Lance e Daisy estavam no banco da frente enquanto o organizador do funeral explicava os detalhes sobre levar meu pai até o local da cremação.

Tamborilei meus dedos repetidamente no banco. Minha gravata me enforcava. Cada respiração era mais difícil do que a anterior. Afrouxei o nó, mas continuei sentindo que estava ficando sem ar e voltei a tamborilar os dedos.

Lance e Daisy se aproximaram e se sentaram ao meu lado no banco.

— Nós já vamos? — perguntei a Lance.

— Eles disseram que tem mais uma coisa.

Ele colocou a mão no meu ombro e o apertou para me consolar.

Nós olhamos para a frente enquanto o organizador posicionava três suportes de microfone lá na frente. Ergui a sobrancelha.

— O que está acontecendo?

— Não faço ideia — respondeu ele.

Os alto-falantes do local rangeram ao serem ligados, e segundos depois uma música começou a tocar. Reconheci no primeiro acorde. Um pequeno sorriso me veio aos lábios quando Simon e Abigail foram até os dois microfones de trás, tocando *air guitar* ao som de "She Talks to Angels", de The Black Crowes. Eles tocaram o início da música perfeitamente, e Abigail até parou um instante para afinar suas cordas invisíveis.

Eu me virei e avistei Aria andando para o microfone do centro, e bem na hora certa ela começou a fazer o *lip sync* junto com a música. Seus dedos agarraram o microfone enquanto ela cantava com vontade, seus belos olhos me encarando.

— Meu Deus — murmurei, tentando conter as lágrimas que queriam cair enquanto ela executava a música inteira.

Ela se balançava no ritmo, cantando com a alma e dançando com o microfone pelo palco. Seu vestido de renda preto estava colado na barriga, e suas sapatilhas pretas dançavam também.

Ela gesticulou para mim durante o solo de guitarra de Simon, indicando que era para eu me juntar a ela.

Antes que eu pudesse considerar a ideia, Lance tirou um microfone de dentro do terno e o entregou para mim, piscando.

Eu me levantei e enxuguei os olhos antes de me juntar a Aria. Andei pelo corredor e ela agarrou o próprio microfone, me encontrando no meio do caminho. Cantamos intensamente em silêncio, sem deixar nenhuma emoção de lado, entrega total, eu e ela.

Depois da apresentação, disseram que eu devia sentar no banco da frente, assim como Lance e Daisy. Aria disse que era hora dos discursos. Simon foi até o púlpito e pigarreou, encostando o dedo no microfone.

— Testando, um, dois, três, quatro — sussurrou ele, fazendo sua voz encher todo o lugar. — Ótimo, ótimo, ótimo, ótimo. Oi, pessoal. Meu nome é Simon Landon e eu queria dizer algumas palavras sobre Kent Myers — disse, pigarreando de novo. — Kent Myers era um babaca.

Eu caí na gargalhada.

— Acho que todos nós concordamos com isso. Ele era o maior babaca. Lembro que uma vez fui ao mercado comprar *root beer* porque eu e minha melhor amiga Aria íamos nos embebedar com sorvete e *root beer*.

"Kent estava com um carrinho com dez pacotes de *root beer*, e não sobrou nenhum para mim. Perguntei se eu podia pegar um, e ele bufou e disse: "Você devia ter chegado mais cedo, seu idiota", simplesmente se foi, levando todo o estoque. Fui embora correndo e, quando ele estacionou na frente de casa, comecei a encher o saco dele por ter comprado todo o *root beer* e perguntei para que ele queria tudo aquilo. Ele se virou para mim, aquela virada lenta de Kent Myers que deixa qualquer um paralisado, e disse, resmungando: 'Meu filho está vindo passar a semana comigo e ele só toma *root beer,* agora cai fora da minha propriedade, seu ruivo estranho.'"

A risada de Simon diminuiu um pouco, e ele abriu um sorrisinho.

— Sim, Kent Myers era um babaca, mas ele certamente amava o filho.

Enfiei o punho cerrado na boca enquanto Abigail se aproximava do púlpito. Ela sorriu para mim.

— Kent Myers era um babaca. Eu tinha o desprazer de sentar perto dele durante as sessões de quimioterapia. Ou, como Kent gostava de chamar, "que essa merda toda vá para o caralho". Ele sabia se expressar muito bem, como podem ver. Ele sempre era chato com as enfermeiras, chamando-as de burras quando elas não achavam as veias. Ele chamava um enfermeiro de Susie, apesar de o nome dele ser Steven. Ele me chamava de menina irritantemente otimista que citava pessoas mortas.

"Mas ele era assim, né? Um babaca. Agindo assim, a gente sabia que ele ia ficar bem. Só uma vez ele não foi grosseiro. Lembro que saí da clínica e o encontrei no meio-fio com a cabeça entre as mãos. Sentei ao lado dele e ele pediu para que eu não citasse nenhuma maldita pessoa morta. Então ficamos ali por um bom tempo. Depois de alguns instantes, ele disse: 'Eu deveria ter mais tempo com ele, mais tempo para consertar meus erros'. Kent Myers era um babaca, mas ele certamente amava o filho."

Aria foi a última a fazer um discurso. Seus olhos focaram nos meus, e ela abriu um meio sorriso.

— Passei os últimos dois meses almoçando com Kent Myers. Eu poderia dizer várias coisas sobre seu pai, Levi. Descobri muitas coisas interessantes, mas... — Ela fechou os olhos e agarrou a beirada do púlpito. — Mas...

Suas mãos estavam ficando vermelhas de tanta força que ela estava fazendo para se segurar.

— Aria? — perguntou Simon cautelosamente.

— Eu estou bem, só um instante. Merda.

Aria bateu o punho cerrado no púlpito antes de endireitar a postura e sorrir.

— Eu tinha um discurso maravilhoso pronto. Seria in-crível — gaguejou ela. — Incrível. Bem, mas acho que minha bolsa acabou de estourar, então eu meio que preciso ir para o hospital.

Puta merda.

Lance e Daisy deram um pulo e correram para levar Aria até o carro deles. Simon ligou para os pais dela e para os pais dele, para que todo mundo fosse nos encontrar no hospital. Sentei no banco de trás com Aria.

— Me desculpe por ter arruinado o funeral do seu pai — disse ela, chorando.

Claro que ri.

— Você não arruinou nada, Arte.

Beijei a testa dela, colocando seu cabelo para trás da orelha.

— Não arruinou nada.

— Senti tanto sua falta.

Beijei a testa dela de novo.

Eu tinha sentido mais falta dela ainda.

Capítulo 44

Aria

Meus pais já estavam no hospital quando cheguei. Foram sete longas horas de contrações terríveis antes que os médicos decidissem que era hora de trazer Nabo Mexicano para o mundo.

Foi tudo um borrão. Aconteceu rápido, mais do que eu imaginava, mais do que eu queria. Era para eu ter mais cinco semanas com ele. Não era para eu me separar dele ainda.

O médico disse para eu empurrar.

Meu pai segurava minha mão esquerda.

Keira segurava minha mão direita.

Minha mãe mantinha uma tolha molhada na minha testa.

O pai de Simon fazia o possível para não desmaiar.

Chorei de dor. Chorei de nervosismo. Chorei porque realmente estava acontecendo.

Eu estava com raiva. Estava deprimida. Estava feliz.

Estava absurdamente feliz.

Empurre, Aria, empurre!

E de repente silêncio. Todos disseram para eu parar de empurrar.

Tudo na minha cabeça parou de girar. Meu bebê estava ali, eu conseguia vê-lo. Mas o médico começou a correr. Os enfermeiros ficaram nervosos. Todos cercaram o bebê. *Menos eu*. Eu estava presa na cama, olhando para cima, perguntando o que havia de errado, rezando para que nada estivesse errado.

Ele não estava chorando. Ele estava muito silencioso. Ele era lindo. Por que ele não estava chorando?

Por favor. Faça algum barulho. Faça algum som.

Diga. Qualquer. Coisa.

Chorei por ele até que conseguisse chorar sozinho.

E aí ele realmente chorou.

Seus pulmões finalmente se moveram e foram ficando mais fortes à medida que ele chorava, proclamando sua chegada no mundo.

Ar.

Pulmões.

Inspire.

Expire.

Respire.

— Quer segurá-lo? — perguntou a enfermeira.

Fiz que sim.

Claro que sim.

Ela o colocou nos meus braços, e minhas lágrimas caíram sobre sua pele.

Eu sabia que era tolice, mas jurei que ele estava sorrindo. Encostei os lábios na sua testa.

— Amo você — disse baixinho. — Tanto, tanto.

Meu olhar encontrou o de Keira enquanto ela sorria para mim.

— Quer segurá-lo?

Ela soluçou em meio às lágrimas e fez que sim.

— Sim. Sim. Sim.

Eu o entreguei para ela, e ela beijou minha bochecha. Paul estava ao lado da esposa, encarando a nova vida que faria parte do mundo deles. A maneira como analisaram todos os centímetros do bebê me mostraram o quanto ele estava em segurança. Ele sempre saberia o que era amor.

Àquela altura, todos choravam.

Chorei mais ainda. A partir daquele momento, as lágrimas dele seriam enxugadas por outra pessoa. Sua risada e sua felicidade seriam geradas pela alma de outra pessoa.

Mas seu batimento cardíaco?

Eu tinha a certeza de que sempre o sentiria contra o meu.

Levi

Levantei rapidamente com os outros assim que o Sr. e a Sra. Watson entraram na sala de espera.

— Como está Aria? E o bebê? — perguntei, agitado.

— Estão bem. Tanto Aria quanto o bebê estão ótimos. Um belo menino, mais de três quilos, com dez dedos dos pés, dez dedos nas mãos e um lindo sorriso — disse a Sra. Watson.

Simon soltou a respiração que estava prendendo havia sete horas e abraçou Abigal fortemente.

Eu me aproximei dos pais de Aria.

— Ela está bem? Posso vê-la?

A Sra. Watson franziu a testa.

— Ela está descansando, Levi. Além disso, você também teve um dia e tanto. Talvez seja melhor você descansar também.

Encurvei os ombros.

— É, tá certo.

— Mas cinco minutos não vão fazer mal — disse o Sr. Watson, colocando a mão reconfortante no meu ombro. — Vem comigo, cara.

Ele me levou até o quarto em que Aria estava; vi que ela encarava a janela.

— Ela não está bem — disse ele. — Provavelmente vai dizer que está, mas não está, e deve passar um tempo assim.

Fiz que sim, entendendo.

— Diga a ela que não tem problema sofrer um pouco, tá bom? Volto daqui a alguns minutos.

Ele colocou as mãos nos bolsos e foi embora.

Lentamente, entrei no quarto.

— Aria — sussurrei.

Vi seu corpo se encurvar um pouco, reagindo ao som da minha voz.

— Se quer ver o bebê, ele está no quarto aí na frente. O hospital tem um quarto onde os pais adotantes podem ficar com o bebê. Não é legal?

Ela não olhou para mim. Seus olhos continuavam focados na janela.

— Não tem problema você estar triste — falei, chegando mais perto.

Ela ficou com o corpo tenso.

— Por favor, olhe para mim — pedi.

Mas ela não quis olhar.

Ela não conseguiu olhar.

Aria

— Arte — sussurrou ele de novo, suas palavras parecendo tão próximas que eu tinha quase certeza de que vinham de dentro da minha própria alma. — Olhe para mim.

Não consegui olhar.

Não quis olhar.

Tudo que eu queria no mundo era que seus olhos trouxessem a luz para mim. Queria que seus lábios me dissessem que tudo ficaria bem.

Minha vontade de chorar aumentou enquanto meu corpo tremia, mas nenhuma lágrima caiu.

— Eu estou bem — falei finalmente, sentindo em todos os ossos do meu corpo que isso não era verdade.

Eu me sentia vazia por dentro. Minha luz tinha desaparecido. Tudo era muito avassalador; nenhum livro tinha me treinado para aquilo. Nenhum livro me dissera como seria deixá-lo ir.

As mãos de Levi pararam no meu ombro antes que ele sentasse na cama do hospital e me abraçasse. Estremeci quando senti seus dedos em minha pele pela primeira vez em muito tempo, enquanto seus braços me envolviam.

— Eu estou bem.

Minha voz tremeu como meu corpo.

— Shhh — fez ele, me abraçando ainda mais. — Amo você, Arte. Amo tanto você. Deixe eu ser forte por nós dois? Deixe eu abraçá-la enquanto você desmorona.

Seu toque era tão caloroso.

As lágrimas caíram.

Meu corpo tremia descontroladamente dentro daquele abraço firme, que não queria me soltar. Ficamos assim por cinco minutos inteiros, talvez até dez.

Seus dedos pressionavam as laterais do meu corpo enquanto seu rosto se encostava na minha bochecha. Suas lágrimas mornas se misturaram às minhas, e nós dois choramos. Choramos pela morte recente nas nossas vidas, e pela vida nova. Pelos começos e pelos fins. Pelo primeiro suspiro. E pelo suspiro final.

Virei o corpo para ele. Levi analisou meu rosto, como se estivesse se perguntando para onde tinham ido meus pensamentos. Ele franziu a testa, parecendo triste.

— Sinto muito, Arte. — Seus lábios ficaram firmes, e ele os pressionou na minha testa enquanto falava. — Sinto muito mesmo.

— Eu também — falei. — Eu também.

— Nós vamos ficar bem — prometeu-me ele. — Mas não hoje.

Capítulo 45

Levi

Aria ficou dois dias no hospital. Quando o Sr. e a Sra. Watson a levaram para casa, eu estava esperando na varanda com meu violino. Eu me levantei com um salto e corri até eles.

Ela saiu do banco de trás e me deu um sorriso cauteloso. Parecia exausta.

— Levi, oi. Como você está? — disse a Sra. Watson sorrindo para mim.

— Eu estou bem. E você? — perguntei a ela, mas meus olhos logo se voltaram para Aria. — Como você está?

Aria piscou e deu de ombros.

— Acho que ela precisa descansar um pouco. Talvez você possa voltar mais tarde, não? — sugeriu a Sra. Watson.

Vi os lábios da filha dela se abrirem, como se ela quisesse me pedir para ficar, mas depois o pai concordou com a mãe.

Passei os dedos no cabelo e fiz que sim.

— Sim, claro. Volto mais tarde.

Dei a volta no quarteirão algumas vezes antes de ir até a janela do quarto de Aria, que já estava aberta, esperando por mim. Ela estava sentada na cama quando comecei a tocar. A Sra. Watson apareceu na porta do quarto ao ouvir os sons, mas em vez de pedir para eu ir embora, ela fechou a porta, dando privacidade para Aria e mim.

Toquei "All of Me", de John Legend, deixando que as cordas vocalizassem as palavras que eu não estava dizendo. Toquei várias e várias vezes a mesma canção até ela adormecer sorrindo.

E continuei tocando até ter certeza de que ela sorria nos seus sonhos também.

Ela estava melhorando a cada dia, mas eu sabia que ainda sofria. Eu queria poder fazer aquela dor desaparecer.

Depois de alguns dias, convenci Lance a me deixar passar a noite na casa do meu pai. Quando abri a geladeira, quase perdi a cabeça quando vi os *packs* de *root beer*.

Eu ainda estava sofrendo. Eu queria poder fazer aquela dor desaparecer.

Peguei um *pack*, fui até o bosque e subi para a casa na árvore.

O silêncio da natureza era pura tranquilidade, mas fiquei feliz quando escutei uma garota grunhindo e subindo a escada.

— Ninguém deveria subir em árvores depois de ter um bebê — disse Aria, sorrindo e entrando na casa da árvore.

Eu ri.

— Sabe do que mais? Eu estava pensando a mesma coisa. Mas como você já está aqui, seja bem-vinda ao meu oásis. À esquerda, temos o nada, e à direita, um *pack* de *root beer*.

— Você entende muito de design de interiores.

— O que posso dizer? Sou um cara requintado.

Ela mordeu o lábio inferior e inclinou a cabeça

— Amo você.

— Amo você.

Aria

Levi e eu passamos horas na casa da árvore, às vezes chorando, às vezes rindo até chorar. Ele era o melhor tipo de oximoro. Junto dele, eu poderia ficar feliz de um jeito triste e me satisfazer com esse sentimento.

— Por que almoçou com ele todos os dias?

— Porque era o que você teria feito — respondi.

Ele jogou a lata de *root beer* para o lado antes de se aproximar e me beijar delicadamente, fazendo uma onda de felicidade percorrer meu corpo.

— Posso ler o discurso que escrevi para ele?

— Sim.

Coloquei a mão no bolso da calça jeans e tirei a folha de papel dobrada. Eu a abri e sorri.

— Kent Myers não era um babaca. A maioria das pessoas que o conhecia discordaria por causa da maneira como ele as tratava, por causa de suas atitudes, mas ele não era um babaca. Ele era um homem que tinha cometido erros. Um homem que tentou consertar esses erros sozinho, o que às vezes só piorou tudo. Nem sempre ele dizia a coisa certa ou se comportava da melhor maneira, mas ele tentava. Tentava ser uma pessoa boa. Procurava proteger as pessoas que amava.

"Alguns dias antes de falecer, ele me perguntou se eu poderia segurar sua mão trêmula. Entrelacei meus dedos com os seus e ele perguntou: 'Ele vai ficar bem?', referindo-se ao filho. 'Ele vai ficar bem?', repetiu ele várias vezes, com lágrimas caindo. Concordei e disse: 'Sim, vocês dois vão ficar bem'. Ele fechou os olhos e insistiu: 'Ele vai ficar bem'. Naquela noite, ele dormiu melhor do que nas anteriores. E depois disso não disse mais nada. Existem tantas palavras no mundo, e suas palavras finais focaram apenas no filho. Hoje eu quero deixar dois fatos bem claros: Kent Myers não era um babaca, e ele certamente amava o filho."

Levi aproximou-se de mim, colocando os lábios na minha testa.

— Obrigado — sussurrou ele.

— Sempre — respondi.

Naquela noite, nossas trocas de palavras vieram em ondas. Passamos do silêncio a uma conversa sem intervalos várias e várias vezes.

— O nome dele vai ser Easton Michael Landon — falei baixinho.

— O quê? Que ridículo. Eu queria que fosse alguma coisa relacionada com comida. Maçã. Berinjela. Ou...

— Brócolis — falei, rindo.

— Meu Deus, sim. Brócolis Couve Landon. Tão fácil de falar.

— Ou Pimentão Ervilha Landon.

— Quiabo Batata Landon. Claro que eles deviam ter pedido a nossa opinião — disse Levi, rindo.

— Claro.

Mais silêncio.

— Tem um presente e uma carta para você no escritório do seu pai. O presente é meu. A carta é dele. Não sei se você já viu.

— Ainda não entrei lá, mas vou pegar quando for embora. Obrigado.

Mais silêncio.

— E o que acontece com a gente agora? — perguntei, sabendo que ele voltaria para o Alabama em alguns dias.

— Tenho pensado muito nisso.

A voz dele estava séria, e ele encarava a janela, sem se mexer. Senti um aperto na barriga, com medo de sua resposta

— Mas se tem uma coisa que eu aprendi sobre o futuro é que ele não importa. O futuro não é real. Então é melhor viver o momento presente com você.

Era tudo que a gente tinha, o momento presente, e aquilo bastava.

Ficamos dentro da casa da árvore, sem nos olhar, mas com os dedos mindinhos enroscados. Observamos o céu noturno pela janela. E foi naquele momento que descobrimos o quanto éramos pequenos.

Éramos pequenos pontinhos de tinta na tela do universo. A maioria do mundo jamais ouviria falar do amor entre Arte e Alma. Sabíamos que em segundos uma vida poderia ser arrancada de nós, deixando--nos somente com a morte e a solidão. Porém, também em segundos, o amor era capaz de curar, trazendo de volta a vida e a esperança. E era isso que Levi me dava: esperança. Uma certeza em relação aos amanhãs que ainda teríamos.

Naquele momento estávamos muito vivos.

E profundamente apaixonados.

Levi Myers me ensinara três coisas importantes sobre a vida:

Às vezes, ficar de dedos mindinhos enroscados era o melhor tipo de carinho.

Às vezes, beijos na testa eram o melhor tipo de beijo.

E, às vezes, o amor temporário era o melhor tipo de amor.

Levi

Foi difícil ir embora de Mayfair Heights. Eu não sabia quando voltaria de novo, então era mais difícil ainda por esse motivo, mas eu tinha certeza que tudo ficaria bem com Aria.

Nós daríamos um jeito.

Quando cheguei em casa, minha mãe ainda era minha mãe, o que me deixou felicíssimo. Enquanto ela preparava o jantar, The Pogues inundava a casa. Sentei na cama com a carta que meu pai me deixou e o presente de Aria. Não sabia qual devia abrir primeiro, e depois de pensar um pouco, escolhi o presente.

Abrindo o embrulho, vi um quadro que ela tinha feito para mim. Junto da tela, havia uma foto minha e do meu pai quando eu era criança. Estávamos sorrindo com as varas de pescar, e eu estava segurando a bota de trekking velha que eu tinha pescado naquele dia de verão.

Aria pintara a mesma foto usando suas habilidades abstratas, com amarelos e laranjas nos céus, e assim parecia que a tela estava explodindo com vida.

Mandei uma mensagem para ela na mesma hora.

Eu: Eu — *pronome* | ['ew]: Levi Wesley Myers.
Eu: Amo — *verbo* | ['amʊ]: sentimento de afeição forte ou constante por uma pessoa.
Eu: Você — *pronome* | [vos`e]: Aria Lauren Watson.
Aria: Idem — *pronome* | i.dem | ['idɛm]: Também amo você.

Peguei a carta e a abri, sentindo um frio na barriga.

Lee,

Sou uma merda de pai.

Sou uma merda de pessoa.

E não sei nem como começar a dizer o quanto eu me odeio todos os dias. Não vou dizer que estou arrependido porque assim você acharia que minhas palavras são só o câncer e o medo falando mais alto.

O que talvez seja verdade.

Estou com medo de morrer. Estou com medo de morrer, e não é uma surpresa porque eu também tive medo de viver. Tenho medo de ir embora daqui sem que ninguém se lembre de mim. E se alguém lembrar, será em virtude de coisas que eu queria não ter feito. Eu tratei esta cidade e essas pessoas muito mal. Eu tratei você ainda pior.

Mas, mesmo assim, você voltou para mim. Você me amou quando eu não merecia ser amado.

Eu tinha medo de me aproximar de novo de você sabendo que estava morrendo. Tinha medo de que assim você fosse se magoar ainda mais quando eu partisse. Os dias mais felizes da minha vida foram com você, sentado naquela casa da árvore. Você é a melhor coisa que aconteceu na minha vida.

Não sou uma pessoa boa, nunca fui um bom amigo, um bom marido, um bom pai, mas uma coisa eu acertei. De alguma maneira, não estraguei tudo, porque tenho uma certeza:

Você é a única coisa boa que restou de mim.

Amarei você até muito depois do fim.

Papai

Fiquei sentado com a carta na mão, relendo-a umas dez vezes.

Também amo você, pai.

Durante nossas aulas de violino, minha mãe e eu tocávamos na floresta. Na minha frente, havia um suporte com a música nova que ela estava me ensinando. Os galhos das árvores balançavam para a frente e para trás, fazendo sombra em cima da gente. Ela franzia a testa para mim de poucos em poucos segundos.

— Tá bom, pare, pare, pare — disse, batendo a mão na testa e se encostando numa árvore. — O que diabos aconteceu?

— Como assim? Toquei todas as notas certas.

— Tocar as notas certas não importa se você não está tocando com a alma. Senão é apenas barulho. Em que está pensando?

Coloquei o violino no estojo e dei de ombros.

— Não faz sentido. Não entendo por que meu pai parou de me escrever ou de querer que eu o visitasse. E agora que sei que nunca vou saber essas respostas... não sei. Isso está me corroendo.

— Entendi.

Ela afastou-se do tronco e entrou em casa. Quando saiu, ela estava segurando uma caixinha.

— Ele me fez prometer que não lhe contaria. Eu estava péssima, Levi. Não sei explicar, mas parecia que eu estava perdendo você para ele. Achei que me abandonaria para ficar com ele. Eu estava num momento muito instável. Quando finalmente melhorei e quis dar isso para você, seu pai pediu que não.

— Por quê?

— Ele não queria que você me odiasse.

Peguei a caixa e comecei a mexer nos cartões. Cartões de Natal, de aniversário. Cinco anos e meio de cartões que eu nunca soube que existiam. Li todos com minha mãe na minha frente.

— Eu não teria odiado você, mãe.

— Foi ele que me convenceu a me internar na St. John's. Ele também pagou tudo. Ele praticamente me convenceu de que você só voltaria para casa se eu me tratasse lá. O acordo era que, se eu me tratasse, ele mandaria você de volta quando eu começasse a melhorar. Além disso, ele não queria que você o visse ficar cada vez mais doente.

— Por que ele faria isso?

— Porque ele sabia que a vida estava chegando ao fim. Ele não queria que você perdesse nós dois.

Tinha tanta coisa sobre meu pai que eu não sabia. Eu tinha perguntas que jamais seriam respondidas por ele, mas a única coisa que eu sempre quis saber já estava clara.

Ele nunca deixara de me amar.

E isso já bastava para mim.

— Ele deixou uma coisa pra você, Levi.

— Como assim? — perguntei.

Ela começou a entrar em casa e disse:

— Entre. Acho melhor você estar sentado.

Capítulo 46

Aria

Simon e sua família tinham encaixotado tudo para se mudar do Wisconsin em junho. Eles compareceram à festa de formatura de Mike, em que James fez um discurso de orador maravilhoso sobre erros passados e oportunidades futuras.

Voltamos para casa, onde haveria uma festa para Mike. Rimos, choramos e nos despedimos.

Eles iriam embora naquela noite para começar o longo trajeto de carro até Washington, e parte de mim não sabia como lidar com a perda do meu melhor amigo.

Simon, Abigail e eu estávamos sentados na varanda enquanto Keira afivelava o cinto de Easton na cadeirinha.

— Então é isso, né? — falei para Simon, sorrindo.

Ele tirou os óculos e beliscou a ponte do nariz.

— Acho que sim.

Ele se virou para Abigail e lhe deu quatro beijos antes de os dois se despedirem, prometendo trocar mensagens durante todo o trajeto até Washington. Enquanto se abraçavam demoradamente, fui até o carro e beijei a testa de Easton quatro vezes, em homenagem ao seu novo irmão mais velho.

Depois de um último beijo, eu me afastei do carro e abracei Keira e Paul.

Simon se aproximou de mim e não me abraçou quatro vezes como eu imaginava. Foi um único abraço demorado e carinhoso que quase me fez chorar.

— Ah, espera! — falei, correndo até a varanda e pegando o case de guitarra. — Isso é de Easton. É a *air guitar* dele. Quero que ele aprenda quando for mais velho. Promete que vai ensinar para ele?

Ele fez que sim.

— Prometo.

— Promete que vai cuidar dele? — sussurrei.

— Prometo — sussurrou ele também.

Abigail e eu paramos uma do lado da outra, de braços dados enquanto víamos o carro se afastar.

— Acho que agora somos só nós duas, né? — disse Abigail, sorrindo.

— Pois é.

— Acha que eu devia me preocupar com a possibilidade de ele achar outra namorada?

— O quê? Nunca. Simon é louco por você.

— Eu sei. E isso é ótimo. E quero tornar tudo oficial no nosso relacionamento, mas decidimos não transar porque, você sabe, né, a melhor amiga dele engravidou e foi o maior drama e tal. Então bati umazinha pra ele no banheiro ontem à noite.

— Meu Deus, Abigail!

— E não quero me gabar, mas me saí muito bem depois de ler tanta coisa sobre o assunto.

— O quê?! Você leu textos que ensinavam isso?

— Google, Aria!

Ela deu uma risadinha enquanto voltávamos para minha casa.

— Sério, quantas vezes vou precisar dizer isso?

Eu tinha a sensação de que não me sentiria muito sozinha com aquela garota por perto.

Abigail e eu passamos todos os dias do verão grudadas. Era diferente, mas diferente de uma maneira boa. Eu nunca tinha feito amizade com uma garota antes, e era ótimo estar do lado dela e do seu comportamento estranho.

Quando eu não estava com ela, estava no bosque às seis da manhã para alimentar os cervos. Parecia que eles não confiavam plenamente em mim. Levi era muito melhor naquilo, mas eu não desistiria.

No primeiro dia de julho, eu estava no bosque segurando um punhado de frutas vermelhas. O cervo estava me encarando e se aproximando. Estava a centímetros de mim, prestes a pegar as frutas, quando um galho se quebrou atrás de mim e o cervo saiu correndo. Quando me virei, fiquei sem ar ao ver o All Star azul chutando pedras invisíveis.

Comecei a chutar pedras invisíveis também.

Meus olhos encontraram os de Levi, e ele abriu aquele sorriso bobo que sempre me alegrava.

— Me desculpe por ter assustado o cervo — disse ele, chegando perto de mim. — Eu não sabia que teria alguém aqui.

Ele estendeu o dedo mindinho para mim.

Eu o enrosquei no meu.

— O que você está fazendo aqui? — perguntei.

— Minha mãe e eu chegamos ontem à noite. Meu pai deixou a casa deles para nós. Vai precisar de alguns ajustes, mas minha mãe disse que nossa casa sempre deveria ter sido essa.

Senti um aperto no peito e me aproximei dele. Estávamos tão próximos que nossos lábios quase se encostavam. Senti sua respiração quente na minha pele, na minha alma.

— Você está bem? — perguntei.

— Estou — respondeu ele. — Você está bem? — perguntou ele.

— Estou — respondi.

Meu coração deu um salto mortal, chutou e se remexeu dentro do meu peito.

— Você vai mesmo ficar aqui?

Ele colocou meu cabelo para trás da orelha.

— Vou mesmo ficar aqui.

Seus lábios dançaram perto dos meus, com toda delicadeza, deixando minhas costas arrepiadas. E então ele me beijou com todo o seu ser, e eu fiz o mesmo. Com a voz baixinha, o garoto do All Star azul surrado disse duas palavras que fez as lágrimas escorrerem pelas minhas bochechas.

— Oi, Arte.

Pisquei uma vez antes de encarar os olhos castanhos mais lindos do mundo.

Eu o amava. Eu o amava tanto, tanto. Eu o amava sem nenhum arrependimento do passado, nenhum medo do futuro. Eu o amava no presente, com tranquilidade, com sussurros secretos de amor que apenas os nossos espíritos jovens compreenderiam.

Enchendo o pulmão uma vez, mas com o coração já repleto, sussurrei de volta:

— Oi, Alma.

Agradecimentos

Agradeço eternamente a cada um dos meus leitores que deu uma chance para mim e meus romances. Não consigo expressar o quanto vocês são importantes para mim! Muito obrigada pelo amor que vocês sentem pelas palavras.

À minha família, por seu amor e apoio enquanto eu desaparecia dentro da minha cabeça por vários dias seguidos. Em especial minha mãe, que ficou do meu lado durante meus ataques de pânico relacionados ao romance e que disse para eu confiar no meu coração.

Às minhas melhores amigas, Vickie, Kyle e Amber, que ainda me amam apesar de eu ter perdido muitas das nossas noites de vinho nas sextas para terminar este romance.

Ao meu grupo incrível de parceiras de crítica que são, facilmente, algumas das mulheres mais incríveis que já conheci. Vocês são mais do que talentosas, e fico feliz por tê-las na minha vida!

A Stacey, Amy, Anitra, Karin, Allison, Michelle e Adrienne: as melhores betas que eu poderia imaginar. Cada uma de vocês me ajudou de tantas maneiras! Muito obrigada!

Obrigada a Caitlin, minha editora incrível da Edits by C. Marie — por lidar com toda a minha loucura! E também muito obrigada a minha revisora Emily Lawrence que fez um trabalho mais do que excelente.

A Danielle Allen e Olivia Linden: minhas irmãs de alma. Amo tanto vocês!

A Kristen Hope Mazzola: minha melhor amiga escritora que disse para eu confiar no meu coração e que escutou minhas reclamações sobre começar e parar esta história um milhão de vezes. Amo você!

Às três que tornaram o meu romance bonito por dentro e por fora: Lauren Perrywinkle, da Perrywinkle Photography, pela bela imagem da cama. Minha designer de capa, Staci, da Quirky Bird. Elle Chardou pelo design incrível do interior.

Um obrigada GIGANTE a todos os blogueiros que divulgaram meus romances e deram uma chance a euzinha aqui! Não consigo expressar o quanto vocês são importantes para mim! Obrigada!

E um obrigada final a VOCÊ, quem quer que você seja, por ser você. Beijos!

Este livro foi composto na tipografia Palatino
LT Std, em corpo 11/16, e impresso em
papel off-white no Sistema Cameron da
Divisão Gráfica da Distribuidora Record.